Autumn Spice: Kleinstadtromanze

Alice R.

Published by Alice R., 2024.

AUTUMN SPICE: KLEINSTADTROMANZE

First edition. October 7, 2024.

Copyright © 2024 Alice R..

ISBN: 979-8227548825

Written by Alice R..

Also by Alice R.

Bullets & Thorns: Mafia Romanze
Bullets & Thorns: Romance Mafieuse
Bullets & Thorns: Um Romance de Máfia
Vice & Virtue: Mafia Romanze
Vice & Virtue: Romance Mafieuse
Vice & Virtue: Um Romance de Máfia
Vice & Virtue: Romanzo di Dark Mafia
Vice & Virtue: Un Romance Mafia (Español)
Autumn Spice: Kleinstadtromanze
Autumn Spice: Romance Small Town (Versão Português)
Autum Spice: Small Town Romance (Version Française)

Mein Name ist Mia... Nun, Mia Stewart. Ich bin nach Maple Ridge, Vermont gezogen, um meine Vergangenheit hinter mir zu lassen, aber einige Dinge sind schwerer zu entkommen.

Nachdem ich meine Mutter verloren und eine schmerzhafte Trennung durchgemacht habe, brauchte ich einen Neuanfang. Mein Plan war einfach: mich auf meine Kunst konzentrieren, Komplikationen vermeiden und heilen. Aber dann trat Jake Harper, mein Nachbar mit einem Lächeln, das selbst das härteste Herz schmelzen könnte, in mein Leben.

Ich bin nicht hierhergekommen, um die Liebe zu suchen – besonders nicht nach allem, was ich durchgemacht habe – aber jeder Moment mit Jake bringt mich dazu, diese Entscheidung zu hinterfragen. Er ist freundlich, stabil, und es gibt etwas an ihm, das mich sicher fühlen lässt, auf eine Weise, wie ich es seit Jahren nicht mehr erlebt habe.

Das Problem? Ich wurde schon einmal verletzt, und erneut Vertrauen zu fassen, fällt mir schwer. Mich in der alten Hütte meiner Mutter zu isolieren, wurde zu meinem Fluchtweg aus der Vergangenheit.

Aber vielleicht, nur vielleicht, ist es an der Zeit, eine Chance auf die Liebe zu ergreifen. Denn die Art, wie Jake mich ansieht... sie ist anders. Sie fühlt sich echt an.

Ist es möglich, neu zu beginnen und sein Herz zu öffnen, wenn es zuvor gebrochen wurde?

Alles, was ich tun muss, ist, es nicht zu vermasseln. Wie immer...

-

Dieser Liebesroman ist Mias Leben, süß, tollpatschig, aber auch sexy und würzig. Kunst ist ihre Leidenschaft, aber sie wird bald die neuen Wunder einer kleinen Stadt entdecken.

KAPITEL 1

„Mia!"

Ich habe den Klang meines Namens, wenn er geschrien wird, schon immer gehasst. Die Schärfe schneidet durch meine Gedanken wie ein Messer und stört den Frieden, den ich mir in meinem zerstreuten Geist bewahrt habe. Und gerade jetzt wird dieser Name – mein Name – mit voller Lautstärke von draußen vor meiner Tür gerufen.

„Mia!"

Ich reg mich, stöhne, während ich mich aus dem tiefen, wohltuenden Abgrund des Schlafs ziehe. Mein Bett ist ein warmer Kokon, mein Zufluchtsort vor der Welt. Ich blinzele auf die leuchtenden Zahlen meines Weckers. 13:00 Uhr. Mein Herz sinkt. „Nicht schon wieder", denke ich, während ich mich auf einen Ellbogen stütze und mir die Augen reibe. Wie hatte ich es nur zugelassen, dass der Morgen so verstrichen ist? Mein Zeitgefühl ist seit... nun ja, seit alles auseinandergefallen ist, völlig durcheinander.

„Mia Stewart!" Die Stimme ruft erneut, dieses Mal dringlicher, gefolgt von dem nervigen Summen der Türklingel.

Der Klang reibt an meinen bereits angespannten Nerven, und ich murmele eine Reihe von Flüchen vor mich hin, während ich meine Beine über die Bettkante schwinge. Meine Füße treffen den kalten Holzboden und senden einen Schauer meinen Rücken hinauf. Ich greife nach meinem Handy auf dem Nachttisch, in der Hoffnung, eine Nachricht oder einen verpassten Anruf zu finden, der erklärt, warum jemand entschlossen ist, die letzten Reste des Schlafs, die ich noch habe, zu zerstören. Aber es gibt nichts. Nur eine Erinnerung, dass ich zwei Fristen für die Arbeit verpasst habe, und ein Dutzend

Benachrichtigungen von sozialen Medien, um die ich mich nicht kümmern kann.

Ich schleppe mich aus dem Bett, das Gewicht der Welt drückt auf meinen Schultern wie eine unsichtbare Last, die ich nicht abwerfen kann. Der Raum ist düster, die dicken Vorhänge fest zugezogen, sodass kein Lichtstrahl hindurchdringt. Es ist einfacher so, sich vor der Sonne und all den Erwartungen, die damit einhergehen, zu verstecken. Meine winzige Wohnung in Chicago, normalerweise mein Heiligtum, fühlt sich in diesen Tagen mehr wie ein Gefängnis an – ein Ort, an dem die Zeit stillsteht und nichts zu zählen scheint.

„MIA!" Der Schrei wird von einem weiteren ungeduldigen Klingeln der Türklingel begleitet.

„Ich komme!" rufe ich zurück, obwohl meine Stimme mehr ein heiseres Krächzen als alles andere ist. Ich schleppe mich zur Tür, meine Füße schleifen über den Boden, mein Körper schwer von dem anhaltenden Dunst des Schlafs.

Als ich die Tür erreiche, zögere ich einen Moment, spähe durch das Türspion. Dort ist natürlich Nicole, ihr Gesicht vor Frustration zusammengezogen, ihr blondes Haar zu einem unordentlichen Dutt gebunden. Sie trägt ihren typischen lässigen, aber schicken Stil – Leggings, einen übergroßen Pullover und die Art von Turnschuhen, die wahrscheinlich mehr kosten als mein gesamtes Outfit zusammen. Sie läuft ungeduldig vor der Tür auf und ab, die Arme über der Brust verschränkt, die Lippen zu einer dünnen Linie gepresst.

Ich seufze, wissend, dass ich dem nicht entkommen kann. Nicole ist nichts, wenn nicht hartnäckig, besonders wenn sie denkt, dass sie etwas zu meinem Besten tut. Mit einem resignierten Atemzug schließe ich auf und öffne die Tür.

„Mia!" Nicoles Stimme wird etwas sanfter, als sie einen Schritt nach vorne macht, ihr Ausdruck wechselt von Ärger zu Besorgnis, als sie mich sieht. „Was zur Hölle? Ich habe fünf Minuten lang an deiner Klingel gedrückt. Warum hast du nicht geantwortet?"

„Ich habe geschlafen", murmele ich und fahre mir durch mein verworrenes Haar. „Wie spät ist es überhaupt?"

Nicole hebt eine Augenbraue. „Es ist 13 Uhr. Du hast die ganze Zeit geschlafen?"

„Offensichtlich", sage ich mit einem schwachen Schulterzucken und lehne mich gegen den Türrahmen. Meine Stimme ist flach, selbst für meine eigenen Ohren, und ich kann sehen, wie sich die Sorge in Nicoles Augen verstärkt.

„Mia, das ist nicht gut", sagt sie und drängt sich ohne Einladung an mir vorbei in die Wohnung. „Du kannst das nicht weiter machen – den ganzen Tag schlafen, die ganze Nacht wach bleiben, dein Leben ignorieren. Das ist nicht gesund."

Ich schließe die Tür hinter ihr und verspüre einen Stich des Schuldgefühls. Ich weiß, dass sie recht hat. Ich habe mich vor allem versteckt, versucht, der Realität zu entkommen, dass mein Leben nicht mehr so ist, wie es einmal war. Aber ich kann nicht anders. Jedes Mal, wenn ich versuche, mich der Welt zu stellen, fühle ich mich, als würde ich unter dem Gewicht all meiner Misserfolge und Verluste ersticken.

„Mir geht's gut", lüge ich, obwohl wir beide wissen, dass das weit von der Wahrheit entfernt ist.

Nicole lässt ein erschöpftes Seufzen hören und dreht sich um, um mich anzusehen. „Nein, das tust du nicht. Du bist weit davon entfernt, Mia. Du bist seit Wochen in dieser Wohnung eingesperrt, und es ist, als hättest du das Leben völlig aufgegeben. Ich mache mir Sorgen um dich."

Sie pausiert einen Moment, als würde sie ihre nächsten Worte sorgfältig wählen. „Und es sind nicht nur ich, die sich Sorgen machen. Unser Chef fängt auch an, unruhig zu werden. Du hast eine weitere Frist verpasst, Mia. Diese neue Restaurierungsbestellung – das ist kein einfaches Projekt. Es geht um Verträge, ernsthafte, und es gibt Strafen, wenn wir nicht rechtzeitig liefern. Du kannst es dir nicht leisten, das zu vermasseln. Nicht jetzt."

Ich spüre, wie sich ein Knoten in meinem Magen zusammenzieht, das Gewicht ihrer Worte sinkt ein. Ich habe so hart versucht, alles beiseite zu schieben, so zu tun, als könnte ich einfach vor allem davonlaufen, aber die Realität bricht um mich herum zusammen. Dieser Job, das eine, was ich früher so gut konnte, entgleitet mir, und ich bin mir nicht sicher, wie ich es zurückbekommen kann.

„Mia", sagt sie sanft und streckt die Hand aus, um meinen Arm zu berühren. „Du musst da nicht alleine durch. Ich bin für dich da, aber du musst mich reinlassen. Du musst jemanden reinlassen."

Ich senke meinen Blick auf den Boden und kann ihr nicht in die Augen sehen. Ich will darüber nicht reden – nicht jetzt, nicht jemals. Aber Nicole ist unerbittlich, und sie wird das nicht aufgeben. Ich spüre, wie ihre Augen mich durchbohren, auf der Suche nach einem Zeichen, dass ich noch die gleiche Mia bin, die sie immer gekannt hat, die Mia, die früher alles im Griff hatte.

Ich schlucke schwer und fühle das vertraute Stechen von Tränen in meinen Augen. Ich will nicht weinen. Ich bin so müde vom Weinen. Es fühlt sich an, als hätte ich seit der Trennung, seit Mom gestorben ist, seit ich jeglichen Sinn für Richtung in meinem Leben verloren habe, nichts anderes getan. Aber Nicoles Worte treffen mich direkt ins Herz, und plötzlich kommen all die Emotionen, die ich zu unterdrücken versuche, an die Oberfläche.

„Ich weiß nicht mehr, wie ich das machen soll", gebe ich zu, meine Stimme zittert, als ich sie endlich anschaue. „Ich weiß nicht, wie ich... okay sein soll."

Nicoles Gesicht wird weicher, und sie zieht mich in eine feste Umarmung, hält mich nah, als könnte sie somehow all den Schmerz aus mir herausdrücken. Ich schließe die Augen und lasse mich in die Umarmung sinken, fühle die Wärme ihrer Arme um mich, den gleichmäßigen Schlag ihres Herzens gegen meines.

„Es ist okay, nicht okay zu sein", flüstert sie, ihre Stimme sanft. „Aber du kannst nicht für immer so bleiben. Du musst wieder anfangen zu leben, Mia. Du musst einen Weg finden, um voranzukommen."

„Ich weiß nicht einmal, wo ich anfangen soll", gestehe ich, meine Stimme gedämpft gegen ihre Schulter.

Nicole zieht sich etwas zurück, genug, um mir in die Augen zu sehen. „Einen Schritt nach dem anderen", sagt sie bestimmt. „Und der erste Schritt ist, aus dieser Wohnung herauszukommen und etwas zu tun – irgendetwas. Lass uns spazieren gehen, frische Luft schnappen. Wir können einen Kaffee holen oder einfach im Park sitzen und reden. Aber du musst hier raus."

Ich zögere, mein Instinkt, mich wieder in meinen sicheren, dunklen Kokon zurückzuziehen, kämpft gegen den Teil von mir, der weiß, dass sie recht hat. Ich kann mich nicht weiter vor der Welt verstecken. Ich kann nicht weiter zulassen, dass das Leben an mir vorbeizieht.

„Okay", sage ich schließlich, meine Stimme kaum über ein Flüstern. „Lass uns spazieren gehen."

Nicole lächelt, Erleichterung breitet sich auf ihrem Gesicht aus. „Gut. Zieh dich an, und ich warte hier. Und Mia?"

„Ja?"

„Du bist stärker, als du denkst", sagt sie, ihr Ton ernst. „Vergiss das nicht."

Ich nicke, obwohl ich mir nicht sicher bin, ob ich ihr glaube. Aber ich zwinge mich, mich zu bewegen, zurück in mein Schlafzimmer zu schlurfen und mich aus meinen zerknitterten Pyjamas umzuziehen. Ich ziehe eine Jeans und einen Pullover an, kämme mir die Haare und spritze mir Wasser ins Gesicht, um zumindest einigermaßen präsentabel auszusehen.

Als ich ins Wohnzimmer zurückkomme, wartet Nicole an der Tür, ihr Handy in der Hand. Sie schaut auf und nickt mir zustimmend zu. „Bereit?"

Wir treten in den Flur hinaus, und ich bin von der Helligkeit überrascht, die außerhalb meiner Wohnung herrscht. Die Sonne strömt durch die Fenster und wirft einen warmen Schein auf den abgenutzten Teppich. Es fühlt sich fremd, fast hart an, nach so vielen Tagen in den düsteren Wänden meines Zimmers.

Nicole plappert fröhlich, während wir die Treppe hinuntergehen und auf die belebte Straße treten, ihre Stimme ist ein beruhigendes Hintergrundgeräusch, während ich meine Umgebung aufnehme. Die Stadt fühlt sich anders an, als würde ich sie mit neuen Augen sehen – lebendiger, dynamischer. Es ist ein krasser Gegensatz zu den gedämpften Farben meiner jüngsten Existenz, und für einen Moment ist es überwältigend.

Aber dann legt Nicole ihren Arm durch meinen, erdet mich, und ich atme tief ein. Wir gehen Seite an Seite, fügen uns in den Strom der

Fußgänger ein, und langsam beginne ich, ein winziges Flimmern von etwas zu spüren, das ich lange nicht mehr gefühlt habe – Hoffnung.

Vielleicht, nur vielleicht, kann ich meinen Weg zurückfinden.

KAPITEL 2

Meine Hand schwebt über der Leinwand, der Pinsel bereit und in Position, aber mein Fokus schwindet schneller als Sand durch eine Sanduhr. Das Werk, das ich restauriere, ist ein Porträt aus dem 18. Jahrhundert, und ich habe gefühlt eine Ewigkeit damit verbracht, jeden Pinselstrich mühsam dem Original anzupassen. Jedes Detail zählt – jeder Blauton, jede zarte Linie im Gesicht des Motivs – aber mein Gehirn ist überlastet. Ich starre seit Stunden auf denselben Abschnitt, und es ist, als würde die Farbe vor meinen Augen zu verschwimmen beginnen.

„Komm schon, Mia, reiß dich zusammen", murmle ich zu mir selbst, aber selbst meine Aufmunterungen sind in diesen Tagen halbherzig. Ich lehne mich in meinem Stuhl zurück und strecke meine Arme über meinen Kopf, versuche, die Erschöpfung, die sich in meine Knochen gefressen hat, abzuschütteln.

Dieser Job – dieses eine Kunstwerk – ist der letzte Rest Ordnung in meinem chaotischen Leben. Wenn ich es nur rechtzeitig fertigstellen kann, vielleicht, nur vielleicht, überzeuge ich alle, einschließlich mir selbst, dass ich nicht völlig auseinanderfalle. Aber der Druck frisst mich lebendig, und meine üblichen Tricks, um fokussiert zu bleiben, funktionieren heute Nacht einfach nicht.

Ich schaue auf die Uhr. 23:47 Uhr. Ich lasse ein langes Seufzen hören, wissend, dass ich mir eine weitere Nacht um die Ohren schlagen werde. Ich schiebe den Stuhl zurück und gehe zum Kühlschrank, in der Hoffnung, dass dort wenigstens ein Energydrink übrig ist. Es ist das einzige, was mich durch die nächsten Stunden bringen wird.

Glücklicherweise steht da eine einsame Dose auf dem Regal, eingeklemmt zwischen einem traurigen Apfel und einem Becher

Joghurt, der wahrscheinlich bessere Tage gesehen hat. Ich greife nach dem Getränk und öffne es, das Zischen der Kohlensäure klingt viel zu laut in der Stille meiner Wohnung.

„Auf schlechte Lebensentscheidungen und Mitternachtskrisen", stoße ich auf niemanden an, während ich einen langen Schluck von dem übermäßig süßen, künstlich aromatisierten Getränk nehme. Es ist schrecklich, aber es ist das schreckliche, das die Arbeit erledigt. Ich gehe zurück an meinen Arbeitsplatz, die Dose in einer Hand, den Pinsel in der anderen, bereit, das Porträt erneut anzugehen.

Aber als ich mich wieder in meinen Stuhl setze und auf die Leinwand starre, beginnen meine Gedanken zu wandern. Es ist, als hätte mein Gehirn beschlossen, dass jetzt der perfekte Zeitpunkt für einen tiefen Tauchgang in den Abgrund des Überdenkens ist. Großartig. Genau das, was ich brauchte.

Ich spüre, wie sich die vertraute Spirale beginnt – die, in der ich jede einzelne Entscheidung, die ich jemals getroffen habe, überanalysiere, was zu einem völligen mentalen Zusammenbruch führt. Warum habe ich es so weit kommen lassen? Warum habe ich mein Leben in diesen Schlamassel verwandelt? Wie bin ich von jemandem, der alles im Griff hatte, zu jemandem geworden, der kaum ohne eine Dose toxischen Energydrinks und einer Reihe fragwürdiger Lebensentscheidungen funktionieren kann?

Ich lege den Pinsel ab und reibe mir die Schläfen, versuche, die drohenden Kopfschmerzen abzuwenden. Das hilft nicht. Je mehr ich über alles nachdenke, desto schlechter fühle ich mich, und je schlechter ich mich fühle, desto mehr denke ich. Es ist ein Teufelskreis, den ich nicht zu durchbrechen scheine.

Verdammtes Zeug. Ich brauche eine Pause.

Ich schiebe mich vom Tisch weg und gehe ins Badezimmer. Vielleicht hilft eine Dusche, um meinen Kopf klar zu bekommen. Zumindest gibt es mir etwas anderes, worauf ich mich konzentrieren kann, außer auf meinen bevorstehenden Nervenzusammenbruch.

Das Badezimmer ist klein, wie alles andere in dieser Wohnung, aber es ist mein kleines Heiligtum. Ich ziehe meine Kleider aus und steige unter die Dusche, lasse das heiße Wasser über mich laufen. Für ein paar Minuten stehe ich einfach da, die Augen geschlossen, und lasse den Dampf und die Wärme ihre Wirkung entfalten.

Als das Wasser auf meinen Rücken prasselt, beginne ich, ein kleines Stück der Anspannung loszulassen. Vielleicht hatte Nicole recht. Vielleicht muss ich wirklich mein Leben wieder in den Griff bekommen. Ich kann nicht weiter so leben – kaum funktionsfähig, ständig am Rande, gefangen in diesem Kreislauf von Depression und Selbstzweifel.

Die Wahrheit ist, ich habe alles hinausgeschoben. Nicht nur die Kunstrestaurierung oder die Rückkehr zur Arbeit, sondern mein ganzes Leben. Ich stecke in diesem Haltepunkt fest, zu ängstlich, um voranzukommen, zu ängstlich, um mich mit dem auseinanderzusetzen, was wirklich in meinem Kopf vor sich geht. Aber ich kann nicht weitermachen, als wäre nichts. Ich kann nicht weitermachen, als wäre alles in Ordnung, wenn es offensichtlich nicht so ist.

Ich atme tief ein und neige meinen Kopf zurück, lasse das Wasser über mein Gesicht strömen. Ich weiß, was ich tun muss, aber der Gedanke, es tatsächlich zu tun, macht mir Angst. Therapie. Ich habe es so lange vermieden, aber vielleicht ist es an der Zeit. Nein, ganz klar – es ist definitiv an der Zeit.

Ich seufze und greife nach dem Shampoo, schäume es mir in die Haare, während ich versuche, mit dem, was ich gerade entschieden habe, klarzukommen. Therapie bedeutet, zuzugeben, dass ich nicht okay bin, dass ich Hilfe brauche, dass ich nicht alles alleine lösen kann. Es bedeutet, sich all den Dingen zu stellen, vor denen ich weggelaufen bin – der Trauer, der Einsamkeit, der Angst vor der Zukunft. Aber vielleicht ist es der einzige Weg, wie ich besser werden kann.

Als ich mit dem Waschen meiner Haare fertig bin, setze ich mich auf den Duschboden und lasse das Wasser über mich laufen. Ich weiß, dass es nicht die hygienischste Art ist, aber im Moment brauche ich einfach einen Moment, um meine Gedanken zu sammeln. Die kühlen Fliesen auf meiner Haut erden mich, und ich schließe die Augen, während ich versuche, das Gefühl der Ruhe, das ich langsam zu empfinden beginne, in mich aufzunehmen.

Ich kann mich nicht länger so isolieren. Ich habe diese Mauern um mich herum gebaut – buchstäblich und im übertragenen Sinne – aber alles, was sie getan haben, ist, mich in meinem eigenen Elend einzusperren. Es ist Zeit, auszubrechen, Entscheidungen zu treffen, die mich tatsächlich voranbringen, anstatt mich in diesem endlosen Kreislauf der Verzweiflung festzuhalten.

Eine dieser Entscheidungen betrifft die Hütte. Die in Vermont, die mir meine Mutter hinterlassen hat. Ich habe darüber nachgedacht, sie zu verkaufen, darüber nachgedacht, dieses Stück von ihr loszulassen, weil es einfach zu schmerzhaft ist, damit umzugehen. Aber vielleicht sehe ich das alles falsch. Vielleicht ist die Hütte nichts, was vermieden oder vergessen werden sollte. Vielleicht ist es eine Chance, neu zu beginnen, Frieden zu finden, mich mit dem zu verbinden, wer ich außerhalb des ganzen Chaos und Herzensbruchs bin.

Ich denke an Vermont – die Ruhe, die Natur, die Art, wie das Leben dort langsamer zu vergehen scheint. Es ist das genaue Gegenteil von meinem Leben in Chicago, aber vielleicht ist das genau das, was ich brauche. Ein Neuanfang. Ein neuer Anfang. Ein Ort, an dem ich die Vergangenheit hinter mir lassen und etwas Neues aufbauen kann.

Als ich die Dusche abstelle und mich in ein Handtuch wickele, habe ich meine Entscheidung getroffen. Ich werde die Hütte nicht verkaufen. Ich werde dorthin ziehen. Ich werde Chicago und all seine schlechten Erinnerungen hinter mir lassen und in Vermont neu anfangen. Es ist eine verrückte Idee, aber sie fühlt sich richtig an. Zum ersten Mal seit langer Zeit fühlt sich etwas richtig an.

ZWEI WOCHEN SPÄTER

Ich sitze in einem kleinen, gemütlichen Büro, das schwach nach Lavendel und etwas Zitrusartigem riecht. Die Wände sind in einem beruhigenden Blauton gestrichen, dekoriert mit abstrakten Gemälden, die beruhigend sein sollen, mich aber meistens nur fragen lassen, was sich der Künstler dabei gedacht hat. Ich komme hier alle paar Tage her, und während ich mich immer noch wie ein emotionales Wrack fühle, gibt es einen kleinen Teil in mir, der beginnt, sich... besser? Vielleicht?

Louise, meine Therapeutin, sitzt mir gegenüber in einem bequemen Sessel, ihr Notizblock auf ihrem Knie. Sie hat diese Art, mich anzusehen – als würde sie versuchen, durch all die Schichten zu sehen, in die ich mich gehüllt habe, bis zum Kern dessen, wer ich bin. Es ist beunruhigend, aber auch irgendwie beruhigend, als ob sie mir helfen könnte, die Teile von mir zu finden, die ich auf dem Weg verloren habe.

„Also, Mia", beginnt Louise, ihre Stimme ruhig und steady, „du hast viel über deine Entscheidung gesprochen, nach Vermont zu ziehen und neu anzufangen. Aber ich bin neugierig – siehst du diesen Umzug als eine Möglichkeit, wirklich neu zu beginnen, oder denkst du, dass ein Teil von dir wegläuft?"

Ich rücke mich unbehaglich auf meinem Stuhl, spüre das Gewicht ihrer Frage. „Ich meine... ist es nicht beides?" sage ich und versuche, meinen

Ton leicht zu halten. „Ein Neuanfang bedeutet normalerweise, etwas hinter sich zu lassen, oder? Also ja, ich gehe weiter. Ich wähle, die Vergangenheit dort zu lassen, wo sie hingehört."

Louise nickt, aber ich kann sehen, dass sie mich nicht so einfach davonkommen lässt. „Es klingt, als wärst du dir bewusst, dass du etwas hinterlässt, aber was genau ist es, das du hinterlässt? Ist es nur die Stadt, dein Job, die Erinnerungen an deine Mutter? Oder ist es etwas Tieferes – etwas, dem du dich noch nicht vollständig gestellt hast?"

Ich atme tief ein und versuche, eine Antwort zu formulieren, die nicht völlig lächerlich klingt. „Ich schätze... ich lasse den Teil von mir hinter mir, der feststeckte. Den Teil, der nicht über die Trennung hinwegkommen konnte, der den Verlust meiner Mutter nicht bewältigen konnte. Ich muss von all den Erinnerungen wegkommen, von allem, was mich zurückhält."

Louise lehnt sich leicht vor, ihr Gesichtsausdruck nachdenklich. „Und was passiert, wenn dich diese Erinnerungen nach Vermont verfolgen? Was, wenn du dich mit denselben Kämpfen, denselben Ängsten konfrontiert siehst, nur in einer anderen Umgebung? Wie wirst du damit umgehen?"

Die Frage trifft mich wie ein Schlag. Ich hatte nicht wirklich darüber nachgedacht – über die Möglichkeit, dass meine Probleme mich verfolgen könnten, egal wie weit ich laufe. „Ich... ich weiß nicht", gebe ich zu, meine Stimme ist jetzt leiser. „Ich schätze, ich habe einfach angenommen, dass ein Tapetenwechsel mir helfen würde, alles hinter mir zu lassen. Aber jetzt, wo du es erwähnst... vielleicht ist das nur Wunschdenken."

Louise schenkt mir ein kleines, ermutigendes Lächeln. „Es ist natürlich, fliehen zu wollen, Mia. Aber es ist wichtig zu erkennen, dass physische Distanz allein die emotionalen Probleme, mit denen du kämpfst, nicht lösen wird. Du hast erwähnt, dass du einen Neuanfang möchtest, aber ich möchte dich herausfordern, darüber nachzudenken, was das wirklich bedeutet. Geht es darum, deiner Vergangenheit auszuweichen, oder darum, ihr direkt ins Auge zu sehen und zu lernen, damit zu leben?"

Ich fühle, wie sich ein Kloß in meinem Hals bildet, das vertraute Gefühl, etwas vermeiden zu wollen, das zu schmerzhaft ist, um darüber nachzudenken. „Ich möchte nicht weiter in der Vergangenheit leben", sage ich, meine Stimme zittert. „Aber ich weiß nicht, wie ich... wie ich mich allem stellen kann, ohne das Gefühl zu haben, ich würde darin ertrinken."

Louise nickt, ihr Blick ist fest und mitfühlend. „Es ist ein Prozess, Mia. Heilung geschieht nicht über Nacht, und sie geschieht sicherlich nicht einfach, weil du deine Umgebung geändert hast. Du musst bereit sein, die harte Arbeit – hier und jetzt – zu leisten, um den Schmerz anzugehen, den du mit dir herumträgst. Andernfalls wird er in Vermont auftauchen oder wo auch immer du hingehst."

Ich schlucke schwer und fühle, wie ich kurz davor bin, in Tränen auszubrechen. „Aber ich weiß nicht, ob ich stark genug bin, um das zu tun. Um wirklich damit umzugehen."

„Du bist es", sagt Louise bestimmt und lehnt sich ein wenig weiter vor. „Aber du musst glauben, dass du es bist. Und ein Teil dieser Stärke kommt daher, deine Muster zu erkennen – besonders wenn es um Beziehungen geht. Du hast vorher erwähnt, dass du in der Vergangenheit mit Co-Abhängigkeit gekämpft hast. Nach Vermont zu ziehen mag wie eine Möglichkeit erscheinen, dem zu entkommen, aber bist du dir sicher, dass du dich nicht einfach darauf vorbereitest, dieselben Muster mit neuen Menschen zu wiederholen?"

Ich beiße mir auf die Lippe, die Wahrheit ihrer Worte trifft mich wie ein kalter Wasserstrahl. Ich hatte immer die Tendenz, mich zu sehr auf andere zu verlassen, mich in Beziehungen zu verlieren und zu vergessen, wer ich außerhalb von ihnen bin. Es ist einer der Gründe, warum meine Trennung so verheerend war – es war nicht nur, ihn zu verlieren, sondern auch die Identität, die ich um ihn herum aufgebaut hatte.

„Ich möchte nicht wieder in diese Falle tappen", sage ich leise. „Aber ich habe Angst, dass ich es tun werde. Ich weiß nicht, wie ich das nicht tun kann."

Louise lehnt sich in ihrem Stuhl zurück, ihr Gesichtsausdruck ist ernst, aber freundlich. „Der erste Schritt ist das Bewusstsein, und du hast das bereits getan. Der nächste Schritt ist, Grenzen zu setzen – nicht nur mit anderen, sondern auch mit dir selbst. Du musst dir ein Engagement für dein eigenes Wachstum geben, dafür, herauszufinden, wer du bist und was du willst, unabhängig von anderen."

„Ich weiß nicht einmal, wo ich damit anfangen soll", gebe ich zu und fühle eine Mischung aus Frustration und Hoffnungslosigkeit. „Ich habe einen Großteil meines Lebens damit verbracht, mich durch meine Beziehungen zu definieren – zuerst mit meiner Mutter, dann mit ihm. Wie finde ich heraus, wer ich bin, ohne sie?"

„Es beginnt mit kleinen Schritten", sagt Louise sanft. „Nimm dir Zeit, um deine Interessen und Leidenschaften zu erkunden. Entdecke wieder die Dinge, die dir Freude bereiten, die dich wie dich selbst fühlen lassen. Und denk daran, es ist in Ordnung, allein zu sein. Tatsächlich ist es unerlässlich. Zu lernen, sich in seiner eigenen Gesellschaft wohlzufühlen, ist eine der wichtigsten Fähigkeiten, die du entwickeln kannst."

Ich nicke langsam und versuche, das, was sie sagt, zu verarbeiten. „Ich schätze, das ist der Grund, warum Vermont sich wie die richtige Wahl anfühlt. Es ist eine Chance, allein zu sein, mich einmal auf mich selbst zu konzentrieren. Aber ich habe auch Angst, dass ich mich nur noch mehr isolieren werde, dass ich mich so weit in meine eigene Welt zurückziehe, dass ich nicht mehr herauskomme."

Louises Augen weichen mit Verständnis auf. „Es ist ein empfindliches Gleichgewicht, Mia. Wegzuziehen kann dir den Raum geben, den du brauchst, um zu heilen, aber es ist wichtig, dich nicht völlig abzuschneiden. Halte Kontakt zu Menschen, die dich unterstützen, und bemühe dich, neue, gesunde Verbindungen in Vermont aufzubauen. Du musst das nicht alleine tun, auch wenn du physisch allein bist."

„Ich weiß", sage ich, obwohl ein Teil von mir sich immer noch fragt, ob ich mich nur selbst täusche. „Es ist nur... so viel ist passiert, und ich bin mir nicht sicher, wie ich mir selbst wieder vertrauen kann, die richtigen Entscheidungen zu treffen."

„Du hast viel durchgemacht", stimmt Louise zu. „Aber das bedeutet nicht, dass du nicht in der Lage bist, gute Entscheidungen zu treffen. Es bedeutet nur, dass du dir Zeit geben musst – um zu heilen, um zu reflektieren und um zu wachsen. Du wirst nicht sofort alle Antworten haben, und das ist in Ordnung. Was zählt, ist, dass du Schritte in die richtige Richtung machst, auch wenn sie klein sind."

Ich lasse einen langen Atemzug entweichen, während ich spüre, wie ein Teil der Anspannung in meiner Brust beginnt, sich zu lösen. „Ich schätze, ich muss es einfach einen Tag nach dem anderen angehen."

„Genau", sagt Louise mit einem beruhigenden Lächeln. „Einen Tag nach dem anderen. Und denk daran, du bist nicht allein in diesem. Du hast Menschen, die sich um dich kümmern, die sehen wollen, dass du Erfolg hast. Und du hast die Kraft in dir, das zu tun, auch wenn es sich nicht immer so anfühlt."

Ich nicke und fühle eine Mischung aus Emotionen – Angst, Hoffnung, Unsicherheit und vielleicht, nur vielleicht, ein bisschen Entschlossenheit. „Danke, Louise. Ich denke... ich denke, ich musste das hören."

„Ich bin froh", sagt sie, ihre Stimme warm und unterstützend. „Und denk daran, das ist eine Reise. Es ist in Ordnung, zu stolpern, Rückschläge zu haben. Was wichtig ist, ist, dass du weiter vorankommst, auch wenn es in deinem eigenen Tempo ist."

Ich lehne mich in meinem Stuhl zurück und lasse ihre Worte sacken. Es wird nicht einfach werden, aber vielleicht ist das in Ordnung. Vielleicht sind die Dinge, die es wert sind, zu haben – die Dinge, die wirklich zählen – die, für die man kämpfen muss, die, durch die man den Schmerz überwinden muss, um sie zu erreichen.

Als ich Louises Büro verlasse und in die kühle Nachmittagsluft trete, atme ich tief ein und sage mir: „Hier gehe ich."

KAPITEL 3

Der Bus ruckelt zum Halt, und ich steige in die klare Vermont-Luft aus, halte meine zwei Taschen wie die einzigen Dinge, die mich an diese Welt binden. Die Luft riecht hier anders – sauberer, frischer, nach Kiefern und Erde. Ich atme tief ein und versuche, die Erschöpfung von der langen Reise abzuschütteln. Maple Ridge, Vermont, ist so malerisch, wie ich es mir vorgestellt habe, mit seinen charmanten alten Gebäuden und baumgesäumten Straßen. Und jetzt bin ich hier, nur mit zwei Taschen und einem Traum, in der Hoffnung, dass dieser Ort der Neuanfang ist, den ich so dringend brauche.

Ich schaue mich um und versuche, mich zurechtzufinden. Die Hütte meiner Mutter soll in der Nähe sein, aber ich war seit Jahren nicht mehr hier, und meine Erinnerung ist bestenfalls verschwommen. Das erste, was ich tun muss, ist, die Schlüssel abzuholen. Ich habe sie bei Nick gelassen, dem Immobilienmakler, der den Ort verkaufen sollte, nachdem meine Mutter gestorben ist. Damals war ich überzeugt, dass ich nie wieder einen Fuß nach Vermont setzen würde. Lustig, wie sich die Dinge ändern.

Als ich ein kleines Lebensmittelgeschäft gleich die Straße hinauf entdecke, beschließe ich, dort zu beginnen. Es ist eines dieser reizenden, altmodischen Geschäfte mit einem knarrenden Holzschild vor der Tür, das man nur in kleinen Städten sieht. Ich öffne die Tür, und eine kleine Glocke läutet über mir und kündigt meine Ankunft an.

Drinnen ist der Laden gemütlich und überfüllt, mit Regalen, die vollgestopft sind mit allem von Konserven bis hin zu handgemachten Kerzen. Der Duft von frisch gebrühtem Kaffee zieht durch die Luft, und ich sehe einen Mann hinten im Laden, der an einem Holzschrank arbeitet. Er ist groß, hat dunkles Haar und einen struppigen Bart, trägt ein Flanellhemd mit hochgerollten Ärmeln. Seine Hände bewegen sich mit geübter Leichtigkeit, während er das Holz glatt schleift und eine Melodie vor sich hin summt.

„Entschuldigung", sage ich und gehe ihm etwas zögerlich näher.

Er schaut auf, und für einen Moment treffen sich seine tiefbraunen Augen mit meinen. In seinem Blick liegt eine Wärme, als wäre er wirklich froh, einen anderen Menschen zu sehen. „Hey, du", sagt er, seine Stimme klingt reich und freundlich. „Kann ich dir mit etwas helfen?"

„Ja, tatsächlich", antworte ich und fühle mich ein wenig entspannter. „Ich suche diese Adresse." Ich ziehe ein Stück Papier mit den handgeschriebenen Anweisungen hervor, die mir Nick gegeben hat. „Ich soll ein paar Schlüssel abholen."

Er wischt sich die Hände an einem Lappen ab und tritt näher, um sich das Papier anzusehen. „Ah, ich kenne diesen Ort", sagt er mit einem Nicken. „Du bist fast da. Geh einfach zwei Straßen weiter und dann links. Du wirst ein rotes Schild sehen – das ist das Immobilienbüro. Nicks Platz."

„Danke", sage ich erleichtert, dass ich nicht allzu weit entfernt bin. „Ich bin den ganzen Tag gereist und bin einfach bereit, dorthin zu gelangen und mich auszuruhen."

Er schenkt mir ein mitfühlendes Lächeln. „Das kann ich mir vorstellen. Vermont ist ein schöner Ort zum Entspannen, du wirst es hier mögen."

„Ich hoffe es", antworte ich und schenke ihm ein kleines Lächeln zurück. „Danke noch einmal."

„Kein Problem", sagt er und wendet sich schon wieder seiner Arbeit zu. „Viel Glück."

Ich verlasse den Laden und folge seinen Anweisungen, mein Herz pocht vor Vorfreude. Es ist seltsam, hier zu sein, in der Stadt, in der meine Mutter lebte, wo sie diese alte Hütte vermietet hat. Ich hatte nie wirklich viel nachgefragt, nachdem ich erwachsen wurde, immer zu beschäftigt mit dem Leben in Chicago. Und jetzt bin ich hier, bereit, die Schlüssel zu dem Ort abzuholen, den ich einst für immer vergessen wollte.

Das Immobilienbüro ist leicht zu erkennen, mit dem hellroten Schild, das über der Tür hängt. Ich trete ein, und eine kleine Glocke läutet, genau wie im Laden. Das Büro ist klein, mit ein paar Schreibtischen und einem schwarzen Brett, das mit Fotos von zum Verkauf stehenden Immobilien bedeckt ist. Nick sitzt hinter einem der Schreibtische und tippt auf seinem Computer. Er schaut auf, als ich eintrete, und sein Gesichtsausdruck wechselt von geschäftsmäßig zu mitfühlend in einem Augenblick.

„Mia, richtig?", sagt er, steht auf und kommt um den Schreibtisch, um mich zu begrüßen. „Ich bin Nick. Willkommen in Vermont."

„Danke", sage ich, „ich... ich schätze alles, was du getan hast, um den Ort zu verkaufen und so."

Nick nickt, verständnisvoll. „Das ist überhaupt kein Problem. Die Hütte ist ein wunderschöner Ort. Es tut mir nur leid, dass es unter solchen Umständen sein musste."

Ich zögere einen Moment, unsicher, wie ich ihm die Neuigkeit beibringen soll. „Eigentlich... habe ich meine Meinung geändert", beginne ich und beiße mir auf die Lippe. „Es tut mir leid für die Umstände, die das mit sich bringt, aber ich habe beschlossen, die Hütte nicht zu verkaufen. Zumindest nicht jetzt. Ich denke... ich denke, ich muss dort bleiben, um für mich selbst herauszufinden, was ich will."

Nicks Gesichtsausdruck ändert sich nicht; er nickt einfach, als ob er das erwartet hätte. „Ich verstehe vollkommen", sagt er sanft. „Das ist eine große Entscheidung. Und es ist schließlich dein Zuhause. Wenn du jemals etwas brauchst, zögere nicht, dich zu melden."

Ich lasse einen Atemzug entweichen, von dem ich nicht wusste, dass ich ihn angehalten hatte. „Danke, Nick. Ich weiß das wirklich zu schätzen."

Er geht zu einem kleinen Aktenschrank und zieht ein Schlüsselbund heraus. „Hier, bitte", sagt er und reicht es mir. „Der Ort wurde gut gepflegt. Darauf habe ich geachtet. Draußen liegt ein bisschen Feuerholz für die kälteren Nächte, und die Grundausstattung sollte alles da sein."

Ich nehme die Schlüssel und spüre ihr Gewicht in meiner Hand, während die Realität dieser Entscheidung endlich zu mir durchdringt. „Danke noch einmal. Für alles."

Nick lächelt, seine Augen warm vor Verständnis. „Nimm dir Zeit, Mia. Vermont hat eine Art, Menschen zu helfen, das zu finden, wonach sie suchen."

Ich nicke, traue mich nicht zu sprechen, und drehe mich um, um das Büro zu verlassen. Draußen beginnt die Sonne, hinter den Bergen zu sinken, und wirft lange Schatten über die Stadt. Ich schaue auf die Schlüssel in meiner Hand und fühle eine Mischung aus Nervosität und Erleichterung. Das ist es – der Beginn von etwas Neuem. Etwas, das sich, zum ersten Mal, so anfühlt, als könnte es genau das sein, was ich brauche.

Als ich die Hütte erreiche, schmerzen meine Hände vom Schleppen meiner Taschen, die ich den ganzen Weg vom Immobilienbüro hergetragen habe. Die Riemen haben sich in meine Handflächen eingegraben und hinterlassen rote Abdrücke, die bei jedem Schritt pochen. Ich schaue auf das kleine, verwitterte Gebäude vor mir—die

Hütte meiner Mutter, meine Hütte jetzt, schätze ich. Sie sieht genau so aus, wie ich mich an die wenigen Besuche als Kind erinnere, obwohl sie irgendwie kleiner erscheint. Zerbrechlicher.

Als ich mich der Haustür nähere, bemerke ich eine Gestalt aus dem Augenwinkel. Ich drehe mich um und sehe eine ältere Frau auf der Veranda des Nachbarhauses stehen, die mich mit neugierigen Augen beobachtet. Sie hat diesen Blick—als hätte sie auf diesen Moment gewartet, als ob die ganze Stadt von meiner Ankunft in Aufregung wäre.

Sie nickt mir zu, höflich, aber distanziert, und ich zwinge mich, zurückzunicken. Aber ehrlich gesagt ist meine Höflichkeit an diesem Punkt verschwunden. Ich bin erschöpft, emotional ausgelaugt, und das Letzte, wofür ich im Moment Energie habe, ist Smalltalk mit einer Nachbarin, die wahrscheinlich schon die halbe Stadt über die neuesten Klatschgeschichten über mich informiert hat.

Stattdessen biete ich ihr ein schwaches Lächeln an—eher eine Grimasse, wirklich—und wende meine Aufmerksamkeit wieder der Hütte zu. Der Schlüssel zittert leicht in meiner Hand, als ich ihn ins Schloss stecke, das Metall kalt auf meiner Haut. Die Tür knarrt beim Öffnen mit einem Stöhnen, als wäre sie seit Ewigkeiten nicht mehr benutzt worden, und ich trete ein und lasse meine Taschen auf den abgenutzten Holzboden fallen.

Das Innere ist genau so, wie ich es erwartet habe—gemütlich, ein wenig staubig, aber mit einer Wärme, die sich irgendwie sowohl vertraut als auch seltsam anfühlt. Die Möbel sind alt, aber robust, die Art von Stück, die jahrelang benutzt wurden und trotzdem noch gut in Schuss sind. Einige Erinnerungsstücke, die meiner Mutter gehörten, sind im Raum verstreut—eine alte Uhr auf dem Kaminsims, ein gewebter Teppich, den sie wahrscheinlich auf einem lokalen Kunsthandwerksmarkt gekauft hat. Es fühlt sich an, als würde ich in einen Teil meines Lebens zurückkehren, den ich fast vergessen hatte, einen Teil, der darauf gewartet hat, dass ich zurückkomme.

Ich schließe die Tür hinter mir und lehne mich dagegen, lasse mich endlich ausatmen. Das Gewicht der letzten Wochen trifft mich auf einmal, und ich habe das Gefühl, als würde ich in den Boden sinken. Mein Körper ist müde, so müde, von all der Anspannung, all den Emotionen, die in mir brodeln. Die Höhen und Tiefen waren unerbittlich, wie ein Sturm, dem ich nicht entkommen kann, und jetzt, wo ich hier stehe, in dieser ruhigen Hütte, fühlt es sich an, als wäre all meine Energie aus mir entwichen.

Ich zwinge mich zu bewegen, ein paar Schritte weiter in den Raum zu gehen, aber jeder Teil von mir möchte nur zusammenbrechen. Ich muss mich hinlegen, meine Augen schließen und versuchen, wieder zu Atem zu kommen. Dieser ganze Umzug, diese abrupte Veränderung, sollte mir helfen, etwas Frieden zu finden, aber im Moment zeigt es mir nur, wie zerrissen ich geworden bin.

Ich schaffe es zur Couch und falle praktisch darauf, lasse die weichen Kissen mich auffangen. Meine Muskeln schmerzen, mein Geist ist ein Wirbel aus Gedanken, die ich nicht entwirren kann, und alles, was ich will, ist, meine Augen zu schließen und für eine Weile zu entkommen. Nur ein Nickerchen, sage ich mir. Nur genug, um die Kante abzuschneiden, um mich zurückzusetzen, bevor ich mich mit irgendetwas anderem beschäftigen muss.

Ich kuschle mich auf die Couch, ziehe eine Decke über mich und lasse meine Augenlider zufallen. Die Hütte ist still, eine Art von Stille, die fast zu still, zu perfekt erscheint, nach dem ständigen Lärm der Stadt. Es ist auf eine Art beunruhigend, aber es ist auch genau das, was ich jetzt brauche. Eine Pause von allem. Eine Chance, einfach... zu sein.

Aber selbst während ich wegdrifte, kann mein Geist nicht ganz loslassen. Die Anspannung bleibt, eine Enge in meiner Brust, die sich weigert, nachzulassen. Es ist, als würde mein Körper all den Stress, all die Angst festhalten, und kein noch so tiefes Atmen wird das wegmachen. Ich habe diesen riesigen Sprung gemacht, diese Entscheidung, neu zu beginnen, aber die Zweifel sind immer noch da, lauern unter der Oberfläche.

Was, wenn das nicht funktioniert? Was, wenn ich einfach weglaufe, wie Louise gesagt hat? Was, wenn ich nicht stark genug bin, um allem zu begegnen, was hier auf mich wartet?

Ich kneife meine Augen zusammen und will die Gedanken zum Stoppen bringen. Ich kann es mir nicht leisten, so zu denken—nicht jetzt, nicht nachdem ich so weit gekommen bin. Ich muss glauben, dass das der richtige Schritt ist, dass es der erste Schritt zu etwas Besserem war. Etwas, das mir tatsächlich helfen könnte, zu heilen.

Aber während mein Körper tiefer in die Couch sinkt und die Erschöpfung mich schließlich zu ziehen beginnt, kann ich nicht anders, als zu fühlen, dass der eigentliche Kampf gerade erst beginnt. Und ich bin mir nicht sicher, ob ich dafür bereit bin.

...

Ich wache auf zum scharfen, unaufhörlichen Bellen von Hunden draußen, gefolgt vom hektischen Flattern von Vögeln, die aufsteigen. Meine Augen reißen auf, und für einen desorientierenden Moment vergesse ich, wo ich bin. Die ungewohnten Geräusche reißen mich vollständig aus dem Schlafnebel. Es ist viel zu früh für diese Art von Chaos.

„Was für ein Albtraum", grumble ich, reibe mir die Augen und setze mich auf. Der Raum ist in das sanfte, frühe Morgenlicht getaucht, aber alles, worauf ich mich konzentrieren kann, ist der Lärm draußen. Das

Bellen ist unerbittlich, wie ein Alarm, den ich nicht ausschalten kann. Ich stöhne, als ich meine Beine über die Couch schwinge, mein Körper protestiert bei jeder Bewegung. Der Frieden, den ich in dieser ruhigen Hütte zu finden hoffte, wird bereits durch die Realität des Landlebens zerschlagen.

Widerwillig stehe ich auf und schlurfe zum Fenster. Der Holzboden knarrt unter meinen Füßen, das Geräusch überraschend laut in der Stille des Raumes. Als ich den Vorhang zurückziehe, treffe ich auf den Anblick meiner neuen Nachbarn, die bereits unterwegs sind. Einer führt ein Paar enthusiastischer Hunde, deren Leinen sich in den Händen des Besitzers verheddern, während sie zu einem Schwarm erschreckter Vögel ziehen. Eine andere Nachbarin, eine Frau mit einem Gartenhut, kümmert sich um die Blumen vor ihrer Veranda, ihre Hände tief in der Erde.

Bevor mich jemand bemerkt, lasse ich schnell den Vorhang sinken und trete vom Fenster zurück, eine Welle der Angst überrollt mich. Mein Herz schlägt in meiner Brust, eine körperliche Erinnerung daran, wie sehr ich mich hier immer noch wie ein Außenseiter fühle. Ich bin nicht bereit für Smalltalk oder Vorstellungen, nicht bereit, Fragen zu beantworten, warum ich hierher gezogen bin, oder höfliche Kommentare darüber zu hören, wie ich „zurechtkomme". Ich brauche einfach etwas Raum, etwas Zeit, um mich an dieses neue Leben zu gewöhnen, bevor ich mich jemand anderem stellen muss.

Ich drehe mich vom Fenster weg und ziehe mich in die Sicherheit meines neuen Zuhauses zurück. Es ist zu früh dafür. Zu früh für Gespräche, für gezwungene Lächeln, für das Vortäuschen, dass alles in Ordnung ist.

Bevor ich mich vollständig in den Komfort meiner Einsamkeit zurückziehen kann, klingelt die Türglocke und durchbricht die Stille wie eine scharfe Klinge. Ich erstarre, jeder Muskel in meinem Körper spannt sich bei dem Geräusch an. Für einen kurzen Moment überlege ich, es zu ignorieren, vorzugeben, ich sei nicht zu Hause, aber ich weiß, dass das keine Option ist. Sie haben mich wahrscheinlich am Fenster gesehen.

„Verdammte Axt!" Fluche ich leise, hasse es, dass ich mich in eine soziale Situation zwingen muss, auf die ich nicht vorbereitet bin. Mein Herz sinkt, als ich realisiere, dass es kein Entkommen gibt. „Warum musste ich nur aus dem Fenster schauen?" murmele ich und lasse ein humorloses Lachen heraus. „Natürlich haben sie mich gesehen. Willkommen im Leben in einer Kleinstadt, Mia."

Resigniert schiebe ich mich vom Tisch weg und gehe zur Tür, meine Schritte schwer und widerwillig. Mit jedem Schritt bereite ich mich auf die gezwungenen Höflichkeiten vor, die ich gleich ertragen muss, bin schon beim Gedanken an Lächeln und Smalltalk erschöpft.

Als ich die Tür öffne, werde ich von dem Anblick eines älteren Paares begrüßt, das auf meiner Veranda steht, beide mit warmen, einladenden Lächeln. Der Mann ist groß und leicht gebeugt mit einem dichten weißen Haarschopf, und die Frau neben ihm ist kleiner, ihr silbernes Haar ordentlich unter einem blumigen Schal gesteckt. Zwischen ihnen halten sie einen großen Korb aus Weide, gefüllt mit dem, was wie hausgemachte Waren aussieht—frisch gebackenem Brot, Gläsern mit Marmelade und einem Strauß Blumen.

„Hallo!" sagt der Mann, seine Stimme voller Freundlichkeit. „Wir wollten nur vorbeikommen und Sie in Maple Ridge willkommen heißen."

Ich zwinge mir ein Lächeln ab, während das Gewicht der Situation auf meinen Schultern lastet. „Danke", antworte ich und versuche, meinen Ton höflich und stabil zu halten.

Die Augen der Frau erweichen, als sie mich ansieht, ihr Lächeln sanft. „Sind Sie Elizabeths Tochter?" fragt sie, ihre Stimme durchzogen von Neugier und etwas anderem—Mitleid vielleicht.

Ich nicke und schlucke den Kloß in meinem Hals hinunter. „Ja, das bin ich. Ich bin Mia."

Ein Welle des Verständnisses geht zwischen dem Paar hin und her, und der Mann tritt leicht vor, sein Ausdruck wird ernst. „Es tut uns so leid für Ihren Verlust", sagt er leise. „Elizabeth war eine wunderbare Frau, und sie bedeutete uns viel."

„Sie war für jeden in dieser Stadt besonders", fügt die Frau hinzu, ihre Stimme zart. „Sie hat uns sogar einmal in der Hütte übernachten lassen, als wir Reparaturen an unserem Haus hatten. Wir wollten Ihnen etwas als Willkommensgeschenk bringen—und um Ihnen zu sagen, dass, wenn Sie irgendetwas brauchen, wir gleich nebenan sind."

Ich schaue auf den Korb, den sie halten, das Gewicht ihrer Freundlichkeit drückt auf mich. Es ist überwältigend, dieser plötzliche Zustrom von Wärme und Unterstützung von Fremden, die meine Mutter besser kannten als ich jemals. Einen Moment lang kämpfe ich, die richtigen Worte zu finden, meine Emotionen in einem Durcheinander aus Dankbarkeit und Trauer verstrickt.

„Danke", schaffe ich es zu sagen, meine Stimme kaum über ein Flüstern. „Das ist... wirklich nett von Ihnen."

Die Frau streckt die Hand aus und drückt sanft meine, ihr Griff tröstlich. „Sie sind hier nicht allein, Mia. Wenn Sie jemals reden müssen oder einfach nur jemanden brauchen, der da ist, wir sind hier."

Ich nicke, mein Hals zieht sich zusammen, während ich versuche, die Tränen zurückzuhalten, die drohen, zu fließen. „Ich schätze das. Wirklich."

Sie lächeln beide, und der Mann reicht mir den Korb. „Wir werden Sie nicht lange aufhalten, aber wir wollten nur sicherstellen, dass Sie wissen, dass Sie hier willkommen sind."

„Danke", wiederhole ich, während ich eine Mischung aus Erleichterung und Unbehagen über die aufrichtige Fürsorge spüre, die sie mir zeigen.

Als sie sich umdrehen, um zu gehen, schaut die Frau noch einmal zu mir zurück. „Und denken Sie daran, Mia—wenn Sie irgendetwas brauchen, zögern Sie nicht, vorbeizukommen. Wir helfen Ihnen gerne."

Damit schenken sie mir ein letztes warmes Lächeln, bevor sie zurück zu ihrem Zuhause gehen. Ich stehe an der Tür, halte den Korb an meine Brust und sehe ihnen nach. Sobald sie außer Sicht sind, schließe ich die Tür und lehne mich dagegen, atme tief aus.

„Nun, das war... etwas", murmele ich zu mir selbst und versuche, die Begegnung zu verarbeiten. So sehr ich den Gedanken hasste, mit jemandem zu interagieren, kann ich nicht leugnen, dass ihre Freundlichkeit ein kleines, warmes Gefühl in meiner Brust hinterlassen hat.

Vielleicht wird dieser Ort doch nicht so schlecht sein.

Ich schließe die Tür leise und schaue sofort durch das Türspion, mein Herz schlägt noch immer schnell von der unerwarteten Begegnung. Ich sehe das Paar davonlaufen, ihre Figuren werden kleiner, während sie zu ihrem Zuhause zurückkehren. Ein Teil von mir hasst es, es zuzugeben, aber sie waren wirklich nette Leute, die sich die Mühe gemacht haben, mich so willkommen zu heißen. Doch selbst während ich ihre Freundlichkeit anerkenne, bleibt eine bittere Kante in mir zurück, ein anhaltender Zorn, der mich von der Welt abkapselt. Es ist, als würde etwas tief in mir an dem Schmerz festhalten, sich weigern loszulassen, und mich unzugänglich machen für das Leben, das außerhalb dieser Wände geschieht.

Ich bin gerade dabei, mich von der Tür abzuwenden, als mir etwas ins Auge fällt. Der Typ von vorher—der, der mir die Wegbeschreibung gegeben hat—geht die Straße entlang, sein großer Rahmen in ein rotkariertes Hemd gekleidet. Er trägt ein paar Einkaufstaschen, und es gibt etwas an der Art, wie er sich bewegt, so lässig und entspannt, das meine Neugier weckt. Meine Augen verengen sich leicht, während ich ihn beobachte und mich frage, wo er hinwill.

Er geht an meinem Haus vorbei und macht sich auf den Weg zu den Verandastufen des genau gleichen Hauses, in das das alte Paar gerade eingetreten ist. Mein Atem stockt leicht, als ich realisiere, dass er dort vielleicht auch wohnt. Einen Moment lang bin ich wie erstarrt, meine Gedanken wirbeln mit Fragen. Wohnt er mit ihnen zusammen? Ist er ein Verwandter oder einfach jemand, der hilft?

Ich beobachte, wie er die Tür öffnet und hineingeht, die schwere Holztür schließt sich hinter ihm mit einem sanften Geräusch. Mein Geist rattert, während ich versuche, dieses neue Detail zusammenzupuzzeln. Es fühlt sich an, als würde jedes neue Detail über diese Stadt und ihre Bewohner mich tiefer in ein Netz aus Neugier und Verbindungen ziehen, das ich nicht erwartet hatte zu finden.

Ich trete von der Tür zurück, das Bild des Mannes im rotkarierten Hemd bleibt in meinem Kopf. Ich kann nicht anders, als mich zu fragen, was seine Geschichte ist—wie er in das Leben der Menschen hier passt und warum er mir aus irgendeinem Grund mehr Aufmerksamkeit geschenkt hat als jeder andere, dem ich bisher begegnet bin.

Aber bevor ich zu lange darüber nachdenken kann, schüttle ich den Kopf und versuche, meine Gedanken zu klären. Ich habe genug zu bewältigen, ohne noch mehr Rätsel hinzuzufügen. Doch selbst während ich mir sage, ich solle es loslassen, kann ein kleiner Teil von mir nicht anders, als ein Ziehen der Neugier zu spüren—eine Anziehung zu dem Leben, das ich so hartnäckig auf Distanz halte.

KAPITEL 4

Mias Wecker summte laut neben ihrem Bett und riss sie aus einem traumhaften Schlaf in die kalte Morgenluft von Maple Ridge. Sie lag einen Moment lang, in ihre Laken verwickelt, die Überreste ihrer Träume schwebten wie Nebelschwaden um sie herum. Heute war ihr erster Tag in der Maple Ridge Gallery, und das Flattern von Schmetterlingen in ihrem Bauch ließ sie zögern, bevor sie schließlich ihre Beine aus dem Bett schwang.

Sie kleidete sich in bequeme Jeans und einen weichen Pullover, der sie warm gegen die herbstliche Kühle schützte, die durch die Wände ihrer Hütte drang. Mit einem tiefen Atemzug schnappte sie sich ihre Tasche, aus der ein Skizzenbuch hervorblitzte—eine Gewohnheit aus einem früheren Leben, von der sie sich noch nicht ganz lösen konnte.

Die Galerie war nur einen kurzen Spaziergang von ihrer Hütte entfernt, im Herzen von Maple Ridge gelegen. Als Mia sich näherte, nahm sie die lebendigen Auslagen durch die großen Fenster wahr—abstrakte Malereien, die mit ruhigen Landschaften kollidierten, und Skulpturen, die die Realität mit ihren Kurven und Winkeln zu verzerren schienen. Es war, als würde sie in eine andere Welt eintreten, eine, die viel farbenfroher und gewagter war als die, die sie in Chicago gekannt hatte.

Ich trat in die Maple Ridge Gallery ein, und die eklektische Mischung aus Farben und Texturen fesselte sofort meine Aufmerksamkeit. Es war mein erster Tag, und das Flattern in meinem Bauch fühlte sich an, als würde ein Schwarm Schmetterlinge versuchen, zu entkommen.

„Willkommen, Mia! Oh, ich bin so froh, dass du hier bist. Es gibt etwas Magisches daran, einen neuen Pinselstrich zu unserem kleinen Gemeinschaftsbild hinzuzufügen", schwärmte Lila, während ihre Arme durch die Luft fegten, als würde sie die Worte in den Raum um uns herum malen.

„Danke, dass Sie mich haben, Lila. Es ist wirklich ein inspirierender Ort, den Sie hier haben", antwortete ich, meine Stimme durchzogen von der nervösen Aufregung, in ein neues Kapitel einzutreten.

Lila lachte, ein Klang so leicht und ansprechend wie das Klingeln von Windspielen. „Oh, Liebling, ‚inspirierend' ist nur der Anfang. Komm, lass mich dir alles zeigen. Hier gibt es einen Herzschlag, einen Rhythmus, zu dem du bald auch tanzen wirst."

Während wir durch die Galerie schwanderten, wies Lila auf verschiedene Werke hin—Abstraktionen, die das Auge in sich ziehenden Farbwirbel zogen, starr schwarz-weiße Porträts, die schienen, in die Seele zu blicken, und Skulpturen, die Metall und Glas in unmögliche Formen verwandelten.

„Jedes Stück erzählt eine Geschichte, weißt du", fuhr Lila fort und hielt vor einem lebendigen Gemälde an, das meine Aufmerksamkeit erregte. „Wie dieses hier. Der Künstler begann zu malen, nachdem er ein Jahrzehnt in einem eintönigen Bürojob gearbeitet hatte. Er sagte, Kunst sei seine Art zu schreien, ohne einen Laut von sich zu geben."

Ich fand mich von den tumultuösen Wirbeln des Gemäldes angezogen, fühlte eine Verwandtschaft zu dem unausgesprochenen Verlangen des Künstlers. "Es ist unglaublich," murmelte ich.

"Nicht wahr? Mia, hast du jemals mit Kunst experimentiert? Deine Augen sagen mir, dass es einen Schatz an Geschichten gibt, der darauf wartet, herauszukommen."

Ich zögerte, meine bisherigen Erfahrungen mit Kunst waren eine Mischung aus jugendlichem Experimentieren und erwachsenem

Resignieren. "Früher habe ich viel skizziert. Und ein wenig gemalt. Aber es ist Jahre her, seit ich etwas Ernsthaftes gemacht habe."

Lila hielt an und sah mich an, ihr Ausdruck war ernsthaft. "Warum fängst du nicht wieder an? Hier, mit uns? Es gibt keinen besseren Ort, um deine Leidenschaft wiederzuentdecken, und keine bessere Zeit als jetzt."

Die Idee war sowohl erschreckend als auch verlockend. "Ich wüsste nicht einmal, wo ich anfangen soll," gab ich zu und fühlte, wie die alten Unsicherheiten wieder an die Oberfläche kamen.

"Beginne am Anfang. Hier, lass mich dir etwas zeigen." Lila führte mich zu einer kleinen, sonnigen Ecke der Galerie, die ich vorher nicht bemerkt hatte. An der gegenüberliegenden Wand stand eine Staffelei mit einer leeren Leinwand, eine Palette mit Farben wartete daneben.

"Siehst du das? Es gehört dir, wenn du es willst. Denk daran, es ist dein Spielplatz. Keine Regeln, keine Erwartungen. Nur du und ein paar harmlose Farbspritzer."

Ich starrte auf die leere Leinwand, ein Symbol sowohl für Gelegenheit als auch für Ungewissheit. "Ich weiß nicht, Lila. Es ist so lange her. Was, wenn ich nichts Wertvolles erschaffen kann?"

Lila legte eine Hand auf meine Schulter, ihr Griff war leicht, aber beruhigend. "Kunst geht nicht um Wert, Mia. Es geht um Ausdruck. Es geht darum, das, was in dir ist, herauszulassen auf die bunteste, chaotischste oder ruhigste Weise, die du kannst. Wert ist für Kritiker, und wir sind hier keine Kritiker. Wir sind Schöpfer."

Ihre Worte, einfach und doch tiefgründig, rührten etwas in mir an. Vielleicht war es die Aufrichtigkeit in ihrer Stimme oder der sanfte Schubs, den sie gab, aber etwas zwang mich, näher an die Staffelei zu treten.

"Okay," sagte ich, ein zögerliches Lächeln bildete sich. "Okay, ich werde es versuchen."

"Das ist der Geist!" rief Lila erfreut und klatschte in die Hände. Sie reichte mir einen Pinsel, ihre Augen funkelten vor Ermutigung. "Lass einfach los, Mia. Tanze mit den Farben. Hier gibt es kein Richtig oder Falsch."

Als ich den Pinsel in die erste Farbe tauchte—einen kräftigen, unverschämten Blauton—fühlte ich, wie eine alte Tür in mir knarrte. Der Pinsel fühlte sich fremd in meiner Hand an, doch in dem Moment, als er die Leinwand berührte, überkam mich ein Gefühl der Richtigkeit.

Lila beobachtete mich einen Moment lang, dann sagte sie: "Ich lasse dich jetzt damit allein. Ruf einfach, wenn du etwas brauchst. Und denk daran, das hier gehört dir, um es zu erkunden."

Allein gelassen mit der Leinwand ließ ich den Pinsel wandern, jeder Strich glättete die Jahre der Vernachlässigung. Die Farben verschmolzen auf der Leinwand—Blues in Greens, Reds in Purples. Mit jeder Minute wurden meine Striche mutiger, selbstbewusster.

Stunden schienen im Handumdrehen zu vergehen. Ich war so in mein Malen vertieft, dass ich nicht hörte, wie Lila zurückkam.

"Sieh dich an, Mia! Das ist absolut wunderbar. Wie fühlst du dich?" Lila's Stimme durchbrach meine Konzentration.

Ich trat zurück, um das Chaos aus Farben und Formen zu betrachten, das ich erschaffen hatte. Es war kein Meisterwerk, aber es war meins. "Ich fühle mich... befreit, schätze ich. Als hätte ich den Atem angehalten und wüsste es bis jetzt nicht."

"Das ist die Kraft des Loslassens, mein Lieber. Du hast heute etwas freigeschaltet. Halte diesen Schlüssel nahe; du weißt nie, wann du ihn wieder brauchen wirst," sagte Lila, ihre Stimme sanft, ihr Rat in Geheimnis gehüllt, aber klar in der Absicht.

Ich nickte, fühlte eine tiefe Dankbarkeit für die seltsame Wendung des Schicksals, die mich in diese Galerie, zu Lila und zurück zu einem Teil von mir selbst geführt hatte, den ich für immer verloren geglaubt hatte.

"Vielen Dank, Lila. Für diese Chance," sagte ich, meine Stimme war schwer von Emotion.

"Oh, Mia, danke, dass du es angenommen hast. Mach weiter, erkunde weiter. Wer weiß, wohin dich diese Reise führen wird?" Lila's Worte waren ein Segen, ein Aufbruch in neue Bereiche der Möglichkeit.

Als sie mich mit meinen Gedanken und meiner Leinwand zurückließ, wurde mir klar, dass es heute nicht nur darum ging, ein altes Hobby wiederzubeleben; es ging darum, einen Teil meiner Seele zurückzugewinnen. Die Galerie, mit ihren unzähligen Formen und Farben, fühlte sich wie eine Landkarte an, und ich hatte gerade meinen ersten Schritt in eine neue Welt gemacht.

Mit dem Geruch von Farben, der immer noch in der Luft hing, und meinem Herzen, das vor neuem Enthusiasmus flatterte, erkundete ich weiterhin die Striche, die jetzt natürlicher schienen. Als das Licht des Nachmittags zu schwinden begann, kam Lila zurück und trug zwei dampfende Tassen Tee. Sie stellte eine neben mich, ohne meine Konzentration zu stören.

"Du weißt, Mia, so beginnen neue Reisen," begann Lila, während sie ihren Tee schlürfte und die Entwicklung der Leinwand beobachtete. "Mit einem einzigen Schritt, oder in deinem Fall, einem Strich."

Ich lachte leise und legte den Pinsel für einen Moment beiseite. "Es fühlt sich seltsam an, wie das Treffen eines alten Freundes, den ich seit Jahren nicht gesehen habe. Ich bin mir nicht sicher, was ich sagen soll, oder ob sie mich noch mögen würden."

"Das ist die Schönheit der Kunst, Mia. Sie ist immer bereit, dich zurückzuholen, ohne Urteile." Lilas Ton war beruhigend und verstärkte das Gefühl der Zuflucht, das ich in der Galerie begonnen hatte zu empfinden. "Sag mir, was hat dich früher davon abgehalten zu malen?"

Die Frage ließ mich innehalten, die alten Zweifel schlichen sich wieder ein. "Das Leben, schätze ich. Ich begann zu glauben, dass ich nicht gut genug war, und dann... war es einfacher, mich dieser Niederlage nicht zu stellen."

Lila nickte verständnisvoll. "Die Angst vor dem Scheitern ist ein mächtiger Schweiger. Aber sieh dich jetzt an, du stellst dich diesen Ängsten. Das ist nicht nur Malen; das ist das Kämpfen gegen Drachen."

Das Bild ließ mich lächeln. "Drachen, huh? Das scheint etwa richtig zu sein."

Lila beugte sich näher, ihre Stimme fiel zu einem verschwörerischen Flüstern. "Jeder Künstler kämpft gegen sie. Aber hier ist ein Geheimnis: Jeder Pinselstrich ist ein Schwertstrich. Du erschaffst nicht nur; du eroberst."

Ihre Worte rührten etwas in mir an, ein Funke des Widerstands gegen die Zweifel und die Drachen. "Das gefällt mir. Malen als eine Form des Kampfes."

"Ja, und jede Schlacht braucht eine Strategie. Hast du darüber nachgedacht, was du als Nächstes versuchen möchtest?" Lilas Frage lenkte meine Gedanken auf zukünftige Projekte, auf Möglichkeiten.

Ich überlegte, mein Blick schweifte über die Farben. "Vielleicht etwas Größeres. Ich habe das Gefühl, dass ich hier etwas begonnen habe, das ich nicht unvollendet lassen sollte."

"Dann wirst du deine Leinwand haben, Kriegerin," erklärte Lila und stand auf, um eine größere Leinwand zu holen. Sie kam mit einer erheblichen zurück, stellte sie gegen die Wand. "Hier, ein neues Schlachtfeld."

Vor der größeren Leinwand zu stehen, fühlte sich anders an, einschüchternd, aber aufregend. "Es ist einschüchternd," gab ich zu und berührte die leere Oberfläche.

"Die meisten lohnenswerten Herausforderungen sind es." Lilas Bestätigung war ein Schubs, der mich ermutigte, in die Arena zu treten. "Warum beginnst du nicht mit etwas aus deinem Herzen? Etwas Persönlichem?"

Meine Gedanken huschten durch Erinnerungen, Ideen, Emotionen—alle Zutaten für bedeutungsvolle Kunst. "Ich denke, ich werde versuchen, eine Landschaft zu malen," sagte ich schließlich. "Eine, die Elemente meiner Vergangenheit mit den Texturen meiner Gegenwart kombiniert."

"Schöne Wahl," billigte Lila und zog einen Hocker heran, um neben mir zu sitzen. "Beginne mit breiten Strichen. Setze die Szene, lege das Fundament, und dann bringen wir die Details hinein."

Während ich die ersten Farbtöne mischte, führte Lila mich weiterhin, ihre Präsenz war sowohl ein Schild als auch ein Katalysator. "Denk an die Farben deiner Vergangenheit, Mia. Welche Farbtöne würdest du verwenden?"

"Grautöne und Blau, schätze ich," begann ich, mein Pinsel zögerte gerade über der Leinwand. "Das waren ruhige, etwas melancholische Farben."

"Und jetzt? Welche Farben repräsentieren deine Gegenwart?"

Ich tauchte meinen Pinsel in wärmere Töne—ein sanftes Orange, ein lebhaftes Grün. "Diese sind neue Anfänge, Wachstum und Wärme."

"Siehst du, du malst nicht nur eine Landschaft, Mia. Du erzählst deine Geschichte." Lilas Beobachtung ließ den Prozess noch bedeutungsvoller erscheinen.

Die Stunden vergingen, während wir sprachen und malten. Lila teilte Geschichten von anderen Künstlern, die ähnliche Wege beschritten hatten, von Triumphen und Misserfolgen, von Rückzügen und Rückkehr. Jede Geschichte, die in das Gewebe der Geschichte der Galerie eingewebt war, und nun auch in meine eigene.

"Was ist mit der Zukunft, Mia?" fragte Lila, als die Landschaft zu Gestalt annahm, die Vergangenheit und Gegenwart in einem lebendigen Tableau verschmelzend.

Ich hielt inne und überlegte ihre Frage. "Ich denke, ich würde hellere Farben verwenden, kühn und hoffnungsvoll. Vielleicht ist das, was die Zukunft bereithält."

"Füge sie hinzu," ermutigte Lila und zeigte auf ein Spektrum heller Farben. "Lass die Zukunft deine Gegenwart durchdringen. Kunst ist auf diese Weise zeitlos."

Als ich die Zukunft in meine Landschaft einfügte, schien die Leinwand nicht mehr nur ein Stück Stoff zu sein, sondern ein Portal, ein Blick in eine Reise der Wiederentdeckung. Lilas Präsenz, ihre Mentorschaft, verwandelte die Erfahrung in etwas fast Heiliges—ein Initiationsritus zurück in die Welt der Kreativität, die ich verlassen hatte, aber jetzt zurückgewinnen konnte.

"Du hast heute etwas Wunderbares getan, Mia," sagte Lila, als wir einen Schritt zurücktraten, um das nahezu vollendete Werk zu betrachten. "Nicht nur für diese Leinwand, sondern für dich selbst."

Ihre Worte, einfach und doch tiefgründig, festigten ein Gefühl der Erfüllung in mir. Ich war in ein Reich eingetreten, das ich für verloren gehalten hatte, geleitet von einer Mentorin, die in mir sah, was ich in mir selbst nicht mehr sah.

"Vielen Dank, Lila. Für alles." Meine Dankbarkeit war tief, aufrichtig.

"Oh, das Vergnügen ist ganz meinerseits," antwortete Lila mit einem Lächeln. "Und das ist erst der Anfang. Wer weiß, was du als Nächstes erschaffen wirst?"

Als der Tag sich dem Ende zuneigte und die Schatten über den Boden der Galerie länger wurden, packte ich meine Pinsel ein, die gemalte Landschaft ein Zeugnis eines Kampfes, der geführt und gewonnen wurde. Lila hatte recht; das war nur der Anfang. Die Reise zurück zu mir selbst, zu meiner Kunst, hatte noch viele Leinwände zu füllen, viele Drachen zu erobern. Aber für jetzt hatte ich den ersten, entscheidenden Schritt getan.

Als ich an diesem Abend die Galerie verließ, fühlten sich meine Schritte leichter an, als würde ich leicht über dem Boden schweben. Die Luft um mich herum, normalerweise kühl, wenn die Dämmerung hereinbrach, fühlte sich wärmer an, aufgeladen mit einem Potenzial, das meine Sinne elektrisierte. Die Bilder der heutigen Malereien wirbelten durch meinen Kopf—ein Kaleidoskop lebendiger Farben, mutiger Formen und ausdrucksvoller Linien, die alle einen aufkeimenden Sinn für Mut in mir förderten.

Der Weg zu meiner Hütte schlängelte sich durch die malerischen Straßen von Maple Ridge, der Sonnenuntergang malte den Himmel in Strichen von Orange und Pink. Jeder Pinselstrich der Wolken schien die Kunstfertigkeit zu echoen, die ich in der Galerie hinterlassen hatte. Lilas Worte wiederholten sich wie ein beruhigendes Mantra, das das Vertrauen verstärkte, das im Laufe des Tages sorgfältig in mein Denken eingewebt worden war. Die einst furchterregende Stimme der Angst murmelte nun leise im Hintergrund, übertönt von dem eindringlichen Chor meines neu gefundenen Mutes.

Als ich den Schlüssel drehte und in meine Hütte trat, begrüßte mich der vertraute Duft von Zuhause—eine Mischung aus altem Holz und dem schwachen Hauch von Lavendel von einer Kerze, die ich in der Nacht zuvor brennen gelassen hatte. Der Raum war gemütlich, ein persönliches Refugium, das jetzt schien, als würde es mit Möglichkeiten winken. Anstatt mich in meine übliche Abendroutine zu begeben, fühlte ich mich energiegeladen, unfähig, dem Drang zu widerstehen, das Skizzenbuch zu holen, das auf meinem kleinen, chaotischen Schreibtisch lag.

Ich setzte mich, schlug den Deckel auf. Die Seiten waren gefüllt mit Kritzeleien und Zeichnungen, Echos einer Leidenschaft, die schlafend, aber nie wirklich vergessen war. Ich blätterte zu einer neuen Seite, die saubere weiße Oberfläche starrte mich herausfordernd an. Meine Hand zitterte nicht, wie sie es vielleicht noch vor ein paar Tagen getan hätte. Stattdessen fühlte sie sich stabil an, gestärkt durch die Enthüllungen und Erfolge des Tages.

Mit einem Bleistift begann ich zu skizzieren. Die Linien flossen mühelos von meiner Hand, als ob sie von einer Kraft geleitet wurden, die über mein neu gewonnenes Können hinausging. Ich zeichnete aus der Erinnerung an die Kunst des Tages, ließ jede Linie von den kräftigen Strichen eines Künstlers beeinflussen, den ich bewundert hatte, oder von der subtilen Schattierung einer Skulptur, die mir ins Auge gefallen war. Mein eigener Stil begann sich herauszubilden, eine Synthese meiner Beobachtungen und meiner intrinsischen Kreativität.

Als die Skizze Gestalt annahm, stellte ich fest, dass ich über bloße Linien hinaus gedachte. Was, wenn dies mehr als nur eine Zeichnung sein könnte? Was, wenn es sich in ein Gemälde für die bevorstehende Ausstellung verwandeln könnte? Der Gedanke war sowohl aufregend als auch beängstigend. Doch die Angst war jetzt ein Ansporn, der mich vorantrieb, statt mich zurückzuhalten.

Die Skizze stellte eine Szene aus Maple Ridge dar—die Aussicht aus dem Fenster der Galerie, wo die moderne Welt draußen mit der alten Seele der Kunst drinnen kontrastierte. Gebäude, die mit präziser, fast architektonischer Genauigkeit wiedergegeben waren, standen im Gegensatz zu wirbelnden, impressionistischen Darstellungen des lebhaften Straßenlebens. Es symbolisierte meine eigene Reise—strukturiert und doch chaotisch, aus einer Konvergenz von Einflüssen aus Vergangenheit und Gegenwart hervorgehend.

Während ich weiter Details hinzufügte, schien der Raum um mich herum zu verblassen, und ließ nur die helle Welt meiner Vorstellungskraft zurück. Ich war vertieft, verloren in dem Akt der Schöpfung, jeder Strich ein Wort in einer visuellen Geschichte, die ich erst zu erzählen begann.

Die Stunden vergingen unbemerkt. Die einzige Indikation für den vergehenden Tag war das sich verändernde Licht, als die Sonne hinter dem Horizont verschwand und durch das sanfte Glühen meiner Schreibtischlampe ersetzt wurde. Als die Skizze vollendet war, lehnte ich mich in meinem Stuhl zurück, ein befriedigendes Strecken löste die Steifheit in meinen Schultern. Die Zeichnung auf der Seite blickte mich an, eine greifbare Manifestation innerer Veränderung.

Aber eine Skizze war nur der Anfang. Morgen würde ich mit dem Malen beginnen. Der Gedanke ließ ein Flattern von Aufregung in mir aufsteigen, gemischt mit nervöser Vorfreude. Könnte ich die Lebhaftigkeit meiner Zeichnung in Farben übersetzen? Zweifel schwebten, aber sie waren jetzt Herausforderungen, die es zu überwinden galt, keine unüberwindbaren Barrieren mehr.

In dieser Nacht, bevor ich ins Bett ging, hielt ich alles in meinem Tagebuch fest—die Angst, das Thrill, die stillen Triumphe und die Momente des Zweifels. Ich schrieb über Lilas Mentorschaft, ihre ermutigenden Worte und die Art, wie sich die Galerie wie ein neues Zuhause angefühlt hatte. Ich notierte die Ideen für mein Gemälde, spekulierte über Techniken und Farben.

Nachdem ich mein Skizzenbuch und die Gedanken über die Malerausforderung von morgen beiseitegelegt hatte, verspürte ich den Drang nach einem einfachen, erdenden Akt—Tee zu machen. Es war ein Ritual, das immer Trost brachte, die Wärme des Wassers, das sanfte Aroma der Tee-Blätter, die sich entfalten. Es war ein passender Abschluss für einen Tag, der von Erneuerung und neuen Anfängen geprägt war. In der Küche füllte ich den Wasserkocher und stellte ihn auf den Herd, während ich zusah, wie die Flammen den Boden leckten und kleine Geräusche in den ruhigen Raum schickten.

Während das Wasser erhitzte, wanderte ich durch den kleinen Raum, meine Finger strichen über die malerischen, leicht abgenutzten Kanten der Theke. Alles in dieser Hütte sprach von einem Leben, das sowohl einfach als auch tief strukturiert war. Der Wasserkocher pfiff seine Bereitschaft, und ich goss das dampfende Wasser über die Blätter, der Kräuterduft stieg auf, um mich zu begrüßen. Ich stellte die Tasse auf den Tisch, um abzukühlen, und beschloss, dass es Zeit war, mich vollständig zu entspannen.

Oben begrüßte mich mein Zimmer mit seiner vertrauten, tröstlichen Umarmung. Ich zog meinen Schlafanzug heraus, weich und abgenutzt von vielen Nächten der Nutzung, und begann, mich aus den Kleidern des Tages zu ändern, jede Bewegung unbewusst und routiniert. Gerade als ich mein Schlafanzugoberteil anzog, erregte eine Bewegung draußen mein Auge. Neugierig blickte ich hinaus, nicht erwartend, viel mehr als den Anblick der schläfrigen Stadt zu sehen, die sich für die Nacht niederließ.

Da war er, der Mann, nach dem ich neulich nach dem Weg gefragt hatte, als ich zum ersten Mal ins Herz von Maple Ridge vordrang. Die Erinnerung an sein warmes, freundliches Wesen blitzte in meinem Kopf auf, während ich ihn jetzt beobachtete, unbewusst und in seinem Zimmer umhergehend. Er war oberkörperfrei, wechselte die Kleidung mit den Vorhängen weit geöffnet zur Welt—oder zumindest zu meinem zufälligen Blick.

Er war muskulöser, als ich es für jemanden aus so einer kleinen Stadt erwartet hätte, seine Schultern waren breit und gut definiert im sanften Licht des Zimmers. Eine überraschende Menge an Körperhaar bedeckte seine Brust und verstärkte das raue Bild, das im Widerspruch zu der höflichen Persönlichkeit stand, die er projiziert hatte. In einem kleinen, verlegenen Schlenker stolperte ich rückwärts und stieß leicht gegen die Wand. Ein heißer Schwall der Verlegenheit überflutete meine Wangen, dankbar, dass er mein ungeschicktes Spionieren nicht gesehen hatte.

Trotz meiner selbst drängte die Neugier mich, noch einmal zu spähen. Vorsichtig, kaum atmend, schlich ich zurück zum Fenster, gerade rechtzeitig, um zu sehen, wie er sich umdrehte. Unsere Blicke trafen sich, und ich erstarrte, entsetzt. Ein schüchterner, respektvoller Lacher entfloh ihm, während er schnell ein Shirt griff und es über seinen Kopf zog, seine Augen noch immer vor Amüsement funkelnd.

„Oh, natürlich, du bist dumm, Mia," murmelte ich vor mich hin und trat mit einem endgültigen Geräusch vom Fenster zurück. „Du solltest dich nicht so zum Narren halten zu so später Stunde."

Der Raum war plötzlich zu klein, die Wände Zeugen meiner Lächerlichkeit. Ich rannte die Treppe hinunter, meine frühere Gelassenheit wurde ersetzt durch ein prickelndes, kratzendes Gefühl der Verlegenheit. Mein Tee, jetzt perfekt abgekühlt, lag vergessen auf dem Tisch, während ich hin und her lief, versuchte, das Bild seines Lachens und die beschämende Tatsache, dass er mich beim Starren erwischt hatte, abzuschütteln.

Unfähig still zu sitzen, griff ich nach dem Tee und schluckte einige Schlucke, in der Hoffnung, dass die Kräutermischung meine Nerven beruhigen würde. Das tat sie nicht. Mein Kopf rannte mit jedem möglichen Szenario für unser nächstes Treffen. Würde er diesen peinlichen Moment erwähnen? Sollte ich mich entschuldigen, oder würde das die Sache nur schlimmer machen?

Mit einem schweren Seufzer stellte ich die Tasse zurück auf den Tisch, die Flüssigkeit schwappte leicht über die Seiten. Schlaf war nun ein ferner Traum, meine Verlegenheit nährte eine rastlose Energie, die kein Tee stillen konnte. Ich brauchte frische Luft, eine Nachtbrise, um meine erhitzten Wangen zu kühlen und vielleicht etwas von meiner verlorenen Würde wiederherzustellen.

Ich schlüpfte in ein Paar Schuhe, öffnete leise die Hintertür und trat hinaus in die kühle Nacht. Der Garten war im Mondlicht getaucht, jede Pflanze warf gespenstische Schatten auf den Boden. Ich wanderte ziellos zwischen den Blumenbeeten umher, die Nachtluft frisch auf meiner Haut.

Der physische Raum half, meine Gedanken zu entwirren. Es war nur ein Moment, redete ich mir ein, ein kleiner dummer Ausrutscher, der im großen Ganzen nichts bedeutete. Er hatte es weggelacht, und ich würde es ebenfalls tun. Morgen würde es eine schwache Röte in meiner Erinnerung sein, eine weitere Geschichte, die ich zum Bild meines Lebens hier in Maple Ridge hinzufügen könnte.

KAPITEL 5

JAKE HARPER

Nach der Arbeit war die beruhigende Stille des Abends genau das, was ich brauchte. Die Muskeln in meinem Rücken schmerzten von den Bauarbeiten im Gemeindezentrum, ein guter, ehrlicher Schmerz, der mir sagte, dass ich einen vollen Arbeitstag geleistet hatte. Es gibt eine Einfachheit im Leben in Maple Ridge, die die Seele beruhigt, ein weit hergeholter Gegensatz zu dem geschäftigen Stadtleben, das ich hinter mir gelassen hatte.

Ich zog mein Arbeitshemd aus und plante eine schnelle Dusche vor dem Schlafengehen. Mein Zimmer, beleuchtet vom schwindenen Licht der Dämmerung und dem sanften Schein einer nahegelegenen Straßenlaterne, war mein Rückzugsort. Während ich mich dehnte, um die Verspannung meiner Schultern zu lösen, ging ich zum Fenster, um etwas frische Luft zu schnappen, bevor ich es für die Nacht schloss. Da bemerkte ich Bewegung auf der anderen Straßenseite.

Ich beugte mich vor und sah, dass es die Frau war, die neulich nach dem Weg gefragt hatte. Meine Großeltern hatten von einem neuen Mädchen in der Stadt gesprochen, wahrscheinlich die gleiche Person. Sie schien direkt zu meinem Fenster zu schauen, ihr Gesichtsausdruck von milder Neugier zu plötzlichem Erstaunen gewandelt.

Als mir bewusst wurde, dass ich halb angezogen dastand, überkam mich ein schneller Schwall der Verlegenheit. Es war ein ehrlicher Fehler, der in der entspannten Offenheit unserer Stadt häufig vorkam, aber trotzdem fühlte es sich ein bisschen unangenehm an, in einem so ungeschützten Moment erwischt zu werden. Ich griff nach meinem Shirt und zog es über meinen Kopf, in der Hoffnung, mich schnell zu bedecken und ihr weiteres Unbehagen zu ersparen.

Sie schien plötzlich zurückzuweichen und trat mit einem Gesichtsausdruck zurück, der wie eine Mischung aus Schock und Verlegenheit aussah. Ich konnte nicht anders, als ein leises Lachen auszulassen—nicht um zu verspotten, sondern in leichtem, anerkennendem Verständnis für den seltsamen kleinen Moment, den wir gerade geteilt hatten. In Maple Ridge lernt man schnell, dass jeder eine Geschichte hat, und unerwartete Begegnungen wie diese oft die ersten Fäden in neuen Freundschaften werden.

Ich kannte ihren Namen noch nicht und konnte auch nicht hören, was sie sich aus dieser Entfernung vielleicht selbst murmelte, aber die Szene fühlte sich an wie eine stille Komödie, die sich gerade vor dem Schlafengehen entfaltete. Mit einem Lächeln schüttelte ich den Kopf und beschloss, ihr ein freundliches Nicken und Winken zu geben, um zu signalisieren, dass kein Schaden angerichtet war.

Nach der flüchtigen Verlegenheit, von einer Nachbarin halb angezogen entdeckt worden zu sein, zuckte ich mit den Schultern und machte mich auf den Weg ins Badezimmer für eine dringend benötigte Dusche. Der warme Wasserstrahl war eine willkommene Erleichterung, wusch die Reste eines langen Tages und die kurze, leicht unangenehme Interaktion von vor wenigen Augenblicken ab.

Unter dem heißen Sprühwasser drifteten meine Gedanken unvermeidlich zur Begegnung. Es ging nicht so sehr um die Frau, die ich am Fenster gesehen hatte—es war mehr darüber, was solche Momente bedeuteten. Es waren einige Monate seit meiner Trennung vergangen, und während die Einsamkeit ein Balsam gewesen war, dienten diese kleinen Störungen als Erinnerungen daran, dass ich mich immer noch an das Leben als Single in einer kleinen Stadt anpasste, in der Privatsphäre eine süße Illusion war.

Maple Ridge war ruhig, die Art von Ort, an dem jeder deine Angelegenheiten kannte, ob du es wolltest oder nicht. Es war sowohl ein Fluch als auch ein Trost, die Nähe der Gemeinschaft war ein krasser Gegensatz zum unpersönlichen Treiben des Stadtlebens, das ich hinter mir gelassen hatte. Hier konnte ein versehentlicher Blick durch ein Fenster das Gespräch der Woche werden. Ich war nicht bereit, das Thema lokaler Klatsch zu sein, noch war ich begierig darauf, in etwas zu schlüpfen, das einer neuen Beziehung ähnelte.

Ich konzentrierte mich auf das Gefühl des Wassers, ließ es meinen Kopf klären. Die physischen Überreste meines Tages—Staub von der Baustelle, der Schweiß von der Anstrengung—wurden abgewaschen, aber die psychologischen Überreste blieben. Ich war nicht einsam, genau genommen. Ich war in einer Phase der Wiederentdeckung, lernte, wer ich war, außerhalb des Kontexts einer Partnerschaft, die einen Großteil meines jüngsten Lebens definiert hatte.

Als ich die Dusche abstellte, umhüllte mich die kühle Luft des Badezimmers und brachte mich zurück in die Gegenwart. Ich trocknete mich ab, zog bequeme Hauskleidung an und warf einen Blick in den Spiegel. Mein Gesicht blickte mir entgegen, ein wenig abgedroschen, ein wenig müde, aber stärker dafür.

Als ich das Badezimmer verließ, beschloss ich, für die Nacht auf weitere mögliche Fensterbegegnungen zu verzichten. Die Küche schien ein sicherer, weniger ereignisreicher Zielort zu sein. Ich brauchte ein Getränk—ein kaltes Bier, um den Tag ausklingen zu lassen, schien genau richtig. Während ich leise die Treppe zur Küche hinunterging, dachte ich über die Dynamik der kleinen Stadt nach. Jeder hier schien mit solch einer Leichtigkeit in das Leben des anderen zu weben, aber ich fand immer noch meinen Halt.

In der Küche griff ich mir ein Bier aus dem Kühlschrank und lehnte mich gegen die Theke, um den ersten kalten Schluck zu genießen. Die Stille des Hauses hüllte mich ein, eine deutliche Erinnerung an die Einsamkeit, die ich zu schätzen gelernt hatte. Ich war nicht asozial, aber

nach meiner Trennung war die Stille zu einem notwendigen Begleiter
geworden.

Ich dachte an die Frau, nicht mit besonderem Interesse, sondern eher
als Teil dieses neuen Wandteppichs des Lebens in Maple Ridge, dem
ich langsam Teil wurde. Vielleicht würde ich sie morgen in der Stadt
sehen, vielleicht ein Nicken der Anerkennung anbieten—eine stille
Übereinkunft   der   gegenseitigen   Verlegenheit   und   den
unausgesprochenen Pakt   der   Bewohner   kleiner   Städte,   die
unabsichtlich ein wenig zu viel über einander wussten.

Nachdem ich die Kühlschranktür mit einem leisen Klick geschlossen
hatte, Bier in der Hand, ging ich die Treppe wieder hinauf. Das Haus
war ruhig, die Art von Ruhe, die jedes kleine Geräusch verstärkt—das
Ticken der Uhr, das entfernte Bellen eines Hundes, das Knarren der
hölzernen Treppe unter meinen Füßen. Ich machte mich auf den Weg
in mein Schlafzimmer, einen Raum, der noch immer mit den
Überresten meines vergangenen Lebens durchzogen war, einer
gemeinsamen Existenz, die nicht mit einem Knall, sondern mit einem
Wimmern endete.

Ich setzte mich auf die Bettkante, nahm einen langen Schluck des
kalten Biers und spürte die Bitterkeit auf meiner Zunge und die Kühle,
als es meinen Hals hinunterglitt. Es war erfrischend, doch es tat wenig,
um die Schwere, die in mir lag, abzuwaschen. Mein Blick wanderte
durch den Raum und blieb schließlich auf dem Nachttisch stehen,
auf dem ein einzelner Bilderrahmen stand—das letzte, das ich nicht
weggeräumt hatte.

Es war ein Bild von mir und meiner Ex, aufgenommen während eines
Urlaubs, den wir letztes Jahr an der Küste gemacht hatten. Wir
lächelten, der Ozean im Hintergrund perfekt, die Sonne ging gerade
richtig unter. Es war ein guter Tag gewesen, eine gute Reise sogar. In

diesem Moment, eingefroren in der Zeit, sahen wir aus wie das ideale Paar, voller Potenzial und Versprechen.

Ich griff nach dem Rahmen und fuhr mit meinem Finger über die Linie ihres lächelnden Gesichts. „Ich vermisse das…" murmelte ich in den stillen Raum, meine Stimme mit einer Traurigkeit gefärbt für das, was verloren gegangen war. Aber als ich länger starrte, drang die Realität ein und färbte die Erinnerung mit der Wahrheit unseres Zerfalls, der gefolgt war. „Nun, was ich dachte, wir seien," korrigierte ich mich und stellte den Rahmen mit einem entschlossenen Klick zurück.

Der Raum fühlte sich plötzlich kleiner an, als ob die Wände näher zusammenrückten, gefüllt mit Echos von dem, was hätte sein können. Ich nahm einen weiteren Schluck, das Bier war jetzt weniger befriedigend. Es war wahr—ich vermisste die Gesellschaft, die Intimität und die gemeinsamen Pläne. Aber vermisste ich sie, wirklich sie? Nicht die idealisierte Version, die manchmal meine Träume heimsuchte, sondern die echte, fehlerhafte Person, mit der ich mein Leben geteilt hatte?

„All das, was hätte sein können, und es war nicht," fuhr ich fort und sprach jetzt zu ihrem Bild im Foto, als erwartete ich, dass es antwortete. „Aber ich vermisse sie nicht, nicht wirklich. Wir waren schließlich kein gutes Paar." Es war eine Wahrheit, die hart erkämpft war durch einsame Nächte und leere Tage, durch den schmerzhaften Abbau eines gemeinsamen Lebens und den langsamen, akribischen Aufbau meines eigenen, allein.

Das Bier war nun leer, ich stellte die leere Flasche auf den Nachttisch neben das Foto. Das physische und emotionale Durcheinander schien sich gegenseitig zu spiegeln—Überreste einer Vergangenheit, die beseitigt werden musste. Es war vielleicht an der Zeit, vielleicht längst überfällig, diesen Raum wirklich zu meinem eigenen zu machen.

Die Trennung war an der Oberfläche freundlich gewesen, aber unter den höflichen Austausch und den gegenseitigen Vereinbarungen, „Freunde zu bleiben", gab es einen Unterton der Erleichterung meinerseits, ein Gefühl, dass ich endlich atmen, mich in Räume ausdehnen konnte, von denen ich nicht einmal wusste, dass sie eingeengt waren. Wir hatten es versucht, wir beide, uns in die perfekten Partner zu formen, aber die Formen, in die wir uns verzogen hatten, hatten wenig Raum gelassen für das, was wir wirklich waren.

Meine Großeltern hatten gelitten, ja, und ich liebte sie tief für ihre Sorge und ihre bedingungslose Unterstützung. Aber ein Leben zu leben, um ihre Enttäuschung in ihrem Alter zu vermeiden, war kein Leben überhaupt. Es war ein Unrecht gegen sie und gegen mich selbst. Sie hatten vielleicht sogar mehr unter der Trennung gelitten, weil sie mehr in die Idee von uns investiert waren, als wir es je gewesen waren. Die Erkenntnis war schmerzhaft, aber sie trug die Samen der Befreiung in sich.

In meinem Traum, als ich dort am Fenster stand, spielte ein Hauch von Grinsen über mein Gesicht, als ich den Blick der neuen Nachbarin gegenüber aufnahm. Es war etwas Faszinierendes daran, beobachtet zu werden, besonders wenn man überrascht und weniger als vollständig bekleidet erwischt wird. Es war ein Nervenkitzel, ein kleines Abenteuer, das die Monotonie meiner üblichen Abendroutine durchbrach.

Sie lehnte sich leicht von ihrem Fenster vor, ihr Gesichtsausdruck war eine Mischung aus Überraschung und etwas, das ich aus dieser Entfernung nicht ganz einordnen konnte. Vielleicht Neugier, vielleicht Amüsement—es war schwer zu sagen im schwachen Licht. Aber es gab ein unmissverständliches Interesse in ihren Augen, das mein eigenes weckte.

Ich sah nicht weg, noch fühlte ich das Bedürfnis dazu. Stattdessen fand ich mich in dem Moment wieder, ein leises Lachen entglitt meinen Lippen, während ich lässig gegen den Fensterrahmen lehnte, die Arme verschränkt. Es war eine unausgesprochene Herausforderung, eine verspielte Anerkennung unserer gemeinsamen, stillen Begegnung.

In dem Traum fühlte ich eine Art Kühnheit, eine Leichtigkeit mit der unerwarteten Interaktion. Es gab keine Peinlichkeit, nur eine einfache, selbstbewusste Verbindung. Ihr fortgesetzter Blick deutete darauf hin, dass sie von der Situation nicht abgeschreckt war. Wenn überhaupt, schien es ihre Aufmerksamkeit zu fesseln und einen stillen Dialog aus nur Blicken und der ruhigen Nachtluft zwischen uns zu entfachen.

Der Nervenkitzel des Moments erfüllte den Traum und energisierte ihn mit einem Unterton der Vorfreude. Was ein gewöhnlicher Abend gewesen war, hatte sich in eine Szene verwandelt, die mit dem Potenzial für etwas mehr aufgeladen war, etwas, das nicht durch die üblichen Normen der nachbarschaftlichen Etikette definiert war, sondern durch die spontane und kühne Interaktion zweier Individuen in einer ruhigen Nacht.

Während ich dort stand, dick mit unausgesprochenen Möglichkeiten, fragte ich mich, was ihr nächster Schritt sein würde. Würde sie lächeln, winken oder vielleicht den Vorhang zuziehen, um unser kleines Spiel zu beenden? Die Ungewissheit fügte dem Treffen eine Schärfe hinzu, eine verspielte Spannung, die den Moment aufregender machte.

Der Traum eilte nicht auf irgendeine Schlussfolgerung zu. Stattdessen verweilte er in diesem Raum ungenutzter Möglichkeiten. Wir waren nur zwei Menschen, vorübergehend durch Umstände und Neugier verbunden, und genossen die stille Interaktion, die die Nacht uns unerwartet beschert hatte.

Als der Traum weiter entfaltete, verdrehte sich seine Logik auf die einzigartige Weise, wie es nur Träume können. In einem Moment lehnte ich gegen meinen eigenen Fensterrahmen, im nächsten blinzelte ich, und die Szene wechselte dramatisch – ich war nicht mehr in meinem Zimmer, sondern war irgendwie in ihrem Zimmer erschienen. Der plötzliche Wechsel war desorientierend, fühlte sich aber im Kontext des Traums seltsam natürlich an, als ob solche unvorhersehbaren Wechsel zu erwarten wären.

Sie war da, jetzt in einer Kleidung gekleidet, die entschieden provokativer war als ihr früherer, lässiger Look. Der Wechsel war erschütternd, fügte jedoch eine intensive Schicht von Intimität zum Traum hinzu. Der Raum war schwach beleuchtet, Schatten spielten an den Wänden und warfen sanfte Muster, die leise um uns tanzten.

Die Stille zwischen uns vertiefte sich, erfüllt von einer spürbaren Spannung und Erwartung. In einem Zug, der sowohl kühn als auch unvermeidlich schien, streckte ich die Hand aus, unsere Augen aufeinander gerichtet, kommunizierten wir ein gegenseitiges Einverständnis, das keine Worte benötigte. Mit einer sanften Berührung öffnete ich ihren BH, die Bewegung glatt, als ob sie einstudiert wäre, und enthüllte mehr von ihr, das vorher verborgen war.

Die Atmosphäre im Traum war jetzt aufgeladen, dick mit unausgesprochenen Worten und schwer mit Verlangen. Sie sah umwerfend aus, ihr Selbstbewusstsein ungetrübt von Verwundbarkeit, eine auffällige Balance, die mein Herz selbst im Traum schneller schlagen ließ. Es war, als ob jedes verborgene Verlangen, das ich hegte, jede unausgesprochene Fantasie, ihren Weg in diese Traumlandschaft gefunden hatte, die sich in lebhaften Details manifestierte.

Dieser Moment war auf mehr als eine Weise offenbart. Es ging nicht nur um die Physikalität der Szene, sondern darum, die tiefer liegenden, oft nicht anerkannten Wünsche, die ich hatte, zu entdecken. Mein

Unterbewusstsein malte ein Bild der rohen, ungefilterten Sehnsüchte, die unter meiner alltäglichen Fassade lagen. Das war nicht nur eine Fantasie; es war eine Erkundung von Wünschen, die ich mir selten erlaubte, in der wachen Welt zu erkennen.

Als der Traum fortschritt, schien der Raum um uns herum zu verblassen, alle meine Sinne auf das Hier und Jetzt fokussierend. Jedes Detail war verstärkt – die Weichheit ihrer Haut, der subtile Duft in der Luft, die Art und Weise, wie das schwache Licht ihre Kurven küsste. Es war eine sensorische Überflutung, doch darunter lag ein tiefes Gefühl der Verbindung, eine stille Kommunikation, die Bände sprach.

In diesem Raum, entfernt von den Urteilen und Konsequenzen der Realität, erlaubte ich mir, das Gewicht und die Wärme meiner Wünsche vollständig zu fühlen. Es war befreiend, diese Freiheit zu haben, ohne Grenzen zu erkunden, sich auf eine Ebene zu verbinden, die rein instinktiv war.

Im sanft beleuchteten Raum meines Traums, nach der Stille, die mit unausgesprochenen Aktionen gefüllt war, tauchten schließlich die ersten Worte auf, sanft und zögerlich, schwebend zwischen uns wie die zarten Fäden eines neuen Netzes, das in Echtzeit gewebt wird.

„Du bist nicht das, was ich erwartet habe", sagte sie, ihre Stimme tief und heiser, ein Gewicht tragend, das tiefere Bedeutungsebenen andeutete.

Ich hielt inne, die Einfachheit ihrer Worte rührte etwas Unerwartetes in mir. „Und was hast du erwartet?" fragte ich, meine eigene Stimme kaum über ein Flüstern, als ob das Aussprechen zu laut die fragile Atmosphäre um uns zerbrechen könnte.

Sie lächelte, ein langsamer, wissender Bogen ihrer Lippen, der zu suggerieren schien, dass sie Geheimnisse hielt, die nur in der Tiefe ihrer Augen angedeutet wurden. „Ich weiß nicht. Vielleicht jemanden, der weniger beobachtet. Die meisten Leute sehen nicht wirklich, weißt du?"

„Ich beobachte gerne", gestand ich, fühlend, wie eine seltsame Ehrlichkeit Besitz von mir ergriff – eine Freiheit, die vielleicht nur in Träumen gewährt wird. „Es sind die kleinen Dinge, die die wahren Geschichten erzählen."

„Was sagen dann meine kleinen Dinge?" fragte sie, ihr verspielter Ton wurde durch die Ernsthaftigkeit in ihrem Blick untergraben.

„Sie sagen, dass du stark bist", antwortete ich nachdenklich und bemerkte, wie das sanfte Licht über ihre Züge spielte, ihre Stärke hervorhebend, anstatt sie zu mindern. „Und nicht, weil du versuchst, es zu zeigen, sondern weil du es nicht anders kannst."

Ihre Augen hielten meine, eine Vielzahl von Emotionen blitzten so schnell durch sie hindurch, dass ich sie nicht alle erfassen konnte. „Die meisten schauen nicht lange genug, um das zu sehen", murmelte sie.

„Vielleicht schauen sie nicht auf die richtigen Dinge", erwiderte ich sanft.

Eine angenehme Stille legte sich dann über uns, erfüllt von der Art von Verständnis, die manchmal unerwartet zwischen zwei Menschen auftritt, sogar in Träumen. Dann, die Stille brechend, fragte sie: „Was ist mit dir? Was sagen deine kleinen Dinge?"

„Sie könnten zu viele Widersprüche sagen", lachte ich leicht, fühlend, wie die Wahrheit davon in diesem Moment mehr als je zuvor spürbar war. „Ich will Freiheit, aber ich sehne mich nach Verbindung. Ich suche Frieden, aber ich gedeihe im Chaos."

„Das klingt menschlich", sagte sie, ihre Stimme warm und akzeptierend. „Wir sind alle wandelnde Widersprüche, nicht wahr?"

„Ja", stimmte ich zu und fühlte, wie ein Gefühl der Erleichterung durch mich strömte, eine Akzeptanz, die selbst innerhalb der nebulösen Grenzen dieses Traums tiefgründig war. „Aber es ist schön, nicht wahr? So komplex zu sein?"

„Es ist das Schönste", nickte sie, ihr Ausdruck wurde noch weicher.

Nachdem wir die Kissen zurechtgerückt und kleine Gespräche über den Komfort des Bettes geführt hatten, gab es eine subtile Veränderung in der Atmosphäre. Das sanfte Lampenlicht des Raumes warf einen warmen Schein, und die Stille fühlte sich aufgeladen mit einer anderen Energie, die auf die Möglichkeit von etwas mehr hindeutete.

Sie bewegte sich leicht auf dem Bett, drehte sich zu mir, ihre Beine streiften meine. Der Kontakt war leicht, fast zufällig, aber er hielt länger an als nötig. Ich reagierte, indem ich meine Hand sanft auf ihr Bein legte, eine unausgesprochene Frage, die in der Luft zwischen uns schwebte. Sie zog sich nicht zurück; stattdessen lächelte sie, eine stillschweigende Zustimmung, die wie eine Einladung fühlte.

Ermutigt rückte ich näher, meine Hand wanderte von ihrem Bein, um sanft an der Basis ihres Nackens zu ruhen. Ihre Haut war warm unter meiner Berührung, und ich konnte den Puls ihres Herzschlags spüren, schnell und leicht. Sie neigte ihren Kopf leicht zurück, wodurch mehr von ihrem Nacken freigelegt wurde, und ich beugte mich vor, meine Lippen streiften sanft ihre Haut dort. Es war ein zärtlicher Kuss, erkundend und sanft.

Sie reagierte, indem sie nach oben griff und ihre Finger durch mein Haar fädelte, mich näher zog. Unsere Gesichter waren jetzt nur noch wenige Zentimeter voneinander entfernt, unser Atem vermischte sich, ihre Augen waren mit einer Intensität auf meine gerichtet, die meiner eigenen entsprach. Es gab ein gegenseitiges Verständnis, ein Verlangen, das ohne Worte kommuniziert wurde.

Langsam, absichtlich trafen unsere Lippen aufeinander. Der Kuss war zunächst sanft, vorsichtig, als ob wir beide noch unsicher waren, wie weit uns dieser Traum führen könnte. Aber als die anfängliche Zögerlichkeit verging, vertiefte sich der Kuss, wurde sicherer. Unsere Bewegungen waren langsam, unbeeilt, erkundeten das neue Terrain dieser unerwarteten Intimität.

Die Welt um uns schien zu verschwinden, nichts blieb übrig außer dem Gefühl ihrer Lippen auf meinen, ihren Händen in meinem Haar und der Weichheit des Bettes unter uns. Der Kuss war ein langsames Brennen, das allmählich eskalierte, genährt durch die stille Sprache der Berührung und der Reaktion.

Als unsere Küsse sich vertieften, verdichtete sich die Atmosphäre im Raum mit einer greifbaren Hitze. Jede Berührung und jedes Flüstern schien uns näher zu ziehen, die Grenzen zwischen Traum und Realität verschwommen. Ihre Finger zeichneten Pfade über meine Arme, entzündeten Kribbeln, die weitere Wünsche weckten.

Ich reagierte auf ihre Berührung, indem ich die Konturen ihrer Taille und Hüften erkundete, fühlend, wie sie sich in jede Berührung hineinlehnte. Unsere Bewegungen waren fließend, jede führte natürlich zur nächsten. Ich hob sie sanft, zog sie näher, sodass sie teilweise auf mir lag, ihr Gewicht eine tröstliche Präsenz, die perfekt zu meinem Körper passte.

Die Wärme ihres Atems gegen meinen Nacken jagte mir einen Schauer über den Rücken, als sie sanfte Küsse entlang meiner Kieferlinie pflanzte, jeder entschlossener als der letzte. Ich konnte ihren Herzschlag gegen meine Brust spüren, schnell und rhythmisch, im Einklang mit dem Tempo unserer steigenden Aufregung.

Ich drehte mich leicht, um sie tiefer küssen zu können, meine Hände bewegten sich, um ihren Rücken zu stützen und sie noch näher zu ziehen. Unser Atem war schnell und flach, vermischte sich mit sanften Stöhnen, die den ruhigen Raum erfüllten. Das Gefühl ihrer Haut gegen meiner war berauschend und trieb mich an, weiter zu erkunden.

Ihre Hände waren auch nicht untätig; sie wanderten über meinen Rücken, zogen mich näher, sorgend dafür, dass kein Raum zwischen uns blieb. Die Intensität unserer Verbindung war spürbar, jede Nervenbahn schien gleichzeitig zu feuern. Wir bewegten uns zusammen in einem langsamen, rhythmischen Tanz, der ebenso sehr um das Fühlen wie um die Bewegung ging.

Im schwach beleuchteten Raum fühlten sich die subtilen Verschiebungen unserer Nähe ausgeprägter an. Als ich näher rückte, konnte ich die Wärme spüren, die von ihr ausging, die mich anzog.

„Bist du damit einverstanden?" flüsterte ich, unsere Gesichter waren nur wenige Zentimeter voneinander entfernt, die Luft zwischen uns aufgeladen mit Erwartung.

„Ja", antwortete sie, ihre Stimme fest, aber sanft, mit einem einladenden Unterton. Ihre Augen, die auf meine gerichtet waren, bestätigten ihre Worte und strahlten Selbstvertrauen und Zustimmung aus.

Ich nickte, respektierte das Tempo, mit dem sie sich wohlfühlte, und unsere Verbindung vertiefte sich. Sanft legte ich eine Hand auf ihre Schulter, fühlte den glatten Stoff ihres Shirts unter meinen Fingerspitzen. Mit einer zögerlichen Berührung zeichnete ich eine Linie über ihren Arm, spürte, wie sie bei dem Kontakt leicht zusammenzuckte.

Sie beugte sich vor, schloss die kleine Lücke zwischen uns, und ihre Lippen trafen wieder auf meine. Diesmal war der Kuss entschlossener, genährt von der stillen Übereinkunft, die zwischen uns in den vorhergehenden Momenten bestanden hatte.

Als unser Kuss sich vertiefte, brach sie für einen Moment weg und atmete schwer. „Ich habe das nicht erwartet", murmelte sie, ein Hauch von Staunen in ihrer Stimme.

„Ich auch nicht", gestand ich und lächelte leicht. „Aber ich bin froh, dass es passiert."

Ihre Hände fanden ihren Weg zu meiner Taille und zogen mich näher. Die physischen Barrieren zwischen uns schmolzen dahin, während wir im Einklang mit den Wünschen des jeweils anderen bewegten. Ihre Berührung war erkundend, aber selbstbewusst und spiegelte den emotionalen Mut wider, den sie projizierte.

„Wir sollten vorsichtig sein", sagte sie, ein verspielter, aber vorsichtiger Ton in ihrer Stimme.

„Ich stimme zu", antwortete ich, meine Hände hielten in ihrer Erkundung inne. „Lass uns nicht hetzen."

„Gut", antwortete sie, ihr Lächeln kehrte zurück. „Lass uns einfach diesen Moment genießen."

Wir setzten unsere Umarmung fort, jetzt achtsamer in Bezug auf das Tempo, und sorgten dafür, dass unsere Handlungen ein wahrer Ausdruck unseres gegenseitigen Komforts und Verlangens blieben. Unser Gespräch ging zwischen den Pausen weiter, jedes Wort mit einer Berührung oder einem Kuss punktuiert, was unsere Verbindung vertiefte.

„Wie fühlst du dich?" fragte ich nach einem Moment, aufrichtig neugierig auf ihr Erlebnis.

„Überrascht", gestand sie, ihre Augen funkelten vor Belustigung und etwas Tieferem. „Überrascht, aber glücklich."

„Das sind wir zwei", sagte ich. „Es ist schön, weißt du, diese... Verbindung zu fühlen."

„Das ist es", stimmte sie zu, ihre Hand drückte sanft meine.

Wir erkundeten weiterhin die Grenzen unserer neu gefundenen Intimität mit einem spielerischen, aber tiefen Respekt füreinander. Der Raum um uns fühlte sich wie in einer Blase unserer Herstellung an, isoliert von der Außenwelt, gefüllt mit der stillen Musik eines Anfangs.

„Bist du sicher?" murmelte ich gegen ihr Ohr, meine Stimme leise, um sicherzustellen, dass jeder Schritt einvernehmlich war.

„Ja, ich bin sicher", flüsterte sie zurück, ihre Hände führten mich sanft und bestätigten ihre Bereitschaft und ihr Verlangen.

Der Moment fühlte sich in der Zeit suspendiert an, als ob die Welt draußen aufgehört hätte zu existieren, und nur wir zwei blieben. Ich bewegte mich langsam, achtsam auf ihre Reaktionen, fühlte die Wärme und Nähe, während wir einen gemeinsamen Rhythmus fanden. Das Gefühl war überwältigend, eine tiefe Verbindung, die über das Physische hinausging.

Sie stöhnte sanft, ein Geräusch, das durch die Luft zu vibrieren schien und den Raum mit einer neuen Intensität erfüllte. Ihre Finger gruben sich leicht in meinen Rücken, zogen mich näher, ihr Körper bewegte sich im Einklang mit meinem. Der Klang war nicht nur einer des Vergnügens, sondern auch der tiefen Verbindung, die die emotionale Intimität widerhallte, die zwischen uns gewachsen war.

„Bist du in Ordnung?" fragte ich, hielt inne und sah in ihre Augen nach einem Zeichen von Unbehagen.

„Ja, hör nicht auf", atmete sie aus, ihre Stimme mit einer Mischung aus Bedürfnis und Sicherheit durchzogen. Ihre Antwort trieb mich an, ihr Vertrauen und ihre Offenheit befeuerten meine Bewegungen.

Das harsche Summen meines Alarms riss mich aus den Tiefen des Traums. Für einen Moment war ich desorientiert, gefangen zwischen den lebhaften Überresten des Traums und der kargen Realität meines Schlafzimmers. Als meine Augen sich an das Morgenlicht gewöhnten, überkam mich ein schweres Gefühl der Verwirrung. Mein Herz schlug noch schnell, und die Bilder aus dem Traum hafteten an meinem Geist wie die letzten Flüstertöne eines tiefen Geheimnisses.

Als ich mir meiner Umgebung mehr bewusst wurde, stellte ich fest, dass die körperlichen Beweise meines Traums unverkennbar waren. Das Bett war nass, ein greifbares Ergebnis der intensiven Fantasien, die in meinem Unterbewusstsein abgelaufen waren. Für einen Moment lag ich dort, gefroren, als die anfängliche Erfüllung der Leidenschaften des Traums Platz machte für ein schleichendes Gefühl der Scham. Es war selten für mich, so lebhafte, hemmungslose Träume zu haben, und noch seltener, dass sie einen solchen körperlichen Effekt hatten.

Ein Teil von mir fühlte eine Art Zufriedenheit; der Traum war unglaublich real gewesen, gefüllt mit Emotionen und Empfindungen, die ich mir lange nicht erlaubt hatte zu fühlen. Doch ein anderer Teil von mir schreckte vor dem Durcheinander zurück, beschämt durch den primitiven Aspekt meiner nächtlichen Eskapaden. Es war, als hätte der Traum etwas in mir freigesetzt, das ich normalerweise fest kontrolliert hielt.

Ich setzte mich auf, schaltete den Alarm aus und schwang meine Beine über die Bettkante, meine Hände vergruben sich in meinem Gesicht, während ich versuchte, meine Gedanken zu sammeln. Der Raum um mich herum fühlte sich ungewöhnlich still an, als ob er den Atem anhielt und auf meine Reaktion wartete. Ich atmete ein paar Mal tief durch und versuchte, die anhaltenden Bilder und Empfindungen des Traums abzuschütteln.

Es war nicht nur das körperliche Durcheinander, das mich störte; es war die Erkenntnis, wie tief meine Wünsche gingen, wie sehr ich meine eigenen Bedürfnisse unterdrückt oder ignoriert hatte. Der Traum war eine Befreiung gewesen, eine Flucht vor den Einschränkungen, die ich mir bewusst oder unbewusst auferlegt hatte. Aber jetzt, im grellen Licht des Tages, fühlte ich mich exponiert, als wären meine tiefsten, privatesten Wünsche offenbart worden.

Ich wusste, dass ich aufräumen musste, um die physischen Erinnerungen an meinen Traum zu beseitigen, aber ein Teil von mir wollte das Gefühl der Befreiung bewahren, das er gebracht hatte. Mit gemischten Gefühlen zog ich das Bett ab und stapelte die Laken in einen Wäschekorb. Jede Bewegung war mechanisch, mein Geist verarbeitete immer noch die Komplexität dessen, was ich erlebt hatte.

Die Dusche half, das heiße Wasser rann über meine Haut und wusch die letzten Überreste der Verlegenheit weg. Ich ließ das Wasser lange und heiß laufen, in der Hoffnung, dass es meinen Geist ebenso klären würde wie meinen Körper. Während ich dort stand und den Dampf mich umhüllte, dachte ich über die Dualität meiner Gefühle nach. Warum sollte Zufriedenheit mit Scham einhergehen? War es nicht menschlich, Wünsche zu haben, von Intimität und Verbindung zu träumen?

Beim Frühstück war die Küche erfüllt von dem tröstlichen Aroma von Kaffee und Toast. Als ich mich an den Tisch setzte, waren meine Großeltern bereits tief in ihre Morgenroutine vertieft, mein Großvater las die Zeitung und meine Großmutter war mit dem Kochen beschäftigt. Ich goss mir eine Tasse Kaffee ein und beschloss, das Thema des neuen Nachbarn anzusprechen, und näherte mich dem Thema mit lässiger Neugier.

„Hey, habt ihr beiden irgendeine Aktivität in der Hütte bemerkt, die zum Verkauf steht? Ich dachte, ich hätte letzte Nacht dort etwas Bewegung gesehen", begann ich und versuchte, so lässig wie möglich zu klingen.

Mein Großvater schaute über den Rand seiner Brille, ein leichtes Lächeln spielte auf seinen Lippen. „Oh, dieses alte Ding? Ich dachte, es würde für immer mit seinem ‚Zu Verkaufen'-Schild die Nachbarschaft heimsuchen", scherzte er, faltete seine Zeitung und legte sie beiseite.

„Ja, es war fast eine permanente Einrichtung. Ich habe mich irgendwie daran gewöhnt, Geisternachbarn zu haben", lachte ich und spielte mit.

Meine Großmutter drehte sich von dem Herd um, einen Teller mit Eiern und Speck in der Hand, und stellte ihn auf den Tisch, bevor sie sich zu uns setzte. „Nun, es scheint, als hätten die Geister sich verabschiedet. Diese Hütte hat endlich echte, lebende Bewohner", sagte sie, mit einem Funkeln in ihren Augen.

„Echt? Ich hatte angefangen, die Ruhe und Stille zu genießen", sagte ich und täuschte Enttäuschung vor. „Weißt du, wer eingezogen ist?"

„Es ist tatsächlich Elizabeths Tochter", antwortete meine Großmutter und schenkte sich einen Kaffee ein. „Die arme Liz ist vor einiger Zeit gestorben, erinnerst du dich? Die Tochter war anfangs nicht daran interessiert, den Platz zu behalten; sie sagte, sie habe hier keine Bindungen und das Haus stünde nur leer herum."

Mein Großvater nickte und fügte hinzu: „Ja, aber ich schätze, sie hat ihre Meinung geändert. Sie kam letzte Woche zurück und begann, das Haus zu renovieren. Sie scheint doch vor zu haben, zu bleiben."

„Elizabeths Tochter, hm?" murmelte ich laut, während ich versuchte, mich zu erinnern, ob ich sie jemals getroffen hatte. „Ich glaube nicht, dass ich sie je getroffen habe. Wie heißt sie?"

„Mia", antwortete meine Großmutter. „Ein liebes Mädchen. Sie war als Kind oft hier, ist aber für Jahre in die Stadt gezogen. Ein ganz schöner Wechsel für sie, würde ich mir vorstellen, nach so langer Zeit in diese ruhige kleine Stadt zurückzukommen."

„Das ist interessant", sagte ich, während ich meinen Kaffee schlürfte. „Es muss ein bisschen ein Schock sein, sich von der Stadt hierher umzugewöhnen. Hoffentlich findet sie, wonach sie in Maple Ridge sucht."

„Es ist auch gut für die alte Hütte", mischte sich mein Großvater ein. „Schön zu sehen, dass wieder Leben darin ist. Diese Wände haben auf eine Familie gewartet."

Als das Gespräch weiterging, schlugen sie vor, sie zum Abendessen einzuladen. Ich fühlte mich dabei etwas unwohl. Die Vorstellung, Mia so schnell nach ihrer Ankunft und nach der Lebhaftigkeit meines Traums in eine soziale Umgebung zu bringen, ließ mich etwas besorgt fühlen. Es war nicht nur der Traum, der mich zögern ließ; es war auch der Gedanke, sie zu schnell ins Rampenlicht der Gemeinschaft zu drängen.

„Eigentlich sollten wir ihr vielleicht zuerst etwas Raum geben", warf ich ein und stellte meine Kaffeetasse mit einem sanften Klirren ab. „Sie könnte sich noch an die Rückkehr gewöhnen, und ein Abendessen könnte zu viel, zu früh sein."

Meine Großeltern schauten mich etwas überrascht über meinen plötzlichen Stimmungswechsel an. „Denkst du das?", fragte meine Großmutter, ihre Stirn leicht gerunzelt vor Besorgnis. „Es ist nur ein freundliches Abendessen, nichts zu Fancyes oder Überwältigendes."

Ich nickte und versuchte, meine Gefühle zu artikulieren, ohne den Traum zu erwähnen, der so viel in mir aufgewühlt hatte. „Ja, ich weiß. Aber nach Hause zu kommen, nachdem deine Mutter gestorben ist…

das muss schwer sein. Sie könnte etwas Zeit für sich brauchen, um sich einzugewöhnen, ohne das Gefühl zu haben, dass es Erwartungen gibt."

Mein Großvater lehnte sich in seinem Stuhl zurück und dachte über meine Worte nach. „Das ist ein fairer Punkt", gab er zu. „Wir wollen nicht, dass sie sich unter Druck gesetzt fühlt. Vielleicht könntest du einfach vorbeischauen, dich lässig als Nachbar vorstellen. Sie fragen, wie es ihr geht, und ein bisschen das Gefühl erkunden."

„Das klingt machbarer", stimmte ich zu, erleichtert über den Vorschlag. „Ein entspannter Ansatz könnte besser sein. Ich kann ihr sagen, dass die Gemeinschaft hier ist, wenn sie bereit ist, ohne dass es sich wie eine Verpflichtung anfühlt."

Meine Großmutter nickte langsam, ihre anfängliche Begeisterung durch meine Vorsicht gemildert. „In Ordnung, das klingt sinnvoll. Wir können immer später etwas planen, wenn sie sich mehr eingelebt hat."

„Genau", sagte ich und fühlte mich mit diesem Plan wohler. Es würde mir ermöglichen, Mia ohne den Hintergrund eines formellen Treffens zu begegnen, was, angesichts der Lebhaftigkeit meines Traums, wie ein sicherer, neutraler Boden erschien, um zu beginnen.

„Ich werde nur sicherstellen, dass sie weiß, dass sie hier willkommen ist, zu ihren eigenen Bedingungen", fügte ich hinzu und dachte darüber nach, wie ich mich vorstellen könnte, ohne zu viel Aufmerksamkeit auf ihren kürzlichen Umzug oder ihre persönlichen Umstände zu lenken.

„Guter Junge", lächelte meine Großmutter, ihr Gesicht wurde weicher. „Es ist wichtig, in solchen Dingen nachdenklich zu sein. Du machst es auf deine Weise, wie du es für am besten hältst."

Das Frühstück endete mit mehr heiterem Geplänkel, aber meine Gedanken blieben teilweise bei Mia. Gerade als wir die Frühstücksteller abräumten, unterbrach ein Klopfen an der Tür die

Morgenroutine. Ich wischte mir die Hände an einem Geschirrtuch ab und ging zur Vordertür, während meine Gedanken weiterhin um Mia kreisten und wie ich sie ansprechen könnte. Als ich die Tür öffnete, war ich überrascht, Mia selbst auf der Schwelle zu sehen.

„Hi, ich bin Mia", sagte sie mit einem leichten Lächeln und streckte mir zur Begrüßung die Hand entgegen. „Ich bin gerade in die Hütte nebenan gezogen."

Ich ergriff ihre Hand und fühlte mich plötzlich unbeholfen und übermäßig auf meine eigenen Bewegungen aufmerksam. „Oh, hi. Ich bin Jake", brachte ich heraus und hoffte, dass meine Überraschung nicht zu offensichtlich war. „Willkommen in der Nachbarschaft."

„Danke", antwortete sie herzlich. „Eigentlich wollte ich deiner Familie für den Willkommenskorb danken. Es war eine wirklich schöne Überraschung und hat mir nach dem Umzug sehr geholfen."

Während sie sprach, griff sie zurück und holte einen Korb von hinter sich hervor und hielt ihn mir entgegen. Ihre Geste war geschmeidig und selbstbewusst, aber meine Reaktion war alles andere als das. In meinem Eifer, ihn von ihr zu nehmen, vielleicht wegen der anhaltenden Unbeholfenheit aus meinem Traum, rutschten meine Hände und der Korb fiel klappernd zu Boden zwischen uns.

Wir bückten uns beide instinktiv, um ihn aufzuheben, unsere Köpfe fast aneinander stoßend. Ein Lachen entkam uns beiden über die Ungeschicklichkeit des Moments, was die Spannung brach. „Es tut mir leid", lachte ich und hob den Korb auf und stellte ihn wieder auf. „Ich wusste nicht, dass sie dir einen Korb geschickt haben. Schande über mich, dass ich nicht daran beteiligt war."

Mia lächelte und klopfte sich die Hände ab. „Kein Problem. Der Gedanke zählt, richtig? Und es war wirklich nachdenklich."

„Ja, sie sind darin gut", sagte ich und fühlte mich nach unserem gemeinsamen Lachen etwas wohler. „Ich bin froh, dass es geholfen hat."

„Es hat, danke. Und bitte sag deinen Großeltern, dass ich es wirklich zu schätzen wusste", fügte Mia hinzu, trat einen Schritt zurück und gab mir ein Nicken des Dankes.

„Werde ich machen", versicherte ich ihr, während ich den Korb diesmal etwas fester hielt. „Und wenn du noch etwas brauchst oder Fragen zur Gegend hast, frag ruhig. Wir sind direkt nebenan."

„Danke, Jake. Das könnte ich vielleicht in Anspruch nehmen", sagte sie und gab mir ein letztes Lächeln, bevor sie sich umdrehte und zurück zu ihrer Hütte ging.

KAPITEL 6

Als ich in Richtung der Maple Ridge Gallery ging, spielte die Begegnung mit Jake am Morgen in meinem Kopf immer wieder ab. Ich konnte mir ein Lächeln über die Erinnerung an ihn nicht verkneifen, wie er den Korb fallen ließ, sein Gesicht eine Mischung aus Überraschung und Verlegenheit. Es schien, als könnte er ein wenig nervös um mich herum sein, was auf seine eigene Weise sowohl amüsant als auch liebenswert war. Doch trotz der charmanten Ungeschicklichkeit meines neuen Nachbarn war mein Fokus fest auf andere Dinge gerichtet – namentlich mein wachsendes Interesse an der lokalen Kunstszene.

An einer Ecke entschloss ich mich spontan, bei der kleinen Bäckerei Halt zu machen, die ich vor ein paar Tagen bemerkt hatte. Der Geruch von frischem Brot und Gebäck war einfach zu verführerisch, um ihn zu ignorieren, und ein wenig Genuss schien richtig, um den Beginn meines neuen Kapitels hier zu markieren.

Als ich eintrat, umhüllte mich das warme, hefeteigige Aroma sofort und ließ den Ort einladend erscheinen. „Guten Morgen!", begrüßte die Frau hinter dem Tresen mich, ihre fröhliche Art trug zur gemütlichen Atmosphäre bei.

„Morgen!", antwortete ich, während ich die Auswahl an Backwaren überblickte. „Alles sieht so köstlich aus; es ist schwer, sich zu entscheiden."

„Wenn es dein erstes Mal ist, kann ich unsere Zimtschnecken wärmstens empfehlen. Sie sind bei den Einheimischen sehr beliebt", schlug sie mit einem wissenden Lächeln vor.

„Das klingt perfekt, ich nehme eine davon und eine Tasse Kaffee, bitte", entschied ich mich, gespannt darauf, den lokalen Geschmack zu probieren.

Während sie meine Bestellung vorbereitete, wanderte mein Geist zurück zu meinen Plänen für den Tag. Der Besuch in der Galerie war mehr als nur ein beiläufiges Interesse; es war ein Schritt, um meine Leidenschaft für Kunst wiederzuentdecken, etwas, das in dem Wirbelwind des Stadtlebens und persönlichen Umwälzungen in den Hintergrund geraten war. Dieser Umzug nach Maple Ridge ging nicht nur darum, der Vergangenheit zu entfliehen; es ging darum, Teile von mir selbst wiederzuentdecken, die ich vernachlässigt hatte.

„Hier bitte", sagte die Frau und riss mich mit einem dampfenden Becher Kaffee und einem Teller mit einer großzügig großen Zimtschnecke aus meinen Gedanken. „Guten Appetit!"

„Danke, ich bin mir sicher, dass ich es genießen werde", antwortete ich, während ich meine Leckereien zu einem kleinen Tisch am Fenster brachte.

Dort sitzend, während ich den heißen, kräftigen Kaffee schlürfte und das süße, klebrige Gebäck genoss, fühlte ich einen Sinn für Frieden. Es war die richtige Entscheidung, hierher zu kommen, dachte ich. Das Leben in der Stadt hatte seine Vorzüge, aber es trug auch ein Gewicht mit sich, das ich bis jetzt nicht vollständig anerkannt hatte – das ständige Drängen, die nie endenden Anforderungen, die oberflächlichen sozialen Kontakte, die mich oft mehr isoliert als verbunden fühlen ließen.

Als ich durch die Glastüren der Maple Ridge Gallery trat, balancierte ich zwei Becher Kaffee und eine Schachtel mit verschiedenen Gebäckstücken von der lokalen Bäckerei – ein kleiner Genuss, um den Tag zu beginnen, der vielversprechend beschäftigt werden würde.

Die Galerie, durch das Morgenlicht, das durch große Fenster fiel, erleuchtet, summte mit der stillen Energie der Erwartung.

Lila, die tief in ihre Aufgabe vertieft war, stellte eine Skulptur in der Nähe des Haupteingangs ein. „Guten Morgen, Lila!", rief ich, in der Hoffnung, dass das Aroma frisch gebrühten Kaffees eine ebenso gute Einführung war wie jede andere.

Sie schaute auf, ihr Fokus wechselte von dem Kunstwerk zu dem Frühstücksangebot, das ich trug. „Mia, was ist das alles?", grinste sie, wischte sich die Hände an einem Tuch ab und kam herüber, um mir mit dem Tablett zu helfen.

„Nur ein bisschen Treibstoff für uns. Dachte, wir könnten heute gut starten", antwortete ich und stellte das Tablett auf einen Tisch ab, der von Kunstkatalogen und Stoffmustern befreit war.

„Du kennst den Weg zu meinem Herzen", lachte Lila und griff nach einer Tasse. „Okay, was steht heute auf dem Programm? Ich bin bereit für alles, wenn ich das hier habe."

„Wir haben die neue Installation für die Foyer und einige Kundenberatungen später am Nachmittag", antwortete ich, während ich mir eine Tasse einschenkte und einen Bissen von einem Gebäckstück nahm.

„Lass uns zuerst die Installation angehen. Ich möchte deine Gedanken zum Layout hören, bevor wir irgendetwas finalisieren", schlug Lila vor, während sie ihren Kaffee schlürfte.

Gemeinsam gingen wir zu den großen Leinwänden, die angeordnet werden mussten. Der Foyer-Bereich war groß und gut beleuchtet, perfekt für die lebhaften abstrakten Stücke, die wir gleich aufhängen würden.

„Wie wäre es, wenn wir mit dem Marquez-Stück dort anfangen?",
deutete ich auf eine besonders auffällige Leinwand, deren Farbschleifen
sofort ins Auge fielen.

„Gute Wahl", stimmte Lila zu. „Es ist ein starker Eröffner für die
Ausstellung. Zieht dich sofort hinein."

Wir verbrachten die nächsten paar Stunden damit, Räume zu messen,
Wände zu markieren und jedes Stück sorgfältig aufzuhängen. Die
körperliche Arbeit war ein willkommener Wechsel von den eher
geistigen Aspekten der Galerietätigkeit, und ich fand einen Rhythmus
im Prozess, genoss die greifbaren Ergebnisse unserer Bemühungen.

Als wir die Stücke zu unserer Zufriedenheit angeordnet hatten, traten
wir zurück, um unsere Arbeit zu bewerten. „Es sieht fantastisch aus,
Mia. Dein Gespür für Design bringt diese Stücke wirklich zum Leben",
lobte Lila, ihre Blicke wertschätzend.

„Danke, Lila. Es ist großartig, das alles so zusammenkommen zu
sehen", antwortete ich und verspürte einen Anflug von Stolz.

Als wir unsere Arbeit bewunderten, läutete das Klingeln der
Eingangstür die Ankunft unseres ersten Kunden des Tages an. Ich warf
einen Blick hinüber und sah ein mittelaltes Paar eintreten, ihre
Gesichter neugierig und erwartungsvoll.

„Showtime", murmelte Lila, stellte ihre Kaffeetasse ab. „Lass uns sie
begrüßen."

Wir gingen mit einem Lächeln auf das Paar zu. „Guten Morgen!
Willkommen in der Maple Ridge Gallery. Ich bin Mia, und das ist Lila.
Wie können wir Ihnen heute helfen?" stellte ich uns vor und fühlte
mich sicher im vertrauten Terrain des Kundenservice.

Das Paar, das daran interessiert war, ein Stück für ihr neues Zuhause zu kaufen, war begierig darauf, herumgeführt zu werden. Wir führten sie durch die Galerie, diskutierten verschiedene Künstler und deren Werke, schätzten die Reaktionen des Paares und passten unsere Vorschläge an ihre Antworten an.

Die Beratung verlief reibungslos, und als sie gingen, versprachen zurückzukehren, nachdem sie ihre Optionen überdacht hatten, fühlte ich eine tiefe Zufriedenheit über den produktiven Start in unseren Tag.

„Tolle Arbeit, Mia. Du hast ein Talent dafür", sagte Lila, als wir zum Empfangstresen zurückkehrten.

„Danke, Lila. Es fühlt sich gut an, Teil davon zu sein", antwortete ich, voller Energie von den Erfolgen des Tages.

Als Lila und ich nach einem geschäftigen Tag in der Galerie aufräumten, klingelte das Telefon und schnitt durch das sanfte Summen des späten Nachmittags. Lila entschuldigte sich, um es entgegenzunehmen, während ich ein paar Stücke neu anordnete, die während der Beratungen des Tages verschoben worden waren.

Lila beendete ihren Anruf und kam zurück, während ich mit dem Aufräumen beschäftigt war. Ihr Gesichtsausdruck war eine Mischung aus Dringlichkeit und Aufregung, noch verstärkt durch das natürliche Licht, das in die Galerie strömte.

„Sie bringen tatsächlich heute die Möbel vorbei", sagte Lila und schaute auf ihre Uhr. „Wir haben etwa eine Stunde, um alles vorzubereiten."

„Heute? Das geht ja wirklich schnell!", antwortete ich überrascht über die plötzliche Änderung des Zeitplans.

„Ja, es war ein kurzfristiger Anruf von ihnen, aber es passt perfekt. Wir können alles sofort aufstellen", erklärte Lila, während sie begann, einige der aktuellen Möbel umzustellen, um Platz zu schaffen.

Ich sprang ein, um ihr zu helfen, bewegte Stücke und überlegte mir die Anordnung des Raumes neu. „Welche Art von Möbeln bringen sie mit?", fragte ich, neugierig auf den Stil und das Design der Artikel, die auf dem Weg waren.

Lilás Gesicht erhellte sich, als sie die Stücke beschrieb. „Ein paar auffällige Stücke – ein wunderschöner Couchtisch und einige Stühle, die wahre Kunstwerke sind. Sie bestehen alle aus recyceltem Holz, sodass jedes Stück nicht nur schick, sondern auch nachhaltig ist."

„Das klingt fantastisch", sagte ich und war wirklich beeindruckt von der Initiative. „Ich liebe es, dass es sowohl funktionale Kunst als auch eine Möglichkeit ist, der Gemeinschaft etwas zurückzugeben."

Lila nickte begeistert. „Der Typ, der das Projekt im Gemeindezentrum leitet, macht das schon seit Jahren. Er nimmt verworfene Materialien und verwandelt sie in wunderschöne, nützliche Stücke. Es geht um zweite Chancen und neues Leben, was wirklich etwas Besonderes ist."

Ich stimmte zu und fühlte eine Verbindung zur Philosophie des Projekts. „Es ist erstaunlich, wie alte Materialien so umfunktioniert werden. Es ist kreativ und durchdacht – die Art von Ansatz, der die Sicht auf alltägliche Objekte verändert."

Während wir weiterarbeiteten, schafften wir es, einen erheblichen Bereich in der Mitte der Galerie freizumachen. Lila trat zurück, um unsere Anordnung zu überprüfen, und schien mit unseren Bemühungen zufrieden zu sein. „Sieht gut aus. Das sollte uns genug Platz geben, um alles schön zu präsentieren."

„Perfektes Timing", kommentierte sie, als ein Lieferwagen vor der Galerie parkte.

Als die Türen des Vans aufschwangen und das Team mit dem Entladen begann, blieb ich konzentriert darauf, die Ausstellung aufzubauen, obwohl Gesprächsfetzen von dem Eingang herüberdrifteten, wo Lila das Möbel-Lieferteam fröhlich begrüßte.

„Willkommen! Hier entlang, wir haben viel Platz für diese Stücke freigemacht", schallte Lilas Stimme durch die Galerie, erfüllt von ihrem gewohnten, ansteckenden Enthusiasmus.

„Tut uns leid, dass wir etwas später sind als erwartet", antwortete eine tiefe Stimme, während schwere Schritte das Verschieben der Möbel begleiteten. „Wir hatten diese Woche ein paar Stopps zu machen—einer Familie in der Gemeinde zu helfen. Ihr Kleines hat beschlossen, vorzeitig zu kommen!"

Lilas Lachen hallte durch die Galerie. „Das ist vollkommen in Ordnung! Was Sie tun, ist so wichtig—so zu helfen, das ist einfach wunderbar. Wie geht es allen?"

„Ihnen geht es wunderbar, glücklicherweise!", antwortete der Mann. „Es ist viel los, aber es ist die gute Art von viel, bei der man das Gefühl hat, dass es sich alles lohnt."

„Oh, absolut!", stimmte Lila zu. „Und schau dir diese Stücke an! Sie sind in Wirklichkeit noch schöner. Du bringst wirklich etwas Besonderes in alles, was du berührst."

„Danke, Lila. Es ist immer ein Vergnügen zu sehen, wo meine Arbeit endet, besonders an einem so inspirierenden Ort wie diesem", sagte er, seine Stimme warm vor aufrichtiger Wertschätzung.

Ihr Gespräch war erfüllt von Lachen und dem Geräusch des Auspackens, Lilas Stimme erhob sich gelegentlich in Begeisterung über die Qualität und Schönheit der Möbel. „Diese sind nicht nur funktional; sie sind Kunstwerke für sich! Sie werden diesen Raum verwandeln!"

„Das ist der Plan", scherzte der Mann leicht. „Es geht darum, Räume zu verbessern, in den kleinen Weisen, die wir können."

„Apropos Räume verwandeln", fuhr Lila fort, ihr Ton wurde geschäftsmäßiger, aber immer noch sprudelnd vor Enthusiasmus, „ich kann es kaum erwarten, dass du siehst, was wir für die Galerie geplant haben. Es wird fantastisch, eine echte Synthese aus Form und Funktion!"

Ich hörte zu, interessiert an der Wärme und Kameradschaft in ihrem Austausch und neugierig auf den Mann, dessen Handwerkskunst offensichtlich so hoch geschätzt wurde. Sein Lachen, tief und resonant, schien die Galerie zu füllen und vermischte sich mit Lilas helleren Tönen, um eine lebendige Atmosphäre zu schaffen, die mein Interesse noch mehr weckte.

„Du weißt immer, wie man mit deiner Arbeit Eindruck macht. Deshalb lieben wir es, deine Möbel hier zu haben", sagte Lila, ihre Stimme von Respekt und Bewunderung durchzogen.

„Danke, Lila. Ich bin einfach froh, zu einer so lebhaften Gemeinde beizutragen. Es sind Projekte wie diese, die mich wirklich daran erinnern, warum ich das überhaupt angefangen habe", antwortete er.

„Mia, könntest du bitte für einen Moment hierher kommen?" Lilas Stimme schnitt durch meine Konzentration, als ich zart die letzten Handgriffe an einem Stück anbrachte, mit dem ich den ganzen Morgen beschäftigt gewesen war.

Widerwillig legte ich meinen Pinsel nieder und warf einen Blick auf das unvollendete Gemälde, dessen lebendige Farben noch in meiner Vision tanzten, als ich mich zur Vorderseite der Galerie bewegte. Ich wischte mir die Hände an einem Tuch ab und versuchte, meinen Gedanken von der einsamen Malerei zur sozialen Interaktion zu verschieben, die auf mich wartete.

Als ich mich näherte, erblickte ich den Mann, der lebhaft mit Lila sprach. Es dauerte einen Moment, bis die Erkenntnis einsetzte, aber als sie das tat, blieb mein Herz stehen. Es war Jake—Jake, mein Nachbar, der genau der gleiche war, mit dem ich heute Morgen die peinliche Begegnung hatte. Meine Schritte zögerten kurz, und ich fühlte, wie ein plötzlicher Schwall von Wärme meinen Nacken hinaufkrabbelte.

Gerade in diesem Moment drehte sich Jake um, und seine Augen trafen meine. Die Überraschung war ihm ins Gesicht geschrieben, als er versehentlich den Stapel Papiere und einen Stift fallen ließ, den er hielt. Sie verstreuten sich auf dem Boden in einem Wirbel des Durcheinanders.

„Oh!", rief er aus und bückte sich sofort, um die heruntergefallenen Gegenstände aufzusammeln. Seine Bewegungen waren hastig, ein klares Zeichen für sein eigenes Unbehagen, das meine eigenen Gefühle widerspiegelte.

Ich stand einen Moment lang wie versteinert da, unsicher, ob ich ihm helfen oder einfach stehen bleiben sollte. Bevor ich entscheiden konnte, hatte Jake bereits seine Papiere und den Stift gesammelt und richtete sich mit einem gefassten Ausdruck auf, als versuchte er, seinen anfänglichen Schock zu verbergen.

Lila, die von den Spannungen in der Luft nichts ahnte, strahlte uns beide an. „Mia, das ist Jake! Er ist der Handwerker hinter diesen wunderbaren Möbelstücken, die wir gerade hereingebracht haben. Jake, das ist Mia, unsere neueste Ergänzung im Galerie-Team."

Wir schafften es beide, ein höfliches Lächeln zu zeigen, und reichten uns die Hände für einen kurzen, etwas unbeholfenen Handschlag. Es war einer dieser Momente, in denen die Formalitäten einer professionellen Vorstellung mit persönlichen Geschichten kollidierten, so kurz und unangenehm diese Geschichten auch sein mochten.

Lila fuhr enthusiastisch fort, nichts von unserem Unbehagen ahnend. „Jake macht erstaunliche Arbeiten mit recycelten Materialien. Wirklich, seine Stücke sind mehr Kunst als Möbel. Wir sind so glücklich, seine Arbeiten hier präsentiert zu haben."

„Danke, Lila", sagte Jake und schaffte es, seine Fassung zurückzugewinnen. „Es ist großartig, in der Galerie tätig zu sein. Und schön, dich kennenzulernen, Mia", fügte er hinzu, seine Stimme war stabil, obwohl seine Augen kurz mit der gleichen Unbehaglichkeit flackerten, die ich fühlte.

„Schön, dich auch kennenzulernen", antwortete ich und hielt meinen Ton professionell. Wir spielten beide unsere Rollen gut, so als wäre dies unser erstes Treffen, ohne unsere vorherige Begegnung in diesen neuen Kontext zu bringen.

In diesem Moment warf Lila einen Blick auf ihr Handy. „Oh, ich muss ein paar Anrufe bei potenziellen Kunden wegen eines Termins machen. Mia, könntest du bitte Jake helfen, wo die Möbel platziert werden sollen? Ich würde es sehr schätzen."

„Natürlich", antwortete ich, meine Stimme war etwas zu hoch, in dem Versuch, unberührt zu klingen. Als Lila wegging, um Nummern in ihr Handy zu wählen, wandte ich mich mit einem gezwungenen Lächeln an Jake.

„Also, äh, lass uns mit den großen Stücke anfangen, vielleicht?" schlug ich vor und führte ihn zu dem vorgesehenen Bereich, den wir zuvor vorbereitet hatten.

Jake nickte und folgte mir mit dem ersten der Möbelstücke in der Hand. „Klingt gut", sagte er, seine Stimme neutral, der frühere Schock war nun durch ein professionelles Auftreten ersetzt.

Trotz des holprigen Starts fanden wir einen Rhythmus, kommunizierten über die Platzierung und Anpassungen mit wachsender Leichtigkeit. Die Arbeit war eine willkommene Ablenkung, die half, einige der Spannungen abzubauen, während wir beide die Handwerkskunst jedes Möbelstücks schätzten.

Als wir den letzten Stuhl positioniert hatten, schien die frühere Unbehaglichkeit weggepackt zu sein wie das Verpackungsmaterial, das wir entsorgten. Wir traten zurück, um unsere Arbeit zu überprüfen, und ich fühlte ein echtes Gefühl der Erfüllung—nicht nur für die schön angeordneten Möbel, sondern auch für die Bewältigung der unerwarteten persönlichen Herausforderungen des Tages.

Als wir den letzten Stuhl platzierten, hatte sich die Atmosphäre zwischen uns erheblich entspannt. Jake schien sich wohler zu fühlen, die anfängliche Ungeschicklichkeit verflog, während wir in einen stetigen Arbeitsrhythmus fielen.

„Du scheinst wirklich Ahnung von Kunst und Design zu haben", bemerkte Jake, als er einen Schritt zurücktrat, um das Layout zu beurteilen, das wir arrangiert hatten. „Was hat dich hierher gebracht, wenn ich fragen darf?"

Ich strich mir eine losen Haarsträhne aus dem Gesicht und wandte mich ihm mit einem leichten Lächeln zu. „Ich habe die Kunst schon immer geliebt. Ich habe früher als Kunstrestauratorin in Chicago gearbeitet, tatsächlich. Aber ich fühlte, dass ich einen Tapetenwechsel brauchte, weißt du? Eine neue Umgebung."

„Chicago, huh?" Jakes Augenbrauen hoben sich, und ein verspieltes Schmunzeln zog an seinen Lippen. „Von der Großstadt in eine Kleinstadt—das ist ganz schön der Wechsel. Du musst wohl genug von dem Wind gehabt haben, der dir durch die Haare wehte."

Ich lachte und schätzte die Leichtigkeit seines Scherzes. „So in etwa. Obwohl ich denke, es ging mehr darum, einen ruhigeren Ort zu suchen, einen Raum, wo ich mich auf andere Weise wieder mit der Kunst verbinden kann. Nicht nur Restaurierung, sondern Teil einer Gemeinschaft zu sein, die das schätzt und lebt."

Jake nickte, sein Ausdruck wurde nachdenklich. „Das macht Sinn. Es gibt etwas an kleinen Städten und der Art, wie sie Menschen um Dinge wie Kunst versammeln. Es ist persönlicher, oder?"

„Es ist wirklich so", stimmte ich zu und fühlte ein erneutes Gefühl der Bestätigung in meiner Entscheidung, nach Maple Ridge zu ziehen. „Hier fühlt sich Kunst wie Teil des täglichen Lebens an, nicht nur etwas, das man in einem Museum sieht."

Während wir sprachen, bemerkte ich, wie Jakes Ungezwungenheit wuchs, seine Haltung entspannter und sein Lächeln häufiger wurde. Er lehnte sich lässig gegen einen neu platzierten Tisch und verschränkte die Arme. „Also, von großen Stadtgalerien zu einer Kleinstadtgalerie—du musst viele Unterschiede sehen, wie die Dinge hier funktionieren?"

„Definitiv", antwortete ich und lehnte mich entspannt gegen eine Theke. „Es ist hier weniger hektisch, zum einen. Das Tempo gibt dir Raum zum Atmen und wirklich mit der Arbeit und den Menschen, die sie sehen, zu interagieren. Außerdem ist die Verbindung, die du mit den Besuchern aufbaust, direkter—du bist nicht nur ein weiteres Teammitglied; du bist Teil ihrer Erfahrung."

Jake schien aufrichtig interessiert, nickte mit dem Kopf, während ich sprach. „Klingt erfrischend. Und apropos Erfahrungen, wie findest du Maple Ridge bis jetzt? Abgesehen von der Galerie, meine ich."

„Es ist großartig, tatsächlich", sagte ich und fühlte eine Wärme bei dem Gedanken. „Die Leute hier sind freundlich, und es gibt ein Gefühl von Gemeinschaft, das sehr einladend ist. Es ist anders als das Gedränge in Chicago, aber auf eine gute Art."

„Freut mich, das zu hören", lächelte Jake. „Und es klingt, als wärst du genau dort, wo du sein musst—hilfst dabei, diesen Ort zu einem Zentrum für Kunstliebhaber zu machen."

„Ich hoffe es", lächelte ich zurück, das Gespräch floss nun freier, als ob wir endlich über die anfängliche Unbeholfenheit unserer früheren Begegnungen hinweggekommen waren.

Gerade in diesem Moment tauchte Lila wieder auf, ihr Telefonat anscheinend beendet. „Sieht so aus, als hättet ihr beiden viel zu tun gehabt", bemerkte sie fröhlich und warf einen Blick auf die neu angeordneten Möbel und unsere entspannten Haltungen. „Ich hoffe, Jake hat dich nicht mit seinem Vertragsgespräch gelangweilt."

Jake lachte, richtete sich auf. „Ich glaube, wir haben mehr über Kunst gesprochen als über alles andere."

Lila strahlte uns beide an. „Perfekt! Jake, danke, dass du diese fantastischen Stücke geliefert hast. Sie perfektionieren den Raum wirklich."

Jake übergab Lila die Lieferscheine mit geübter Leichtigkeit und scannte den Raum kurz, während er sprach. „Könntest du das hier unterschreiben, bevor ich gehe?"

Lila nahm schnell die Papiere und einen Stift vom Tisch, ihre Bewegungen scharf und effizient. „Natürlich, lass mich sehen... Okay, hier und hier, richtig?"

„Ja, genau das. Danke", antwortete Jake, seine Stimme stabil, während er die unterschriebenen Dokumente zurückforderte und Lila eine Kopie für ihre Unterlagen übergab. „Ich habe jetzt alles in Ordnung."

„Super", antwortete Lila und sortierte die Papiere in ihrer Hand. Sie warf einen Blick auf mich, die gerade damit beschäftigt war, einige Broschüren im Raum aufzuräumen. „Mia, könntest du Jake nach draußen begleiten? Ich muss das hier wegheften."

„Klar, Lila", antwortete ich, meine Stimme trug einen Hauch von Widerwillen, den ich mit einem höflichen Lächeln zu kaschieren versuchte. Ich näherte mich Jake und deutete auf den Eingang der Galerie. „Hier entlang, Jake."

Als wir auf die Tür zugingen, war die Atmosphäre höflich, aufgeladen mit der unausgesprochenen Unbeholfenheit aus unseren letzten Begegnungen. Plötzlich klingelte Jakes Telefon und durchbrach das leise Klirren seiner Schlüssel, während er sich zum Gehen bereit machte.

„Entschuldige", sagte er und zog das Telefon aus seiner Tasche. Ich nickte und trat zur Seite, während er den Anruf entgegennahm. Ich hörte Fetzen seines Gesprächs, Worte wie „bald" und „unterwegs" schwebten in der Luft.

„Ich bin in ein paar Minuten da", sprach Jake in das Telefon, sein Ton wechselte zu etwas Dringlicherem. Er beendete den Anruf und steckte das Telefon wieder in seine Tasche, während er mir in die Augen sah.

„Danke, dass du mich hinausbegleitest", sagte er, als er durch die Tür trat, die ich offen hielt. Er hielt inne, drehte sich kurz um und streckte mir die Hand entgegen. Ich ergriff sie, mein Griff fest, erwartete den üblichen Abschied. Stattdessen beugte sich Jake vor und gab mir unerwartet einen schnellen Kuss auf die Wange.

Ein Schwall von Verlegenheit erhitzte meine Wangen. Ich hatte eine solche Geste nicht erwartet; unsere Interaktionen hatten nie über höfliche Professionalität hinausgegriffen—bis jetzt.

„Äh, bitte", brachte ich gerade noch heraus, meine Augen weit vor Überraschung. Ich beobachtete, wie Jake mir ein kleines, etwas schüchternes Lächeln schenkte, bevor er sich umdrehte und den Weg hinunter zur Straße ging.

Ich konnte nicht anders, als mich zu fragen, wohin er in so einer Eile ging, Neugier nagte an mir. Doch ich erinnerte mich schnell daran, dass es nicht meine Angelegenheit war. Ich schüttelte leicht den Kopf und ging zurück in die Galerie.

KAPITEL 7

Als die Morgensonne einen goldenen Glanz über die charmante Hauptstraße von Maple Ridge warf, fühlte ich mich von dem süßen Duft frisch gebackener Waren angezogen, der durch die Luft schwebte. Die Quelle war eine kleine, einladende Bäckerei, deren Schild „Emmas Bäckerei" lautete. Mit einer Mischung aus Neugier und einem leeren Magen öffnete ich die Tür und wurde sofort von dem fröhlichen Klingeln der Eingangsglocke begrüßt.

Drinnen war die Bäckerei ein gemütliches Chaos aus Pastellfarben und heimeligen Dekorationen, mit Regalen, die eine einladende Auswahl an Backwaren boten. Hinter der Theke stand eine Frau mit einem strahlenden Lächeln und einer mehlbestäubten Schürze, die mich herzlich begrüßte. „Guten Morgen! Willkommen bei Emma's. Ich bin Emma. Was kann ich Ihnen an diesem schönen Tag anbieten?"

Ich war sofort von ihrer fröhlichen Art und der heimeligen Atmosphäre der Bäckerei begeistert. „Alles sieht so verlockend aus. Was empfehlen Sie?", fragte ich, während meine Augen die Auslage durchstreiften.

„Oh, du musst die Zimtschnecken probieren; sie sind hier ein Favorit. Mit einem Hauch von lokalem Honig gemacht", schlug Emma vor, ihre Augen funkelten vor Stolz.

Während sie meine Bestellung vorbereitete und eine warme Zimtschnecke auf einen Teller legte, setzte ich mich an einen kleinen Tisch am Fenster. Die Schnecke war perfekt—weich, süß, mit einem reichen Zimtgeschmack, der köstlich in meinem Mund schmolz. „Dieser Ort fühlt sich an wie das Herz der Stadt", bemerkte ich und genoss die Wärme sowohl des Essens als auch der Umgebung.

Emma lachte, ihre Stimme so süß wie die Leckereien, die sie backte. „Ich denke, es versüßt das Leben hier. Was führt dich nach Maple Ridge? Ich habe dich noch nie in der Stadt gesehen."

„Ich arbeite in der örtlichen Galerie", erklärte ich, mein Interesse an der Stadt wuchs mit jeder freundlichen Interaktion. „Ich hoffe, hier etwas Inspiration und Frieden zu finden."

„Nun, ich hoffe, du wirst die Stadt so süß finden wie diese Rolle", sagte Emma, während sie sich auf die Theke lehnte und neugierig plauderte. „Maple Ridge hat viel Charme, wenn du entspannen und Inspiration finden möchtest."

Ihre Worte waren tröstlich und bestätigten meine Entscheidung, hierher zu ziehen. Als ich mein Gebäck beendete und Emma für ihre Gastfreundschaft dankte, fühlte ich eine Verbindung nicht nur zur Bäckerei, sondern zu Maple Ridge selbst. Dies war der Beginn von etwas Neuem und Wunderbarem.

Als ich mich in einer gemütlichen Ecke von Emmas Bäckerei niederließ, wählte ich Nicoles Nummer. Der Videoanruf stellte fast sofort die Verbindung her und offenbarte Nicoles vertrautes Gesicht, das von dem Durcheinander der Kunstrestaurierungswerkstatt umrahmt war, in der wir so viele Stunden zusammen verbracht hatten.

„Hey, Nicole!", sagte ich, meine Stimme war hell vor Aufregung beim Wiedersehen.

„Mia! Es ist so schön, dich zu sehen", antwortete Nicole, ihr Lächeln war so warm, wie ich es in Erinnerung hatte. „Es ist immer viel los. Wir sind tatsächlich überlastet. Die Werkstatt ist nicht dasselbe ohne dich. Wie gewöhnst du dich ein?"

Ich schaute mich in dem einladenden Raum der Bäckerei um, ihre Wände umarmten mich mit beruhigenden Pastellfarben und der Duft von Zimt erfüllte die Luft. "Maple Ridge ist wunderbar," teilte ich mit und fühlte ein echtes Gefühl des Friedens. "Ich sitze tatsächlich in dieser adorablen kleinen Bäckerei, die ich entdeckt habe. Es fühlt sich an, als könnte sie mein neuer Zufluchtsort werden."

"Das klingt schön. Du hattest schon immer ein Talent dafür, die gemütlichsten Plätze zu finden," sagte Nicole, ihr Tonfall vermischte Freude für mich mit einem Hauch von Sehnsucht. "Ich freue mich, dass du deinen Platz findest. Wir vermissen wirklich deine Expertise hier."

Ich nahm einen Schluck von meinem Kaffee und ließ die Wärme durch mich hindurch strömen, bevor ich antwortete. "Ich vermisse die Arbeit mit euch auch. Aber ehrlich gesagt, Nicole, ich brauchte wirklich diese Veränderung. Ich hatte das Gefühl, ich schwebte einfach nur durch das Leben dort, lebte nicht wirklich."

Nicole nickte verständnisvoll. "Es ist wichtig, deinen eigenen Weg zu finden, Mia. Ich hoffe, Maple Ridge gibt dir, was du brauchst."

"Es fängt schon an," sagte ich mit einem Lächeln. "Hier gibt es ein Gemeinschaftsgefühl, das sehr erfrischend ist. Und die Galeriearbeit ist auf eine ganz neue Weise anregend."

"Erzähl mir von der Galerie," drängte Nicole und lehnte sich näher, als ob wir uns in unserem alten Café gegenübersäßen, anstatt durch Bildschirme zu sprechen.

"Es ist ein kleiner Raum, aber voller Potenzial. Ich helfe dabei, Ausstellungen zu kuratieren und bin sogar an einigen Gemeinschaftsprojekten beteiligt," erklärte ich, während Enthusiasmus in meine Stimme schlich, als ich von meiner neuen Rolle sprach.

"Das klingt perfekt für dich," sagte Nicole, ihre Stimme war voller Stolz. "Du warst immer dazu bestimmt, mehr zu tun, als nur zu restaurieren; du solltest kreieren."

Nicole bewegte sich leicht, das Durcheinander der Werkstatt hinter ihr schien die Komplexität unseres Gesprächs zu spiegeln. "Weißt du, der Chef war wirklich zufrieden mit der Arbeit, die du geleistet hast, auch wenn du sie unvollendet gelassen hast," begann sie, ihr Ton vorsichtig, aber ehrlich. "Ich konnte mit der gleichen Genauigkeit weitermachen, mit der du begonnen hast. Es war anfangs eine Herausforderung, aber ich glaube, ich bekomme den Dreh raus."

Ich fühlte ein Strohgefühl von Schuld gemischt mit Stolz. Es war beruhigend zu wissen, dass meine Bemühungen geschätzt wurden und dass Nicole in meiner Abwesenheit florierte, obwohl es bittersüß war, an die Projekte zu denken, die ich hinterlassen hatte.

"Ich freue mich, das zu hören," antwortete ich aufrichtig. "Es bedeutet mir viel, dass ich die Dinge in guten Händen hinterlassen habe. Wie hast du den zusätzlichen Arbeitsaufwand gemeistert?"

Nicole lachte, ein kurzer, scharfer Laut, der schien, etwas Anspannung zu lösen. "Es war knifflig, ich will nicht lügen. An manchen Tagen fühlt es sich an, als würde ich mehr jonglieren, als ich bewältigen kann. Aber es war auch lohnend. Ich habe viel gelernt – wahrscheinlich mehr in den letzten paar Monaten als im Jahr davor. Ich schätze, ich brauchte den Anstoß."

Als unser Gespräch fortschritt, wurde Nicoles Ausdruck etwas sanfter, was auf ein sensibleres Thema hindeutete, das gleich zur Sprache kommen würde. Sie atmete tief durch, bevor sie sprach und wählte ihre Worte sorgfältig.

"Du weißt, als du gegangen bist, war das für alle ein Schock, besonders für den Chef," begann Nicole, ihre Stimme war von Empathie durchzogen. "Ich glaube, sie war anfangs ein wenig beleidigt. Es ist schwer, es nicht persönlich zu nehmen, wenn jemand, der integral zum Team gehört, beschließt zu gehen."

Ich nickte und spürte das Gewicht ihrer Worte. Es war einer der schwierigsten Teile meiner Entscheidung gewesen – ein Team zu verlassen, das wie Familie geworden war.

"Aber," fuhr Nicole fort, "sie hat es schließlich verstanden. Wir alle. Es war klar, dass du eine Veränderung brauchtest, etwas anderes. Und ehrlich gesagt, zu sehen, wie gut es dir jetzt geht, ist offensichtlich, dass der Umzug die bessere Wahl für dich war. Es ist nur... "

Nicole pausierte und suchte nach den richtigen Worten. "Es ist nur schwer, wenn Veränderungen so plötzlich passieren, weißt du? Aber sie ist wirklich stolz auf dich, Mia. Wir sind es alle. Es hat nur einen Moment gedauert, um über die Überraschung und ein wenig Schmerz hinwegzukommen."

Das zu hören brachte eine Mischung aus Erleichterung und Traurigkeit. Es war nicht einfach, an das Unbehagen zu denken, das mein Weggang verursacht hatte, aber zu wissen, dass es immer noch Unterstützung und Verständnis von meinem alten Chef und meinen Kollegen gab, war beruhigend.

"Danke, Nicole, dass du mir das gesagt hast," antwortete ich aufrichtig. "Ich habe mir Sorgen gemacht, wie die Dinge dort geendet sind. Ich wollte keine harten Gefühle hinterlassen."

Nicole lächelte warm, beruhigend. "Mia, es ist okay. Jeder sieht, wie viel glücklicher du jetzt bist, und das ist es, was wirklich zählt. Der Chef wollte immer das Beste für uns, für unser Wachstum, selbst wenn das bedeutet, in neue Orte zu gehen. Du warst schon immer ehrgeizig und zielstrebig in deiner Arbeit, und sie bewunderte das an dir. Wir vermissen einfach, dass du hier bist, das ist alles."

"Das bedeutet mir viel, Nicole," sagte ich, während ein Gefühl von Abschluss und Frieden in mir eindrang. "Ich vermisse euch auch, sehr. Aber ich bin froh, dass wir diese Momente noch teilen können, uns auf dem Laufenden halten. Es ist mir wichtig, dass wir diese Verbindung aufrechterhalten."

"Absolut," stimmte Nicole zu, ihr Ton war fest. "Die Distanz ändert nichts an den Bindungen, die wir aufgebaut haben. Wir werden immer hier sein, um dich anzufeuern. Und hey, jetzt haben wir eine gute Ausrede, um Maple Ridge zu besuchen, oder?"

"Richtig," lachte ich, die Wärme in Nicoles Worten hob meine Stimmung. "Ihr solltet besser besuchen. Ich habe viele neue Lieblingsorte, die ich euch zeigen möchte."

Ihre Ehrlichkeit berührte mich. Der Umzug nach Maple Ridge war mein Anstoß gewesen, ein Sprung ins etwas unbekannte Wasser, der mich gezwungen hatte, auf unerwartete Weise zu wachsen. Ich sagte: "Es klingt, als würdest du das alles wunderschön meistern."

"Ja, ich versuche es," gab Nicole zu. "Und von dir zu hören, zu wissen, dass du auch deinen Weg findest – das hilft. Es lässt mich fühlen, als ob die Veränderungen gut für uns beide waren."

Ihre Worte halfen, einen Teil der Schuld zu mildern, die ich über meinen Weggang getragen hatte. "Ich hoffe es. Ich denke oft an unser Team, an die Dynamik und die Energie der Werkstatt. Ich vermisse das. Aber ich weiß auch, dass dieser Umzug für mich notwendig war. Ich war festgefahren, Nicole, und ich hatte nicht einmal realisiert, wie sehr, bis ich gegangen bin."

Nicole nickte, ihr Ausdruck war verständnisvoll. "Ich verstehe, Mia. Und auch wenn es anfangs hart war, versteht jeder, warum du gehen musstest. Es geht nicht nur um die Arbeit, oder? Es geht darum, einen Ort zu finden, an dem du wirklich du selbst sein kannst."

"Genau," bestätigte ich, während eine Welle der Erleichterung über mich hinwegrollte. "Und ehrlich gesagt, hier in Maple Ridge zu sein, neu anzufangen – es hat mir die Augen geöffnet, wie viel mehr es im Leben gibt, als einfach nur bequem zu bleiben. Ich treffe neue Leute, erkunde neue Möglichkeiten. Es ist, als würde ich Teile von mir selbst neu entdecken, die ich vergessen hatte."

"Das ist wunderbar, Mia," sagte Nicole, ihr Lächeln war echt. "Es klingt, als würdest du dir wirklich ein Zuhause schaffen dort draußen."

"Das tue ich," stimmte ich zu und schaute mich in der kleinen Bäckerei um, die schnell zu meinem Rückzugsort geworden war. "Und wie sieht es bei dir aus? Wie laufen die Dinge außerhalb der Arbeit? Irgendwelche neuen Abenteuer?"

Nicole kicherte, ein Funkeln in ihren Augen. "Nun, du kennst mich. Nicht ganz so abenteuerlich wie du. Aber ich habe abends ein paar Töpferkurse belegt. Das ist etwas, das ich immer schon ausprobieren wollte. Es stellt sich heraus, ich bin gar nicht so schlecht."

"Das ist fantastisch!" rief ich aus, erfreut über ihre Neuigkeiten. "Du musst mir irgendwann einige deiner Kreationen zeigen."

"Das werde ich," versprach sie. "Vielleicht kann ich dir ein Stück schicken, um es in deiner Galerie auszustellen. Ein bisschen Chicago in Maple Ridge."

"Das würde ich lieben," sagte ich, die Idee erwärmte mein Herz. "Es würde mir viel bedeuten, ein Stück deiner Kunst hier bei mir zu haben."

Als wir unser Gespräch über die Arbeit und die Übergänge, die wir beide erlebten, ausklangen, wechselte Nicoles Ton zu etwas Leichterem, ein schelmischer Glanz erschien in ihren Augen, selbst durch den digitalen Bildschirm.

"Also, genug über die Arbeit. Wie ist die soziale Szene in Maple Ridge? Hast du interessante Leute getroffen?" neckte Nicole und lehnte sich näher zur Kamera, ihre Neugier geweckt.

Ich lachte, da ich genau wusste, wohin ihre Frage führte. "Es ist eine kleine Stadt, also ist es eine enge Gemeinschaft. Jeder kennt jeden, was irgendwie schön ist," begann ich, zögerte ein wenig, während ich darüber nachdachte, wie viel ich teilen wollte.

"Und...?" drängte Nicole, ließ mich nicht so leicht davonkommen.

"Nun, da ist Jake," sagte ich, der Name entglitt mir, bevor ich besser darüber nachdenken konnte. Meine Wangen wurden leicht warm, als ich ihn erwähnte.

"Jake?" Nicole wurde aufmerksam, ihr Interesse war klar geweckt. "Wer ist dieser Jake?"

Ich lächelte verlegen und steckte mir eine Haarsträhne hinter das Ohr. "Er ist mein Nachbar. Und, ähm, er hilft auch in der Galerie. Er ist wirklich in die Holzverarbeitung vertieft – macht diese schönen Stücke aus recyceltem Material. Wir sind uns ein paar Mal über den Weg gelaufen."

Nicoles Grinsen wurde breiter. "Euch über den Weg gelaufen, huh? Klingt, als gäbe es eine Geschichte dazu. Erzähl schon!"

"Es ist nichts Großes," betonte ich, obwohl das Flattern in meinem Bauch das Gegenteil andeutete. "Er war einfach wirklich nett. Hat mir geholfen, ein paar Sachen in meine Wohnung zu bringen, als ich zuerst ankam. Wir hatten auch ein paar peinliche Begegnungen, aber..."

"Peinliche Begegnungen können die denkwürdigsten sein," kicherte Nicole. "Aber er klingt nach einem guten Kerl. Und auch noch handwerklich begabt mit all seinen Holzverarbeitungsfähigkeiten. Du hast immer jemanden geschätzt, der mit seinen Werkzeugen umgehen kann."

Ich lachte und rollte mit den Augen über ihre nicht so subtile Anspielung. "Es ist nicht so. Wir sind nur Freunde. Aber ja, er ist ein guter Kerl. Es war schön, jemanden in der Nähe zu haben, der sich hier auskennt."

"Nur Freunde, sicher," sagte Nicole und zwinkerte. "Aber halte mich auf dem Laufenden, okay? Maple Ridge klingt von Minute zu Minute interessanter."

Als unser Gespräch von persönlichen Anekdoten zu vertrauteren Themen driftete, erhellte sich Nicoles Gesicht plötzlich mit einer Idee. "Oh, ich habe fast vergessen! Ich wollte dir das Stück zeigen, das du angefangen hast zu restaurieren, bevor du gegangen bist. Es hat sich seitdem stark weiterentwickelt."

Nicole stellte ihren Laptop um und richtete die Kamera auf eine große Leinwand, die mit komplizierten Details und lebendigen Farben bedeckt war. Das Kunstwerk, ein historisches religiöses Stück, war in einem elenden Zustand gewesen, als ich es zuletzt sah, aber jetzt zeigte es Anzeichen sorgfältiger Restauration, die ursprüngliche Schönheit trat unter Nicoles geschickten Händen hervor.

"Es sieht fantastisch aus, Nicole!" rief ich aus und war wirklich beeindruckt von der Transformation. Die Details waren klarer, die Farben lebendiger, und der Gesamteindruck war atemberaubend.

Nicole strahlte vor Stolz. "Danke! Es war eine Herzensangelegenheit. Aber ich muss zugeben, es war schwer, nach dir weiterzumachen. Du hattest eine so klare Vision für die Restauration."

Ich nickte, während ein Gefühl von Stolz und Nostalgie in mir aufstieg. "Ich kann sehen, dass du einen unglaublichen Job gemacht hast. Es muss noch beeindruckender sein, es persönlich zu sehen."

"Es sieht wirklich so aus," stimmte Nicole zu. "Und rate mal? Die Kirche, die die Restauration in Auftrag gegeben hat, möchte eine Wiedereinweihungszeremonie veranstalten, sobald es vollständig restauriert ist. Sie planen eine große Enthüllung für die Gemeinschaft."

"Das ist fantastisch! Die Gemeinde wird es lieben, das zu sehen," sagte ich, meine Neugier war geweckt. "Du musst mir Bilder schicken. Oder besser noch, vielleicht sollte ich kommen und es sehen, nachdem es in der Kirche installiert wurde. Es wäre großartig zu sehen, wie es wieder in seinem ursprünglichen Umfeld passt."

Nicoles Augen funkelten bei dem Vorschlag. "Du solltest auf jeden Fall kommen, wenn du kannst! Es würde mir viel bedeuten, dich dort zu haben. Schließlich warst du diejenige, die dieses Projekt begonnen hat. Es wäre, als würde es einen vollen Kreis schließen, es wieder in der Kirche zu sehen."

"Ich würde das lieben," sagte ich, während sich Aufregung bei dem Gedanken aufbaute, das fertige Projekt zu sehen.

Als unser Gespräch fließend weiterging, unterbrach das scharfe Trillen eines anderen Telefons uns. Nicole warf einen entschuldigenden Blick auf den Bildschirm.

"Oh, das ist das Arbeitstelefon, das klingelt. Warte kurz, Mia, bleib am Anruf; ich schaue das schnell nach."

"Hey, warte Nicole, ich schalte dann ab," begann ich, aber es war zu spät. Sie hatte ihren Laptop bereits hastig abgestellt und sich zum klingelnden Telefon bewegt, wodurch ich allein mit einer Sicht auf die geschäftige Werkstatt im Hintergrund blieb.

Ich lachte über mich selbst, fühlte mich ein wenig albern, da ich dort saß und einen leeren Stuhl ansah. Ich entschied, die Wartezeit sinnvoll zu nutzen, winkte einem Kellner zu und bestellte einen weiteren Kaffee. Die warme, einladende Atmosphäre von Emma's Bakeshop machte das Warten mehr als angenehm.

Während ich den frisch gebrühten Kaffee genoss, beobachtete ich Nicole durch den Laptop-Bildschirm, die nun wieder an ihrem Schreibtisch war, aber lebhaft mit einer anderen Leitung sprach. Auch wenn ich das Gespräch nicht klar hören konnte, waren ihre Ausdrücke und häufigen Lachanfälle genug, um mir zu sagen, dass sie in ihrem Element war. Nicole hatte immer die Fähigkeit gehabt, sich mit Kunden zu verbinden, sie zum Lachen zu bringen und ihnen ein gutes Gefühl zu geben. Es war eines der vielen Dinge, die sie so gut in ihrem Job machten.

Als ich sie beobachtete, musste ich leise über mich selbst lachen. Es war einfach so typisch für Nicole, mehrere Dinge gleichzeitig zu jonglieren und trotzdem alle zu bezaubern.

Nicole kehrte zum Bildschirm zurück, ihr Ausdruck war eine Mischung aus Belustigung und leichter Überforderung. "Entschuldige, Mia. Das war einer unserer etwas, sagen wir mal, herausfordernden Kunden."

"Kein Problem," antwortete ich und stellte meine Kaffeetasse ab. "Ist alles in Ordnung?"

Nicole lachte und schüttelte den Kopf. "Oh, du weißt, wie das ist. Dieser Kunde will den Mond, aber er will nicht für die Rakete bezahlen. Er fragt ständig nach Rabatten, und er ist ziemlich hartnäckig. Mein Chef versucht, wo sie kann, entgegenzukommen, aber es gibt nur so viel, was wir tun können, ohne einen Verlust zu machen."

Ich kicherte, da ich mit der Art von Situation, die Nicole beschrieb, vertraut war. "Klingt nach einer schwierigen Situation. Immer versuchen, Wunder mit einem knappen Budget zu vollbringen?"

"Genau!" sagte Nicole, ihre Augen spielerisch rollend. "Er hat viele Ideen und sehr wenig Budget. Er versucht ständig, auf Erdnüsse herunterzuhandeln. Es ist ein bisschen ermüdend, weil er häufig anruft, in der Hoffnung auf eine andere Antwort."

"Es muss schwierig sein, mit dieser Art von Verhandlungen umzugehen," sympathisierte ich und erinnerte mich an meine eigenen Erfahrungen mit schwierigen Kunden.

"Es ist es, aber es gehört alles zum Job," seufzte Nicole, dann hellte sich ihr Gesicht auf. "Aber lass uns über etwas Positiveres sprechen. Wie läuft es sonst bei dir? Irgendwelche interessanten Projekte in der Galerie?"

Nicoles Augen wanderten zu etwas außerhalb des Bildschirms, ihr Ausdruck wechselte zu einem Hauch von Dringlichkeit.

"Oh, Mist, Mia, ich muss gehen – mein Chef ist gerade hereingekommen," sagte Nicole hastig, ihr Ton entschuldigend, aber mit dem Stress, schnell umzuschalten.

"Natürlich, kein Problem, Nicole. Kümmere dich um dein Geschäft," antwortete ich, vollkommen verständnisvoll für die Anforderungen ihrer Rolle. "Wir fangen bald wieder an?"

"Definitiv," bestätigte Nicole mit einem schnellen Nicken. "Entschuldige, dass ich das kurz unterbrechen musste! Pass auf dich auf, Mia, und grüß Maple Ridge von mir!"

"Mach ich," lächelte ich. "Tschüss, Nicole. Pass auf dich auf!"

Als ich dabei war, meine Sachen zu sammeln, erschien Emma wieder an meinem Tisch mit einem entschuldigenden Lächeln. Sie strich sich eine lose Haarsträhne aus dem Gesicht und ihr Ausdruck war eine Mischung aus Bedauern und Besorgnis.

"Hey, Mia, es tut mir leid, dass ich unterbreche, aber ich wollte dir nur mitteilen, dass ich die Bäckerei heute ein bisschen früher schließen muss," erklärte Emma, ihr Ton war sanft. "Mein Mitarbeiter hatte einen Notfall, den er erledigen musste, und ich habe einen Termin, den ich nicht verschieben kann. Gibt es noch etwas, was du möchtest, bevor ich anfange, zu schließen?"

Ich schaute auf, überrascht, aber verstand die Situation. "Oh, das ist völlig in Ordnung, Emma. Ich wollte gerade sowieso gehen. Ist alles in Ordnung mit deinem Mitarbeiter?"

Emma nickte, ihr Lächeln war dankbar für meine Besorgnis. "Ja, danke, dass du fragst. Es ist nichts zu Ernstes, nur etwas, das sie sofort erledigen mussten. Es ist einfach so ein Tag, weißt du?"

"Absolut, ich verstehe völlig. Das Leben passiert!" sagte ich und bot ein beruhigendes Lächeln an. "Ich hoffe, alles verläuft auch reibungslos bei deinem Termin."

"Danke, Mia. Ich schätze dein Verständnis wirklich," sagte Emma, ihre Augen spiegelten echte Dankbarkeit wider. "Es ist immer ein bisschen ein Jonglieren, wenn unerwartete Dinge auftauchen, besonders in einem kleinen Geschäft wie diesem."

"Keine Sorge," beruhigte ich sie. "Ich hatte heute tatsächlich eine wunderbare Zeit hier, und die Zimtschnecke war wie immer fantastisch. Ich werde auf jeden Fall bald wiederkommen."

Emmas Gesicht hellte sich bei dem Kompliment auf. "Ich freue mich so, das zu hören! Und ich freue mich darauf, dich wiederzusehen. Danke, dass du heute so verständnisvoll warst."

Als ich die Tür erreichte, rief Emma noch einmal nach mir und hielt mich mit einem aufgeregten Ausdruck an. "Oh, Mia, bevor du gehst, gibt es tatsächlich noch etwas. Wir haben an diesem Wochenende hier in der Stadt ein kleines Festival. Es ist eine Art saisonale Tradition und macht viel Spaß. Möchtest du mit mir und ein paar Freunden kommen? Es wäre eine großartige Gelegenheit, mehr Leute hier kennenzulernen."

Ich drehte mich um, mein Interesse war sofort geweckt. Der Gedanke, lokale Traditionen zu erleben und mich noch mehr in die Gemeinschaft einzutauchen, war genau das, worauf ich gehofft hatte. "Das klingt fantastisch, Emma. Ich würde gerne mitkommen. Danke, dass du mich eingeladen hast!"

"Perfekt!" strahlte Emma, offensichtlich erfreut. "Warum gibst du mir nicht deine Telefonnummer, und ich schicke dir alle Details. Außerdem hast du meine Nummer, falls du etwas brauchst oder Fragen zur Stadt hast."

Ich nickte und holte schnell mein Handy heraus, öffnete die Kontakte, um einen neuen Eintrag hinzuzufügen. Ich reichte es Emma, die ihre Nummer in mein Telefon eintippte und dann eine kurze Nachricht an sich selbst schickte. "Da, jetzt habe ich deine Nummer, und du hast meine," sagte sie,

"Ich freue mich wirklich auf das Festival," sagte ich, während meine Aufregung wuchs. "Es klingt nach einer wunderbaren Möglichkeit, das Wochenende zu verbringen."

"Das ist es definitiv," stimmte Emma zu. "Du wirst sehen, wie lebhaft Maple Ridge werden kann. Und es ist eine großartige Gelegenheit, einige lokale Speisen und Musik zu genießen. Ich werde dir die Details schicken, und wir können planen, uns zu treffen."

"Das wäre großartig," antwortete ich, trat hinaus in die frische Luft und fühlte mich noch mehr mit Maple Ridge verbunden als zuvor. "Danke nochmal, Emma. Ich freue mich wirklich darauf."

"Bis dieses Wochenende, Mia!" rief Emma, als ich wegging, ihre Stimme war voller Freude.

KAPITEL 8

Der Morgen des Festivals brach hell und sonnig an, perfekt für eine Veranstaltung im Freien. Ich beendete gerade mein Frühstück, als mein Handy klingelte und Emmas Name auf dem Bildschirm aufblitzte. Aufgeregt über den bevorstehenden Tag antwortete ich schnell.

"Hallo, Emma! Guten Morgen!" begrüßte ich sie enthusiastisch.

"Hi Mia! Guten Morgen! Bist du bereit für das Festival?" Emmas Stimme sprudelte durch das Telefon, erfüllt von der ansteckenden Aufregung des Tages.

"Ja, ich bin fast bereit. Ich wollte gerade losgehen. Es ist so ein schöner Tag dafür!" antwortete ich und schaute aus dem Fenster in den klaren blauen Himmel.

Emma teilte mit, dass sie und ein paar andere sich in etwa zwanzig Minuten treffen würden, um gemeinsam zu den Festivalgeländen zu gehen. Sie bot mir zwei Optionen an: Entweder ich treffe sie dort oder ich schließe mich der Gruppe an ihrem Treffpunkt an und gehe mit ihnen.

"Mit euch am Treffpunkt zu kommen, klingt großartig. Wo trefft ihr euch?" fragte ich, während ich bereits meine Tasche griff und mich bereit machte zu gehen.

"Wir treffen uns an der Ecke von Main und Orchard. Es sind nur ein paar Blocks vom Festival entfernt. Du kannst uns nicht verfehlen; ich werde diejenige sein, die eine Gruppe aufgeregter Festivalbesucher umherführt!" machte Emma einen Scherz, ihr Lachen war leicht und unbeschwert.

"Main und Orchard, verstanden. Ich werde dorthin gehen. Es wird schön sein, alle zu treffen, bevor wir zum Festival gehen," sagte ich und fühlte einen Anstieg der Vorfreude.

Emma war erfreut. "Super, ich freue mich, dass du mit uns kommst. Es wird definitiv eine lustige Gruppe. Wir freuen uns alle darauf, dir das Festival zu zeigen – es gibt so viel zu sehen und zu tun."

"Ich freue mich wirklich darauf, Emma. Danke, dass du mich einbeziehst. Es wird großartig sein, alles mit Leuten zu erleben, die das Festival gut kennen," drückte ich aus und war wirklich dankbar für die Einladung und die Chance, tiefer in die lokale Kultur einzutauchen.

"Absolut, es ist uns eine Freude! Wir lieben es, diesen Teil unserer Stadt zu teilen. Es ist für viele von uns ein Höhepunkt des Jahres," erklärte Emma herzlich. "Okay, ich sehe dich dann bald. Schick mir einfach eine Nachricht, wenn du da bist oder wenn du eine Wegbeschreibung brauchst."

"Mach ich. Danke, Emma. Bis bald!" antwortete ich, mein Herz leicht mit den Versprechen des Tages.

"Bis bald, Mia! Tschüss!" schloss Emma und wir legten beide auf.

Als ich das Telefon auflegte, überkam mich die Erkenntnis – ich hatte mein Make-up nicht fertiggestellt. Lachend über mich selbst eilte ich zurück zum Spiegel. "Oh mein Gott, ich kann nicht aussehen, als wäre ich gerade aus dem Bett gefallen," murmelte ich meinem Spiegelbild zu. In der Aufregung über das bevorstehende Festival und das Gespräch mit Emma hatte ich völlig vergessen, mehr als nur Foundation aufzutragen.

Als ich auf die Uhr schaute, stellte ich fest, dass ich nicht viel Zeit übrig hatte. "Alright, Mia, lass uns nicht wie ein Trottel vor all diesen neuen Freunden aussehen," scherzte ich laut zu mir selbst, während ich schnell etwas Mascara und einen Hauch von Rouge auftrug. Die beiläufige Erwähnung von 'Trottel' brachte mich zum Schmunzeln; hier war ich, besorgt über den ersten Eindruck in einer Stadt, die sich mehr wie eine Gemeinschaft als wie ein Laufsteg anfühlte.

Ein Hauch von Lipgloss vervollständigte den Look, und ich trat einen Schritt zurück, um mich zu betrachten. "Da, kein Makeover, aber es wird reichen." Mit einem letzten Check nach den wichtigen Dingen – Handy, Geldbörse, Schlüssel – schnappte ich meine Tasche und trat aus der Tür, immer noch lächelnd über meinen kleinen Sprint.

In meinem Haus hatte ich gerade meine Vorbereitungen für das Festival beendet, als ich beschloss, den Moment mit einem schnellen Selfie festzuhalten. Die Aufregung des Tages war in meinem breiten Lächeln deutlich zu erkennen. Ich stellte den Winkel so ein, dass das beste Licht, das durch das Fenster strömte, einfing, und machte ein Foto, das den festlichen Geist zu strahlen schien, den ich fühlte.

Mit ein paar Taps lud ich das Bild in meine sozialen Medien hoch und schickte es direkt an Nicole zusammen mit einer spielerischen Bildunterschrift über das Eintauchen in die lokale Kultur. Fast sofort vibrierte mein Handy mit einer Antwort von ihr.

"Fierce! Geh und finde dir einen Mann auf diesem Festival, haha!" erschien Nicoles Nachricht, ihre Worte tanzten auf meinem Bildschirm mit dieser charakteristischen Mischung aus Ermutigung und Frechheit.

Ich lachte laut auf, während ich mitten in meinem Wohnzimmer stand. "Immer direkt zur Sache, Nicole," murmelte ich mit einem Grinsen zu mir selbst und schätzte ihre Art, die Dinge leicht und lustig zu halten. Kichernd steckte ich das Handy in meine Tasche und schaute mich um, um sicherzustellen, dass ich nichts vergessen hatte. Als ich zufrieden war, ging ich zur Tür, bereit, zum Festival aufzubrechen, während Nicoles humorvolle Aufforderung in meinem Kopf widerhallte.

Als ich nach dem Türgriff griff, bereit, in den Festivaltag hinauszutreten, schaute ich durch das Türspion und bemerkte Jake, der ebenfalls aus seiner Wohnung gegenüber dem Flur trat. Unsere Blicke trafen sich, als ich die Tür öffnete, und sein Ausdruck wechselte zu Überraschung, gefolgt von einem freundlichen Lächeln.

"Hey, Mia! Gehst du zum Festival?" fragte Jake, schloss seine Tür ab und wandte sich mir vollständig zu.

Ich nickte, während ich meine Tasche an der Schulter justierte. "Ja, ich wollte mich gerade mit ein paar Freunden treffen. Und du?"

"Ich auch," antwortete er und trat näher. "Sieht so aus, als wären wir im gleichen Zeitplan. Wollen wir zusammen hingehen?"

Ich überlegte einen Moment, dann lächelte ich. "Klar, das klingt großartig. Es ist immer schöner, mit jemandem zu gehen."

Jakes Lächeln wurde breiter, und er deutete an, dass ich den Weg anführen solle. "Nach dir," sagte er.

Als wir den Flur hinunter zur Straße gingen, wich die anfängliche Überraschung über unser zufälliges Timing einer angenehmen Plauderei. Jake fragte nach meinen Plänen für das Festival, und ich teilte das Wenige, was ich über die Ereignisse des Tages wusste.

"Es ist mein erstes Mal auf diesem Festival, also bin ich mir nicht ganz sicher, was mich erwartet. Emma hat erwähnt, dass es viel lokale Speisen und Musik geben wird," erklärte ich.

Sein Interesse schien geweckt, als er fragte: "Oh, Emma? Von der Bäckerei?"

"Ja, genau," bestätigte ich, erfreut, dass er sie kannte. "Sie war wirklich herzlich, seit ich sie getroffen habe."

Jake lächelte. "Sie ist großartig. Jeder liebt ihre Bäckerei. Sieht so aus, als hättest du schon gute Verbindungen geknüpft."

Neugierig blickte ich Jake mit einem leichten Lächeln an. "Wie kennst du Emma?"

Jake lachte, der Klang war leicht und echt und spiegelte seinen Komfort mit den Verbindungen in der Kleinstadt wider. "Wie könnte ich nicht? Ich kenne praktisch die ganze Stadt," machte er einen Scherz und fügte dann ernsthafter hinzu: "Außerdem besteht meine Oma absolut darauf, ihr Brot nur von Emmas Bäckerei zu holen. Sie schwört, es sei das beste in Maple Ridge."

Ich lachte und stellte mir die Szene vor. "Klingt, als hätte deine Oma Geschmack."

"Ja," chuckelte Jake und nickte. "Das hat sie. Und sie schickt mich so oft dorthin, dass ich denke, Emma muss es leid sein, mich zu sehen. Manchmal habe ich das Gefühl, ich bin mehr wegen des sozialen Kontakts dort als wegen des Brotes."

Ich lächelte darüber und genoss die Wärme der Gemeinschaftsbindungen, die er beschrieb. "Es scheint ein schönes Problem zu sein, gezwungen zu sein, eine Bäckerei zu frequentieren, die köstliches Brot macht."

"Ja, so schlimm ist es nicht," gab Jake mit einem Grinsen zu. "Besonders wenn man nette Leute wie Emma... und jetzt dich trifft. Ich hoffe, dich dort anytime zu sehen."

Als Jake und ich uns dem Festival näherten, erfüllten die melodischen Klänge von Live-Musik und das lebhafte Geplapper der Menschen die

Luft und schufen einen lebhaften Hintergrund für unseren Spaziergang. Die festliche Atmosphäre war spürbar, mit bunten Lichtern und dekorativen Bannern, die sanft im Wind wehten.

Etwas desorientiert von der geschäftigen Szene wandte ich mich an Jake. "Könntest du mich zu Main und Orchard führen? Ich soll mich dort mit Emma und ein paar Freunden treffen."

"Natürlich," antwortete Jake mit einem freundlichen Nicken. "Es ist gleich um die Ecke. Wir sind fast da."

Als wir durch die Menschenmengen navigierten, war ich neugierig, wie Jake seine Zeit auf dem Festival verbringen wollte. "Was hast du vor, beim Festival zu machen? Irgendwelche speziellen Pläne?"

Jakes Gesicht leuchtete mit einem Sinn für Zielstrebigkeit auf. "Eigentlich helfe ich an einem der Essensstände. Die meisten Dinge hier sind für wohltätige Zwecke – Geld für verschiedene lokale Anliegen sammeln. Der Stand, bei dem ich bin, macht gegrillten Mais und Barbecue-Sandwiches. Alle Einnahmen gehen an die lokale Feuerwehr."

"Das ist wirklich wunderbar," sagte ich, echt beeindruckt von seinem Engagement. "Es muss großartig sein, Teil von etwas zu sein, das direkt der Gemeinde hilft."

"Ja, es fühlt sich gut an, etwas zurückzugeben," gab er zu, ein Hauch von Stolz in seiner Stimme. "Außerdem macht es viel Spaß. Man trifft praktisch jeden in der Stadt, und wer mag kein gutes Essen für einen guten Zweck?"

Als wir die Ecke von Main und Orchard erreichten, sah ich eine Gruppe von Leuten, die ich für Emma und ihre Freunde hielt. Ich dankte Jake für seine Anleitung und Gesellschaft. "Danke, dass du mich hierher gebracht hast, Jake. Vielleicht schaue ich später am Essensstand vorbei und hole mir ein Sandwich."

"Ich hoffe, du tust das," lächelte Jake. "Genieß das Festival, Mia. Und es war wirklich schön, mit dir herüberzugehen."

"Es war schön, mit dir zu gehen, Jake. Ich werde auf jeden Fall am Stand vorbeischauen. Bis bald!" Winke ich ihm zum Abschied, während ich mich in Richtung Emmas Gruppe begab, aufgeregt.

Als ich mich der Gruppe näherte, sah Emma mich von weitem und kam mit einem strahlenden Lächeln auf mich zu gerannt.

Emmas Energie war ansteckend, als sie mich durch die Menge führte, ihre Hände immer noch um meine gelegt. "Mia, du bist da! Wir wollen uns gerade einige der Handwerksstände anschauen, bevor die Live-Musik beginnt," sagte sie, ihre Stimme sprudelte vor Begeisterung.

"Klingt nach Spaß, Emma! Ich kann es kaum erwarten, alles zu sehen," antwortete ich und teilte ihre Aufregung. Das lebhafte Treiben des Festivals war um uns herum, mit lachenden, sprechenden Menschen, die den Tag genossen.

Als wir uns ihrer Gruppe von Freunden näherten, stellte Emma mich schnell vor. "Alle, das ist Mia, das neue Talent in der Galerie. Mia, das sind meine wunderbaren Freunde."

Die Gruppe begrüßte mich herzlich, mit freundlichen Grüßen und fröhlichen Lächeln. "Schön, euch alle kennenzulernen," sagte ich und fühlte mich in ihren Kreis willkommen.

Einer von ihnen, ein großer Mann mit breitem Lächeln, reichte mir zuerst die Hand. "Ich bin Dan, ich arbeite an der örtlichen High School als Wissenschaftslehrer. Es ist großartig, dich zu treffen, Mia! Jeder, den Emma empfiehlt, ist unser Freund."

Als nächstes trat eine Frau mit lebhaft rotem Haar und einem warmen, einladenden Lächeln hinzu. "Und ich bin Lisa, ich leite den kleinen Blumenladen an der Pine Street. Wir haben tatsächlich einige deiner Galeriewerke in unseren Schaufenstern ausgestellt. Ich liebe deine Arbeit!"

Nach Lisa meldete sich eine jüngere Frau mit hellen Augen und einer energiegeladenen Präsenz zu Wort. "Ich bin Claire, ich bin gerade in der Schule für Grafikdesign, aber ich helfe Teilzeit in der Galerie. Wir haben wahrscheinlich schon einmal die Wege gekreuzt und es nicht einmal bemerkt!"

Zuletzt nickte ein sanft wirkender Mann mit Brille und ruhiger Ausstrahlung höflich. "Und ich bin Eric, ich bin ein lokaler Journalist hier. Ich habe ein paar Artikel über die kulturellen Auswirkungen der Kunst in Maple Ridge geschrieben und freue mich darauf, zu sehen, was du unserer Gemeinschaft, Mia, bringst."

Ihre freundlichen Gesichter und herzlichen Begrüßungen ließen mich sofort Teil der Gruppe fühlen, und ich war berührt von ihrer Offenheit und Begeisterung für meine Arbeit und meine Anwesenheit beim Festival.

Als die Vorstellungen abgeschlossen waren, warf Emma einen Blick um sich, bemerkte die zunehmende Menge und die Zeit. "Okay, Team, lasst uns weitergehen, sonst verpassen wir die Live-Eröffnung," kündigte sie mit sanfter Dringlichkeit an und deutete an, dass wir weiter in Richtung Herz des Festivals gehen sollten.

Während wir uns durch die geschäftigen Festivalgelände schlängelten, lehnte Emma sich näher zu mir und gab mir einen spielerischen Schubs. "Also, ich konnte nicht anders, als zu bemerken, dass du mit Jake angekommen bist," sagte sie, ihr Ton war neckend, aber freundlich.

Ich fühlte, wie mir ein warmes Erröten ins Gesicht stieg bei ihrer Bemerkung.

Versuchend, eine gelassene Haltung zu bewahren, antwortete ich mit einem kleinen Lachen: "Oh, ja, Jake ist tatsächlich mein Nachbar. Wir sind einfach zur gleichen Zeit losgegangen."

Emmas Augen funkelten vor Neugier und Belustigung. "Das ist praktisch," grinste sie. "Er ist ein großartiger Kerl. Ich kenne ihn seit wir Kinder waren. Er hilft immer in der Stadt."

Ich nickte und schätzte ihren lockeren Ansatz. "Ja, er scheint wirklich nett zu sein. Hat mir schon viel über Maple Ridge erzählt," fügte ich hinzu und war dankbar für die Offenheit der Gemeinschaft und die unerwarteten Verbindungen, die ich knüpfte.

Als wir weiter durch die Festivalmenge gingen, beugte sich Emma näher zu mir und senkte ihre Stimme gerade genug, um über den Lärm gehört zu werden. "Also, bist du auch an ihm interessiert? Denn lass mich dir sagen, alle Mädchen in der Stadt betteln um seine Aufmerksamkeit."

Ich schüttelte schnell den Kopf, meine Stimme war fest. "Nein, überhaupt nicht. Ich habe gerade eine Beziehung beendet, und ehrlich gesagt, will ich im Moment nur Freiheit."

Aber dann fügte ich mit einem leichten Lachen hinzu, während ich an einen bestimmten Vorfall dachte: "Aber ich kann nicht leugnen, dass er gutaussehend ist. Es gab einmal einen Moment, in dem ich mich peinlicherweise in meinem Schlafanzug am Fenster erwischt wurde, und da stand er, oberkörperfrei in seinem Schlafzimmerfenster. Es war ein ziemlich Anblick."

Emma brach in schallendes Lachen aus, ihre Augen weit vor Amüsement. "Wow, das habe ich noch nie gesehen! Du bist die

Glückliche. Er ist sehr höflich und so, aber ich bin mir sicher, dass er mit all seinen Muskeln etwas am Laufen hat," neckte sie mich und stieß mir spielerisch in die Seite.

Dann senkte sie ihre Stimme verschwörerisch: "Du solltest in dieser Situation investieren."

Ich lachte und schüttelte energisch den Kopf. "Nein, niemals. Es war nur ein Moment der Scham, und ich werde mich nicht noch einmal zum Narren halten."

Emma sah mich skeptisch an, ihr Tonfall war spielerisch ernst. "Was meinst du? Du siehst umwerfend aus. Halt den Mund, Mädchen," schalt sie mich spielerisch und gab mir einen sanften Schub.

Ihr leichtes Necken ließ mich lächeln, dankbar für ihre Freundschaft und die unkomplizierte Art, wie wir über solche Dinge scherzen konnten, selbst mitten im geschäftigen Treiben des Festivals um uns herum.

Emma, die mein Unbehagen spürte, aber immer noch darauf aus war, als Kupplerin zu agieren, beugte sich näher zu mir mit einem schelmischen Funkeln in ihren Augen. "Mädchen, wenn du möchtest, kann ich mit ihm sprechen und das Eis brechen."

Ich winkte sofort ab, ein bisschen verlegen. "Was? Niemals, vergiss es. Selbst wenn ich wollte, mag ich es nicht, wenn jemand das Gespräch vermittelt. Ich bin am Ende des Tages ein Erwachsener. Aber wie dem auch sei, ich werde es einfach bei einer Freundschaft belassen. Ich bin mir sicher, dass er kein Interesse hat; andernfalls hätte er es versucht. Ich werde seinen Raum respektieren. Ich will nicht, dass es mit den Nachbarn eine komische Stimmung gibt."

Emma kicherte, ließ sich nicht so leicht abbringen. "Ahhh, also würdest du akzeptieren, wenn er investiert hätte, einfach gestanden."

Ich konnte nicht anders, als zu lachen und schüttelte den Kopf über ihr unermüdliches Necken. "Halt den Mund," sagte ich mit einem Lächeln und stieß sie spielerisch an. "Das habe ich nicht gesagt."

Immer noch lachend legte Emma ihren Arm durch meinen, ihr Lächeln war schelmisch. "Okay, okay, ich lasse es—für jetzt. Aber im Ernst, Mia, es macht Spaß, dich ein wenig erröten zu sehen. Es ist gut für die Seele."

Ich rollte mit den Augen, aber die Wärme in meiner Brust sagte mir, dass ich das Gespräch mehr genoss, als ich dachte. "Vielleicht für deine Seele, Emma," antwortete ich und gab ihr einen gespielten strengen Blick. "Du genießt es einfach zu sehr, mich zu ärgern."

"Schuldig, wie angeklagt!" rief Emma aus, ihr Lachen klang klar. "Aber hey, es ist der Festtag, und wir sind hier, um Spaß zu haben, oder? Wer weiß, vielleicht bringt der Tag einige unerwartete Überraschungen."

Ich lachte mit ihr und schüttelte den Kopf. "Nun, solange diese Überraschungen keine Kuppler-Pläne beinhalten, denke ich, werde ich es schon schaffen."

Emma hob die Hände in einem Kapitulationsgesten. "Keine Pläne, ich verspreche es. Lass uns einfach den Tag genießen, die Stände erkunden, tolle Musik hören und viel zu viel essen."

"Das klingt perfekt," stimmte ich zu, erleichtert, das Thema Jake hinter mich zu lassen und zurück zur Aufregung des Festivals zu kommen. Wir gingen weiter, die lebhaften Klänge des Festivals führten uns tiefer in die Feierlichkeiten, umgeben von den Düften köstlicher Speisen und den resonierenden Melodien der Live-Musik. Mit Emma an meiner Seite fühlte ich mich bereit, in die Festlichkeiten einzutauchen und alle Gedanken an Romantik oder Komplikationen hinter mir zu lassen.

KAPITEL 9

JAKE HARPER

Das Festival war am Mittag in vollem Gange, und von hinter dem geschäftigen Essenszelt konnte ich chaotische Schlangen an jedem Stand sehen. Überall waren Menschen, lachten und plauderten, während sie von einem Anbieter zum anderen zogen, Teller in den Händen, und die Atmosphäre in vollen Zügen genossen. Es war geschäftiger als in den Vorjahren, und wenn man sich die Gesichter ansah, hatten alle eine tolle Zeit. Unser Zelt war besonders überfüllt, die Luft war erfüllt vom Geruch von Grillfleisch und gegrilltem Mais – Favoriten, die nie versagten, eine Menschenmenge anzuziehen.

Ich hielt einen Moment inne, die Hände in die Hüften gestützt, und nahm alles in mich auf. Wir machten heute viel Geld, was fantastisch war, denn jeder Cent kam wieder den lokalen Diensten zugute. Es fühlte sich gut an zu wissen, dass unsere harte Arbeit nicht nur die Festivalbesucher nährte, sondern auch die Gemeinschaft auf nachhaltigere Weise unterstützen würde.

"Hugo," rief ich meinem Freund und Mitfreiwilligen zu, der geschäftig Brötchen stapelte, "ich glaube, wir brauchen eine zusätzliche Hand an der Kasse. Die Schlange wird unübersichtlich."

Hugo schaute auf, wischte sich die Stirn ab und nickte. "Ja, du hast recht. Kannst du übernehmen? Ich werde die Tabletts weiter auffüllen."

"Verstanden," antwortete ich und bewegte mich schnell zur Vorderseite des Zeltes, wo ein kleiner Kassentisch eingerichtet war. Die Kasse war bereits randvoll, ein gutes Zeichen für unseren Erfolg. Ich schnallte mir eine Schürze um und machte mich bereit, Bestellungen entgegenzunehmen.

Hugo gesellte sich kurz darauf zu mir, und zusammen standen wir der Schlange gegenüber. Es war ein ununterbrochener Strom von Festivalbesuchern, von denen jeder aufgeregter schien als der letzte, um unser Essen zu probieren. Hugo und ich fielen in einen gleichmäßigen Rhythmus: begrüßen, Bestellung aufnehmen, ein schnelles Lächeln geben und wiederholen. Die Arbeit war repetitiv, aber angenehm, und die positive Energie der Menge ließ die Zeit wie im Flug vergehen.

"Große Beteiligung in diesem Jahr, oder?" sagte ich zu Hugo während einer kurzen Pause.

"Ja, es ist unglaublich," antwortete er, während er einem wartenden Kunden einen Teller überreichte. "Sieht so aus, als würden wir einen Rekordtag hinlegen."

Als die Schlange wieder zunahm, wandte ich mich dem nächsten Kunden zu, bereit, den Schwung aufrechtzuerhalten. Es war ein langer Tag, aber die Zufriedenheit, für einen guten Zweck zu arbeiten, machte jede Minute lohnenswert.

Während ich das Geld abhandelte und mit den Festivalbesuchern interagierte, driftete mein Blick unbeabsichtigt über die Menge. In diesem Moment entdeckte ich Mia, die mit einer Gruppe von Freunden durch die Menge schlenderte, das Lachen von ihrer Richtung hallte. "Oh," rief ich laut aus und wurde für einen Moment von der Aufgabe abgelenkt.

Hugo, der neben mir stand, sah scharf auf. "Was ist los?" fragte er, ein Hauch von Neugier in seinem Ton.

Ich versuchte schnell, meine Fassung wiederzugewinnen, fühlte mich ein wenig verlegen. "Es ist nichts," murmelte ich und versuchte meine Reaktion abzutun. Aber nach einer kurzen Pause fügte ich hinzu: "Ah, ich habe Mia gesehen, eine Nachbarin, die neu in der Stadt ist."

Hugos Gesichtsausdruck wechselte zu einem anerkennenden. "Ah, also heißt sie Mia," bemerkte er lässig, während er einem Kunden einen Teller reichte.

Ich sah ihn verwirrt an. "Was meinst du mit 'ihre Name ist Mia'? Kennst du sie?" fragte ich, eine Mischung aus Überraschung und Neugier in meiner Stimme.

Hugo lachte, schüttelte den Kopf, während er einem weiteren Kunden bediente. "Beruhige dich, Jake," neckte er. "Ich kenne sie nicht persönlich. Ich habe nur von einem neuen Mädchen in der Stadt gehört. Die Leute tratschen hier über alles - dachtest du wirklich, ich würde nicht davon erfahren?"

Wir lachten beide, der Moment der Spannung brach, während wir weiterhin die Schlange der eifrigen Festivalbesucher bedienten. Hugos Kommentar erinnerte mich daran, wie klein unsere Stadt wirklich war; Nachrichten verbreiteten sich schnell, und Neuankömmlinge waren immer ein Gesprächsthema.

Hugo, der meine leicht verlegene Reaktion sah, stieß mich spielerisch an. "Was ist da los? Wenn du nicht in sie verliebt bist, investiere ich vielleicht," scherzte er, seine Augen funkelten vor Schalk.

Ich rollte mit den Augen und konterte: "Reiß dich zusammen, Mann. Du bist verheiratet, und ich werde Mary von deinen Flirtwitzen erzählen."

Hugo hob sofort die Hände in einer Schein-Kapitulation, sein Lachen übertönte das Geräusch des Festivals. "Nein, nein, nein, mein Freund, stopp da," sagte er und lachte weiter.

Die Schlange bewegte sich stetig, während wir sprachen, und nach einem Moment kehrte Hugos Neugier zurück. "Aber im Ernst, Jake, erzähl mir von Mia. Habt ihr etwas unternommen?"

Da ich Hugos Ruf als inoffiziellen Nachrichtenüberbringer der Stadt kannte, war ich vorsichtig. Er hatte ein Talent dafür, Informationen zu sammeln und sie ebenso schnell zu verbreiten. "Hugo, du weißt, ich küsse und erzähle nicht... aber..." antwortete ich mit einem Schmunzeln, während ich eine weitere Bestellung abgab. "Nein, wir sind nur Nachbarn, und wir reden kaum."

Hugo, der merkte, dass er nicht mehr aus mir herausholen würde, lachte und schüttelte den Kopf. "Okay, okay, ich lasse nach. Aber du kannst mir nicht die Schuld geben, dass ich es versucht habe," sagte er und wandte sich wieder den Kunden zu, sein Wesen blieb fröhlich, aber mit Zufriedenheit über unser Geplänkel.

Während ich Mia aus der Ferne beobachtete, wie sie in einer anderen Schlange mit ihren Freunden wartete, konnte ich nicht anders, als ein wachsendes Interesse zu verspüren, sie besser kennenzulernen. Es war einer dieser Momente, in denen ich erkannte, dass ich nichts zu verlieren hatte – und sie auch nicht. Vielleicht hatten meine Großeltern recht, als sie vorschlugen, sie zum Abendessen einzuladen, aber der Gedanke an ein formelles Treffen bei ihnen ließ mich zögern. Ein zwangloseres Treffen schien mir als erster Schritt sicherer, weg von den übermäßig beobachtenden Augen und gutgemeinten, aber manchmal peinlichen Kommentaren der Familie.

Die Idee, sie selbst auszuführen, vielleicht zu einem der ruhigeren Orte in der Stadt, wo wir freier reden konnten, schien mir als besserer Ansatz. Es würde uns ermöglichen, uns in einer entspannteren Umgebung kennenzulernen, ohne den Druck der familiären Erwartungen oder die potenzielle Peinlichkeit eines formellen Abendessens.

Während ich Essen aushändigte und Zahlungen einsammelte, war ein Teil meines Geistes damit beschäftigt, ein zwangloses Treffen zu planen. Vielleicht wäre ein Spaziergang durch das lokale

Naturschutzgebiet oder ein Kaffee in einem ruhigen Café der perfekte Rahmen. Es wäre unkompliziert, einfach zwei Menschen, die Zeit miteinander verbringen, um zu sehen, ob eine Verbindung besteht, ohne unnötigen Druck.

Diese Idee fühlte sich richtig an, ein Weg, die Kluft zwischen Nachbarn und möglicherweise etwas mehr zu überbrücken, während ich es einfach und ehrlich hielt.

Als die lokalen Sänger die Bühne betraten, schien die Menge noch weiter zu wachsen. Ich wunderte mich, wie viel belebter dieses Jahr das Festival im Vergleich zu den Vorjahren war, ein Beweis für die Bemühungen des neuen Organisationsteams.

Während ich beschäftigt war, das Essenszelt zu leiten, erblickte ich schnell meine Großeltern, die sich unter den Festivalbesuchern anstellten. Ich entschuldigte mich schnell von der Kasse und machte mich auf den Weg zu ihnen.

"Großmutter, Großvater! Was macht ihr in der Schlange?" rief ich, als ich mich näherte und sie mit einem Lächeln heranwinkte.

"Oh, wir dachten, wir kommen und probieren deine berühmten Sandwiches," antwortete meine Großmutter mit einem Lachen, ihre Augen funkelten.

"Keine Notwendigkeit, in der Schlange zu warten, ich habe bereits ein paar Tickets für uns gekauft, um sie gegen Essen einzutauschen," sagte ich und führte sie um die Rückseite des Zeltes, wo es weniger chaotisch war. "Lucy, könntest du bitte zwei Sandwiches für meine Großeltern zubereiten? Es ist bereits bezahlt."

Lucy, die am Grill beschäftigt war, nickte, ohne einen Takt zu verlieren. "Natürlich, Jake! Kommt sofort."

Ich wandte mich wieder an meine Großeltern: "Warum setzt ihr euch nicht hierher? Es ist weniger überfüllt, und ihr könnt die Sänger von einem schönen Platz aus beobachten."

"Das klingt wunderbar, mein Lieber," sagte mein Großvater, während sie beide auf einer provisorischen Bank Platz nahmen, die wir für Pausen aufgestellt hatten.

Während meine Großeltern ihre Sandwiches genossen, sah meine Großmutter mit nachdenklichem Ausdruck zu mir auf. "Weißt du, Jake, du solltest wirklich deine Nachbarin zum Festival einladen. Sie weiß wahrscheinlich nicht viel darüber und sitzt nur zu Hause, neugierig auf all diese Menschenmengen und die lauten Lieder."

Ich schmunzelte, während ich mir vorstellte, wie Mia an ihrem Fenster stand und über das plötzliche Festivaltreiben verwirrt war. Bevor ich antworten konnte, mischte sich mein Großvater mit seinem charakteristischen Humor ein, seine Augen funkelten schelmisch.

"Sie wird wahrscheinlich denken, sie ist in der falschen Stadt aufgewacht!" witzelte er und nahm einen Biss von seinem Sandwich.

Die Idee brachte mich zum Lachen, aber sie weckte auch einen Hauch von Bedauern. "Weißt du, du hast recht. Ich habe Mia tatsächlich vorhin gesehen; sie ist mit ein paar Freunden hier. Sie scheint sich ins Geschehen zu stürzen," sagte ich, um sie zu beruhigen – und vielleicht auch mich selbst, dass Mia ihren eigenen Weg fand, das Festival zu genießen.

"Nun, das ist gut zu hören," antwortete meine Großmutter, ihre Stimme war voller Erleichterung. "Es ist schön, dass sie Gesellschaft gefunden hat, aber beim nächsten Mal solltest du sicherstellen, dass du eine persönliche Einladung aussprechen. Das ist nur nachbarlich."

"Ich werde, Großmutter. Ich verspreche es," versicherte ich ihr und nahm ihren Rat an. Während sie weiterhin die Musik genossen, machte ich mir mentale Notizen und dachte vielleicht daran, sie besser kennenzulernen, schließlich leben wir nebeneinander.

KAPITEL 10

Das Festival war in vollem Gange, die lokale Popband The Starlit Grooves brachte die Bühne mit ihren lebhaften Beats zum Leben. Emmas Freunde hatten einen kleinen Tanzkreis in der Nähe der Bühne gebildet, ihre Bewegungen sorglos, während sie sich zu den eingängigen Melodien wiegten. Emma selbst schien in einem spielerischen Austausch von Blicken mit einem Typen in der Ferne gefangen zu sein, ihr Lachen vermischte sich mit der Musik.

Die Energie der Menge fühlend, beschloss ich, für eine Weile beim Tanzen mitzumachen und ließ den Rhythmus der Musik meine Schritte leiten. Doch die süßen Aromen, die von einem nahegelegenen Stand wehten, zogen bald meine Aufmerksamkeit auf sich, und ich verspürte das Verlangen nach etwas Süßem.

"Ich gehe mir etwas Süßes holen," kündigte ich der Gruppe an und fühlte den Drang meines süßen Zahns.

"Sicher, dass du das machst! Geh nur nicht heimlich weg, um jemanden zu treffen!" neckte mich eine von Emmas Freundinnen und zwinkerte mir zu.

Lachend antwortete ich: "Meine Priorität ist jetzt, etwas Süßes zu bekommen, das ist alles." Die Gruppe kicherte und winkte mir zu, während ich mich von der Tanzfläche entfernte.

Emma war zu sehr mit ihrer aufkeimenden Flirterei beschäftigt, um zu bemerken, dass ich ging, also nutzte ich die Gelegenheit, um das Festival auf eigene Faust zu erkunden. Die Stände waren mit einer Vielzahl von Leckereien geschmückt, von Zuckerwatte bis hin zu handwerklichen Pralinen, jede verlockender als die letzte. Die Lichter

des Festivals erleuchteten die Nacht und warfen einen warmen Schein
über die geschäftige Menge.

Als ich den Schokoladenstand erreichte, wurde ich sofort von der
Auswahl lokaler Schokoladen angezogen, die verlockend ausgestellt
waren. Nach einem Moment des Stöberns entschied ich mich, ein paar
Stücke zu kaufen und sie in meine Tasche zu stecken, um sie später zu
genießen. Während ich meinen Kauf tätigte, konnte ich nicht anders,
als dem Verkäufer meine Begeisterung mitzuteilen. "Zeit, einige der
lokalen Schokoladen auszuprobieren – ich liebe Schokolade," bemerkte
ich mit einem Lächeln.

Der Verkäufer, ein freundlicher Mann mittleren Alters mit
einladendem Wesen, sah mit neugieriger Miene auf. "Sind Sie neu in
der Stadt?" fragte er, während er meine Auswahl einpackte.

"Ja, es ist mein erstes Mal auf dem Festival. Ich komme aus Chicago,"
antwortete ich und freute mich, ein wenig über meinen Hintergrund
zu erzählen.

"Wow, dann willkommen!" rief er aus, sein Lächeln wurde breiter.
"Hier, nimm dies als Willkommensgeschenk." Er griff zurück in seine
Ausstellung und zog eine Schokolade mit Blaubeerfüllung heraus,
etwas, das ich noch nie zuvor probiert hatte.

"Vielen Dank, das ist sehr freundlich von Ihnen. Ich bin mir sicher,
dass ich es lieben werde," sagte ich, wirklich berührt von seiner
Großzügigkeit. Die Geste war ein kleines, aber bedeutendes
Willkommen in der Gemeinschaft, das mich noch mehr mit meinem
neuen Zuhause verband.

Ich dankte dem Verkäufer und steckte die geschenkte Schokolade in
meine Tasche und beschloss, mir etwas Zuckerwatte zu holen.

Als ich mich dem Zuckerwattenstand näherte, fasziniert von den fluffigen Zuckerspiralen, begann ich ein Gespräch mit dem Verkäufer. "Welche Optionen haben Sie?" fragte ich und betrachtete die bunten Sorten, die sich auf ihren Stäben drehten.

"Wir haben pinke Erdbeere, blaue Himbeere und gelbe Zitrone," antwortete der Verkäufer und deutete auf jede Variante.

"Wie viel kostet eine?" erkundigte ich mich, bereits entschlossen, welche ich probieren wollte.

"Drei Dollar pro Stück," sagte er und lächelte, während er eine weitere Charge blaue Himbeere drehte.

„Dann nehme ich die blaue", entschied ich und griff in meine Tasche nach meinem Geldbeutel. Gerade als ich das Geld übergeben wollte, hörte ich eine Stimme hinter mir sagen: „Nein, überlass es mir", gefolgt von dem Anblick eines männlichen Arms, der an mir vorbeistreckte, mit ein paar Geldscheinen. Der Verkäufer nahm das Geld, übergab die Zuckerwatte, und der geheimnisvolle Wohltäter präsentierte sie mir, als wäre es ein Blumenstrauß.

Verblüfft und ein wenig neugierig drehte ich mich langsam um, um zu sehen, wer die großzügige Geste gemacht hatte. Es war Jake, der mit einem verspielten Grinsen vor mir stand. Mein Verstand brauchte einen Moment, um die Situation zu verarbeiten, die Unerwartetheit ließ mich einen Moment lang sprachlos.

„Jake?" brachte ich zustande, überrascht und ein wenig verwirrt. „Was machst du hier?"

„Ich dachte, ich würde dein Festivalerlebnis ein wenig versüßen", scherzte er, seine Augen funkelten vor Amüsement. Die Geste, einfach und dennoch durchdacht, erwärmte mein Herz und brachte ein echtes Lächeln auf mein Gesicht.

„Du musst nicht für mich bezahlen, ich habe das Gefühl, ich schulde dir jetzt etwas", sagte ich halb im Scherz, aber auch ein wenig unbehaglich, da ich nicht an diese Art von spontaner Freundlichkeit gewöhnt war.

Jake schüttelte den Kopf, sein Lächeln beruhigend. „Oh, hör auf. Ich habe es einfach gemacht, weil ich es wollte. Du schuldest mir nichts, genieße es einfach, und das ist in Ordnung."

Seine lässige Abweisung der Notwendigkeit für eine Gegenleistung brachte mich zum Lachen, auch wenn ich ein wenig rot wurde. Dankbar für seine unbeschwerte Art, beschloss ich, eine Einladung auszusprechen, in der Hoffnung, den Moment etwas länger zu teilen. „Möchtest du mit mir essen?" bot ich an und hielt die fluffige blaue Zuckerwatte hoch.

Jake lachte, betrachtete die zuckersüße Leckerei. „Nun, das ist ziemlich verlockend. Ich werde ein kleines Stück probieren, aber es gehört dir sowieso", stimmte er zu, sein Ton leicht und verspielt.

Wir griffen beide nach der Zuckerwatte und zogen Stücke von der klebrigen Süße ab.

Ich fragte Jake, ob er noch am Essensstand arbeitete, neugierig, wie der Rest seines Tages verlief.

„Nein, meine Schicht ist gerade zu Ende", erklärte er, während seine Augen die lebendige Festivalatmosphäre durchscannten. „Ich wollte nur ein wenig um das Festival herumlaufen, bevor ich nach Hause gehe."

„Wie lief das Festival für den Stand?" erkundigte ich mich, aufrichtig interessiert daran, wie es für ihn gelaufen war.

Jakes Gesicht erhellte sich mit einem stolzen Lächeln. „Es war tatsächlich erstaunlich. Wir haben in diesem Jahr Rekorde bei sowohl den Besucherzahlen als auch den Verkäufen aufgestellt. Das hat uns alle überrascht."

Ich konnte meine Verwunderung nicht verbergen. „Das ist unglaublich!"

Mit einem verspielten Lachen neckte Jake: „Es ist wahrscheinlich deine Anwesenheit, die viele Leute angezogen hat."

Ich spürte, wie mir bei seinem Kommentar die Röte ins Gesicht stieg. „Das ist unmöglich, ich scheine in letzter Zeit nur schlechte Dinge anzuziehen."

„Nun, vielleicht ändert sich dein Glück jetzt zum Besseren", scherzte Jake zurück, sein Ton leicht und verspielt.

Sein spielerisches Geplänkel und die unbeschwerte Art, mit der er meine Selbstzweifel beiseite wischte, brachten ein echtes Lächeln auf mein Gesicht, was mich entspannter und vielleicht ein wenig glücklicher in dieser lebendigen neuen Gemeinschaft fühlen ließ.

„Ich bezweifle es", murmelte ich, obwohl ein Teil von mir sich fragte, ob in seiner heiteren Theorie ein Körnchen Wahrheit stecken könnte.

Jake lachte, fügte dann mit einem Hauch von gespielter Ernsthaftigkeit hinzu: „Ich bin wahrscheinlich derjenige mit dem schlechten Glück hier. Aber nun... lass uns mein Glück testen. Würdest du akzeptieren, etwas Zeit mit mir zu verbringen?"

Ich zögerte, über seine Worte nachdenkend, dann antwortete ich mit einem verspielten Grinsen: „Nun, in diesem Fall muss ich zustimmen, dass du mehr Glück brauchst, denn ich muss mit ein paar Freunden zurückgehen", scherzte ich.

„Ich verstehe, ich verstehe, ich hatte es mir schon gedacht", antwortete er, etwas verwirrt, aber immer noch lächelnd.

Gerade dann klingelte mein Telefon. Ich hob einen Finger, um Jake zu signalisieren, dass er einen Moment warten soll. „Gib mir eine Sekunde", sagte ich und zog mein Telefon heraus, um die Benachrichtigung zu überprüfen. Es war eine Nachricht von Emma: „Lieber, ich musste nach Hause gehen, tut mir leid, dass ich so plötzlich gehe. Wir reden später. Meine Freunde bleiben noch eine Weile, wenn du mit ihnen sein möchtest."

Ich sah zu Jake auf und verstand nun, dass sich meine Pläne unerwartet geändert hatten. „Sieht so aus, als wäre ich plötzlich frei", sagte ich, etwas überrascht, aber auch erleichtert, dass ich mehr Zeit auf dem Festival verbringen konnte – und vielleicht ihn besser kennenlernen könnte.

Jakes Augen leuchteten auf, ein verspieltes Lächeln breitete sich auf seinem Gesicht aus. „Oh wow, mein Glück ändert sich tatsächlich", sagte er mit einem Hauch von Amüsement.

Dann schaute er mich neugierig an. „Was ist passiert, dass du deine Meinung geändert hast?"

Ich nahm mir einen Moment Zeit, um zu erklären: „Emma hat mir gerade geschrieben. Sie musste plötzlich gehen, und obwohl sie erwähnte, dass ihre Freunde noch eine Weile bleiben, habe ich nicht wirklich Lust, mich länger mit ihnen zu treffen. Ich bin immer noch die Fremde in der Gruppe, weißt du?"

Jake nickte verständnisvoll. „Ich verstehe das. Ich bin auch nicht so der Gruppenmensch", gestand er. Sein Ausdruck erhellte sich dann, als er hinzufügte: „Aber ich freue mich, dass ich dich jetzt richtig auf einen Spaziergang mitnehmen kann."

Sein Verständnis und das Angebot für eine ruhigere, persönlichere Interaktion ließen mich mich entspannter fühlen. Der Gedanke, etwas Zeit mit Jake zu verbringen, weg von der geschäftigen Menge und ohne die Dynamik einer Gruppe, schien plötzlich eine einladende Möglichkeit zu sein, das Festival weiter zu erleben.

Als Jakes Gesicht mit einem hoffnungsvollen Grinsen aufleuchtete, beobachtete er meine Reaktion genau, vielleicht um zu prüfen, ob sich sein Glück wirklich wendete.

„Wow, mein Glück sieht wirklich besser aus", scherzte er leicht, seine Augen funkelten mit einer Mischung aus Humor und etwas sanft Erkundendem.

Ich konnte nicht anders, als zurückzulächeln, fühlte mich etwas entspannter, trotz der unerwarteten Wendung in meinen Abendplänen. „Ja, es scheint so", antwortete ich, während ich mein Telefon wieder in meine Tasche steckte. „Emma musste plötzlich gehen, und obwohl ihre Freunde nett sind, habe ich nicht wirklich Lust, noch länger mit ihnen zu bleiben. Es ist immer noch ein bisschen awkward, die Neuankömmlinge in ihrer eng verbundenen Gruppe zu sein."

Jake nickte verständnisvoll, sein Verhalten zeigte, dass er wirklich verstand, woher ich kam. „Ich verstehe das vollkommen. Es kann schwer sein, in einer Gruppe abzuhängen, in der jeder andere all diese Insider-Witze und gemeinsamen Erinnerungen hat", sagte er nachdenklich. „Ich bin normalerweise auch kein großer Gruppenmensch. Ich finde, man kann sich nicht wirklich auf einer tieferen Ebene mit jemandem verbinden, wenn man nur einer von vielen ist."

Seine Worte resonierten in mir und spiegelten meine eigenen Gedanken über Gruppendynamiken wider. Es war erfrischend zu hören, dass er meine Perspektive teilte.

„Ich bin froh, das zu hören", gestand ich und spürte, wie eine Verbindung zu entstehen begann, über unsere gemeinsamen Vorlieben für bedeutungsvollere Interaktionen. „Deshalb bevorzuge ich normalerweise Einzelgespräche. Man lernt die Person wirklich kennen."

„Genau!" rief Jake begeistert, seine Begeisterung war offensichtlich. „Wie wäre es, wenn wir jetzt diesen Spaziergang machen? Wir können das Festival nur zu zweit erkunden. Ich würde dir gerne einige meiner Lieblingsorte zeigen."

Das Angebot war verlockend, weit ansprechender als ziellos allein umherzuwandern oder mit einer Gruppe mitzulaufen, in der ich mich wie ein Außenseiter fühlte. „Das klingt großartig", antwortete ich und war aufrichtig erfreut über die Wendung der Ereignisse. „Es gibt hier so viel zu sehen, und ich hatte noch nicht wirklich die Gelegenheit, viel davon zu erkunden."

Als wir anfingen, uns von den dichteren Menschenmengen zu entfernen, wurde der Lärm des Festivals im Hintergrund leiser, und Jake zeigte auf verschiedene Stände und Attraktionen. „Dort drüben ist die Abteilung für Kunsthandwerk. Einige der lokalen Künstler geben wirklich alles. Es gibt einen Glasmacher, der diese filigranen Skulpturen macht. Ihm beim Arbeiten zuzusehen, ist hypnotisierend."

Ich folgte seinem Blick zu einem Stand, an dem zarte Glasfiguren unter den Festivallichtern schimmerten, ihre filigranen Details funkelten. „Das ist schön", bemerkte ich beeindruckt von der Handwerkskunst. „Es ist erstaunlich, was Menschen erschaffen können."

Als wir dem Töpferstand näher kamen, begrüßte uns der Töpfer, ein mittelalter Mann mit sanftem Wesen, herzlich. Er begann, seine Techniken und die Herkunft seiner Materialien zu erklären. Fasziniert verfolgten wir, wie er geschickt einen Klumpen Ton in eine zarte Vase formte.

„Ja, das ist für mich jedes Jahr eines der Highlights", sagte Jake, während er uns zum Stand führte. „Und wenn dir das gefällt, wirst du wahrscheinlich auch den Töpferstand gleich um die Ecke mögen. Der Töpfer verwendet lokale Tone und hat diesen rustikalen Stil, der ziemlich einzigartig ist."

Ich war von seinem Wissen über die lokale Szene fasziniert und stellte ihm weitere Fragen zu seinen Erfahrungen. „Also, bist du schon immer so in das Festival involviert gewesen?"

Jake lachte. „So ziemlich. Meine Familie ist seit Jahren an der Organisation beteiligt. Man kann sagen, ich bin damit aufgewachsen. Und du? Was ist deine Lieblingsbeschäftigung an einem Wochenende?"

Ich dachte über seine Frage nach und schätzte die ungezwungene Wendung unseres Gesprächs. „In Chicago liebte ich es, unbekannte Cafés zu finden oder Live-Musik-Gigs in der Innenstadt zu besuchen. Hier, denke ich, bin ich noch dabei, es herauszufinden."

„Das klingt cool. Nun, du hast Glück mit der Live-Musik hier heute", wies Jake hin und nickte in Richtung einer kleinen Bühne, auf der eine lokale Band sich gerade vorbereitete. „Diese Stadt mag klein sein, aber sie hat ihren Charme, besonders wenn man eine ruhigere Atmosphäre mag."

„Was ist mit dir?" fragte Jake, seine Stimme neugierig. „Was hat dich von einem so großen Ort wie Chicago in unsere kleine Stadt gebracht?"

Die Frage war unvermeidlich, doch sie ließ mich innehalten. Ich überlegte, wie viel ich teilen wollte, und entschied mich schließlich für eine einfache Wahrheit. „Ich brauchte einen Tapetenwechsel", begann ich, meine Stimme etwas nachdenklich. „Chicago ist geschäftig, laut, und es ist leicht, sich in dem endlosen Trubel verloren zu fühlen. Hier scheint es, als könnte man tatsächlich Teil einer Gemeinschaft sein, anstatt nur ein weiteres Gesicht in der Menge."

Jake hörte aufmerksam zu und nickte, während ich sprach. „Ich kann das verstehen. Diese Stadt hat eine Art, dich geerdet zu fühlen. Sie ist klein, aber es gibt eine Wärme hier, die große Städte einfach nicht bieten können."

Wir setzten unseren Spaziergang fort, der Weg schlängelte sich durch weitere Stände und vorbei an einer kleinen Bühne, auf der eine lokale Band sich für ihre Darbietung vorbereitete. Die Atmosphäre war gemütlich, und die kleinere Umgebung fühlte sich intim an, wodurch es leicht war, das einfache Vergnügen guter Gesellschaft und anregender Gespräche zu genießen.

Der Abend zog sich angenehm hin, und als wir umherwanderten, wurde mir klar, dass dieser spontane Ausflug vielleicht eines der Highlights meines Umzugs in diese neue Stadt sein könnte – eine zufällige Begegnung, die sich in einen denkwürdigen Abend verwandelte. Und zum ersten Mal fühlte ich mich nicht wie ein Außenseiter, der von außen zuschaut.

Als Jake und ich durch das Festival schlenderten, erregten die bunten Lichter des Vergnügungsparkbereichs unsere Aufmerksamkeit. Es war ein lebhafter Bereich, gefüllt mit dem Klang von Lachen und mechanischen Geräuschen. Wir hielten am Eingang inne, und Jake deutete auf das riesige Riesenrad, das sich gegen den Nachthimmel abzeichnete.

„Wie wäre es mit einer Fahrt auf dem Riesenrad?" schlug er vor, seine Stimme vermischte Aufregung mit einem Hauch von Herausforderung.

Ich lachte und schüttelte leicht den Kopf. „Weißt du, ich glaube, ich würde etwas vorziehen, das ein wenig weniger abenteuerlich ist. Vielleicht eine Kinderfahrt – etwas, das beide Füße näher am Boden hält!"

Jake stimmte meinem Lachen zu, seine Augen funkelten vor Amüsement. „Okay, lass uns etwas finden, das ein wenig weniger aufregend ist", sagte er und machte mit.

Wir gingen am Riesenrad vorbei und steuerten auf die sanfteren Fahrgeschäfte zu. Als wir an einem Karussell vorbeikamen, dessen kunstvoll bemalte Pferde in einem sanften Rhythmus bewegten, deutete Jake daraufhin. „Wie wäre es damit? Es ist so ungefähr das Tamer, was du auf einem Festival bekommen kannst."

Ich grinste und gab ihm einen spielerischen Schubs. „Weißt du, das Riesenrad ist in Ordnung. Ich wollte nur versuchen, nicht zu viel Spaß zu haben", gestand ich mit einem neckenden Ton. „Lass uns darauf gehen. Ich meine, wie oft haben wir die Gelegenheit, das Festival von oben zu sehen, oder?"

Jake lachte, erfreut über meine Meinungsänderung. „Das ist der Geist! Lass es uns zu einer unvergesslichen Fahrt machen", sagte er und führte den Weg zurück zum Riesenrad.

Als wir uns anstellten, summte die Atmosphäre um uns herum vor Aufregung der Festivalbesucher, die die Nacht genossen. Als es unsere Runde war, stiegen wir in die Gondel, und als sie zu steigen begann, breitete sich die Aussicht auf das Festivalgelände spektakulär vor uns aus. Die Festivallichter funkelten wie ein Teppich aus Sternen darunter, und die entfernten Klänge von Musik und Gesprächen schwebten zu uns empor und schufen eine magische Atmosphäre.

Die Fahrt auf dem Riesenrad stellte sich als die perfekte Wahl heraus und bot uns einige ruhige Momente, fernab des Trubels. Als wir den höchsten Punkt erreichten, breitete sich das gesamte Festival unter uns aus – ein atemberaubender Anblick, der sich ein wenig wie ein Traum anfühlte. Wir teilten den Anblick in bequemer Stille, jeder von uns genoss die Schönheit des Moments.

„Danke, dass du mich überzeugt hast, hier hochzukommen", sagte ich schließlich, meine Stimme leise, um die friedliche Stimmung nicht zu stören.

„Jederzeit", antwortete Jake, sein Lächeln sanft im Glanz der Lichter des Riesenrades. „Es ist definitiv für diesen Ausblick wert."

Als das Riesenrad uns höher trug, sog ich die Aussicht in mich auf und fühlte einen Thrill von der Höhe und den weitläufigen Festivallichtern darunter. Doch gerade als wir den Gipfel des Rades erreichten, gab es einen plötzlichen Ruck, der uns in unserer Bahn stoppte. Die gesamte Struktur ächzte leise, und dann herrschte Stille – keine Bewegung, keine Weiterrotation. Wir waren stecken geblieben, in der Luft am höchsten Punkt des Rades.

Mein anfängliches Erstaunen verwandelte sich schnell in Angst. „Was ist gerade passiert? Sind wir feststecken geblieben?" fragte ich und versuchte, nach unten zu den Betreibern zu schauen, aber es war zu dunkel, um Details auszumachen.

Jake bemerkte die Anspannung in meiner Stimme und legte beruhigend eine Hand auf meine Schulter. „Hey, es wird alles gut", sagte er ruhig. „Es ist wahrscheinlich nur ein kleines Energieproblem. Diese Fahrgeschäfte haben Sicherheitsgeneratoren für Situationen wie diese. Sie werden es gleich wieder zum Laufen bringen."

Trotz seiner beruhigenden Worte konnte ich das Herzrasen spüren, der Thrill der Aussicht wurde ersetzt durch eine nagende Angst, so hoch oben ohne unmittelbaren Weg nach unten zu hängen. Ich umarmte mich selbst, um die kühle Luft und die wachsende Sorge abzuschütteln.

„Schau mich an", sagte Jake sanft, seine Stimme fest, aber beruhigend. Er wartete, bis ich ihm in die Augen sah, bevor er fortfuhr. „Wir sind hier sicher. Diese Maschinen sind dafür gebaut, mit viel mehr als einem Stromausfall umzugehen. Und wir sind zusammen, richtig? Wir werden dieses kleine Abenteuer überstehen, genau wie wir den Rest des Abends genossen haben."

Ich nickte, atmete tief durch und versuchte, seine Ruhe in mich aufzunehmen. Der logische Teil meines Verstandes wusste, dass er recht hatte, aber die viszerale Angst vor dem Hängen in der Ungewissheit war schwer abzuschütteln.

Um uns abzulenken, begann Jake, verschiedene Sehenswürdigkeiten von unserem schwebenden Aussichtspunkt aus zu zeigen. „Sieh dort drüben – du kannst die gesamte Anordnung des Festivals sehen. Und dort ist der Park, wo sie später heute Abend Feuerwerk haben werden. Wir haben die besten Plätze im Haus."

Allmählich zogen seine Worte, die ruhige Aussicht und der Nachthimmel mich zurück von meiner Panik. Wir sprachen über die verschiedenen Lichter und Attraktionen, die wir von oben sehen konnten, und langsam ließ meine Angst nach, als ich mich auf die Schönheit der Szene und Jakes beständige Präsenz neben mir konzentrierte.

In der schwebenden Stille trafen sich unsere Blicke, und etwas verschob sich – eine subtile, unausgesprochene Verbindung funkelte zwischen uns.

Jakes Hand fand meine, seine Finger verschränkten sich mit meinen so natürlich, als wären sie dazu bestimmt, zusammenzupassen. „Mia", begann er, seine Stimme ernst, aber zärtlich, „ich bin wirklich froh, dass wir hier zusammen sind."

Bevor ich antworten konnte, beugte er sich näher, sein Vorgehen vorsichtig, aber selbstbewusst. Der Abstand zwischen uns verringerte sich, bis ich seinen Atem spüren konnte, der sich mit meinem vermischte. Dann trafen sich unsere Lippen in einem Kuss, der sanft, aber absichtlich war. Es war nicht nur ein flüchtiger Kontakt; es war eine weiche, anhaltende Verbindung, die perfekt das Wesen der Nacht einzufangen schien – unerwartet, aufregend und doch zutiefst richtig.

Der Kuss vertiefte sich leicht, eine vorsichtige Erkundung, die von Respekt und dem Wunsch sprach, den Moment zu schätzen. Es war ein Kuss, der nicht forderte, sondern anbot, freiwillig zwischen uns geteilt, ein Geben und Nehmen, das sich so natürlich anfühlte wie die Nachtluft um uns herum.

Als wir schließlich voneinander abließen, erblühte ein geteiltes Lächeln. „Ich schätze, das Riesenrad wusste, was es tat", scherzte Jake leicht, seine Augen funkelten vor einer Mischung aus Humor und etwas Zärtlichem.

„Ich bin zu nervös, um darüber zu scherzen", lachte ich, der Klang vermischte sich mit dem erneuten Summen des Festivals, als das Rad wieder zu bewegen begann, langsam in Richtung Boden absteigend. Die Pause in unserem Aufstieg hatte uns eine seltene Auszeit im Leben geboten – einen Moment, der in der Zeit schwebte, in dem das einzige, was zählte, die Verbindung war, die sich zwischen uns vertieft hatte.

Als das Riesenrad uns zurück zu dem Lärm und den Lichtern des Festivals trug, verweilte der Kuss in meinem Kopf, ein süßer, lebendiger

Eindruck, der mehr versprach als nur eine gemeinsame Fahrt auf einer Fahrgeschäfte.

KAPITEL 11

Der Klang meines Weckers schnitt scharf durch die Stille meines Zimmers und zog mich aus den sanften Fäden des Schlafs in die Helligkeit eines neuen Tages. Ich stöhnte leise, mein Gesicht fühlte sich an wie das Muster des Kissens, und mein Haar lag in einem chaotischen Halo um meinen Kopf. Die Realität des Morgens schien immer härter, wenn der traumhafte Nebel des Schlafs noch an meinen Sinnen haftete.

Widerwillig schwang ich meine Beine aus dem Bett und schlich über den kühlen Boden zur Küche. Die Routine, meinen Tag zu beginnen, war beruhigend, fast automatisch. Ich stellte die Kaffeemaschine auf, das vertraute Gurgeln und Tropfen boten einen tröstlichen Hintergrund, während ich einen Kamm herausholte, um mein widerspenstiges Haar zu bändigen.

Am Küchentresen stehend, während der Kaffee brühte, begann ich, durch die Knoten zu kämmen, jeder Strich half mir, nicht nur mein Haar, sondern auch meine Gedanken zu ordnen. Trotz der ruhigen Routine war ein Teil von mir hyperbewusst über die Nähe meiner Fenster. Nach dem unerwarteten, aber bezaubernden Ende der letzten Nacht auf dem Riesenrad mit Jake fühlte ich eine neue Selbstbewusstheit, so sichtbar zu sein. Der Gedanke, beiläufig hinauszuschauen und ihn dort zu sehen, ließ meine Wangen mit einer Mischung aus Verlegenheit und Aufregung warm werden.

Mit einem leichten Kopfschütteln schalt ich mich selbst, dass ich so albern war. Er war wahrscheinlich noch nicht einmal auf. Trotzdem konnte ich nicht anders, als es zu vermeiden, hinauszuschauen und konzentrierte mich stattdessen darauf, mir eine Tasse frisch gebrühten Kaffee einzuschenken.

Als das reiche Aroma des Kaffees die Luft erfüllte und einen dringend benötigten Wachmacher versprach, erinnerte ich mich an mein Handy. Ich hatte es seit der letzten Nacht nicht überprüft. Als ich es aufhob, bemerkte ich eine neue Nachricht, die mein Herz höher schlagen ließ – eine Nachricht von Jake.

„Guten Morgen, danke für die Gesellschaft letzte Nacht", lautete der Text. Einfache Worte, aber sie trugen das Gewicht all der unausgesprochenen Gefühle von gestern Abend. Meine erste Reaktion war eine Welle der Wärme, die sich durch mich ausbreitete, meine Wangen prickelten vor Verlegenheit, während mein Herz ein wenig schneller schlug.

Ich starrte auf die Nachricht, unsicher, wie ich antworten sollte. Ein Teil von mir wollte etwas Witziges oder Herzliches schreiben, aber mein Gehirn fühlte sich durch den Schlaf und den plötzlichen Anfall von nervöser Aufregung benebelt an. Ich beschloss, dass ich vollständig wach sein musste, um damit umzugehen, und legte das Handy wieder neben meine Kaffeetasse.

„Erst Kaffee", murmelte ich zu mir selbst und nahm einen tiefen Schluck von dem heißen, bitteren Getränk. Die Wärme des Kaffees war erdend, und ich nahm mir einen Moment, um sie zu genießen, ließ sie die Spinnweben des Schlafs und das Flattern der Nerven vertreiben.

Mit jedem Schluck fühlte ich mich präsenter, fähiger, was auch immer Emotionen der Tag bereithielt, zu bewältigen. Nachdem ich meinen Kaffee ausgetrunken hatte, würde ich Jake antworten, beschloss ich.

Vollständig koffeiniert und etwas gefasster nahm ich mein Handy wieder in die Hand. Jakes Nachricht leuchtete immer noch auf dem Bildschirm, seine Worte verursachten ein Flattern in meinem Magen, das allein der Kaffee nicht beruhigen konnte. Ein tiefes Durchatmen nehmend, tippte ich eine Antwort, die sowohl leicht als auch aufrichtig sein sollte.

„Guten Morgen! Die letzte Nacht war wirklich schön. Danke für die Gesellschaft."

Nachdem ich auf Senden gedrückt hatte, legte ich das Handy hin und atmete langsam aus, versuchte, die Einfachheit meiner Nachricht nicht zu überdenken. Die Erwartung, auf seine Antwort zu warten, war fast so nervenaufreibend wie die Entscheidung, was ich sagen sollte.

Um mich abzulenken, machte ich mich bereit für den Tag. Während ich duschte und mich anzog, spielten die Gedanken an den vorhergehenden Abend wie ein Lieblingslied in meinem Kopf. Die Höhe des Riesenrads, das gemeinsame Lachen und der sanfte Druck von Jakes Lippen gegen meine – es schien alles wie ein wunderbarer Traum, aus dem ich nicht ganz erwacht war.

Angezogen und etwas bereit, mich dem Tag zu stellen, schlenderte ich zurück in die Küche, um mein Frühstücksgeschirr abzuwaschen. Gerade als ich eine Tasse abspülte, vibrierte mein Handy. Ein Schauer der Aufregung durchfuhr mich. Ich wischte mir die Hände an einem Handtuch ab und überprüfte die Benachrichtigung.

Es war Jake. Seine Antwort brachte ein unwillkürliches Lächeln auf mein Gesicht.

„Ich freue mich, dass du es genauso genossen hast wie ich. Wie wäre es, wenn wir später heute einen Kaffee trinken gehen? Es gibt ein kleines Café, von dem ich denke, dass du es lieben würdest."

Die Einladung war lässig, aber eindeutig absichtlich. Es schien, als wäre Jake ebenso daran interessiert, herauszufinden, wohin diese neue Verbindung führen könnte. Mein Herz raste bei dem Gedanken, ihn so schnell wiederzusehen, unter weitaus weniger dramatischen Umständen als bei unserem nächtlichen Höhenstopp.

„Klingt perfekt", tippte ich zurück. „Wann?"

Als wir die Details vereinbarten, begann die Nervosität, die ich zuvor gespürt hatte, sich in Vorfreude zu verwandeln. Heute entwickelte sich zu einem ganz anderen Tag als einem gewöhnlichen, gefüllt mit Potenzial und dem Versprechen von neuen Anfängen.

Mit den Plänen festgelegt, beendete ich meine Aufgaben und schnappte mir meine Tasche. Als ich nach draußen trat, atmete ich tief die frische Morgenluft ein und fühlte mich lebendiger als seit langem.

„Klingt perfekt", tippte ich zurück, nachdem ich Jakes Einladung erhalten hatte, meine Begeisterung war mit einem Hauch von Realität durchzogen. „Ich habe bis zum späten Nachmittag Arbeit, aber wie wäre es, wenn wir uns gegen 17:30 Uhr treffen?"

Als wir die Details finalisierten, wurde das Flattern der Aufregung, das ich fühlte, mit dem Fokus, der für die Verantwortlichkeiten des Tages nötig war, gemildert. Nach einem Abend wie dem letzten in den normalen Arbeitsalltag zurückzukehren, fühlte sich ein wenig surreal an, aber die Aussicht auf unser Kaffee-Date später bot einen erfreulichen Punkt, auf den ich mich freuen konnte.

Mit festgelegten Plänen beendete ich meine Morgenroutine und schnappte mir meine Sachen für die Arbeit. Als ich mein Aussehen im Spiegel ein letztes Mal überprüfte, nickte ich mir selbst zu, bereit, den Tag mit dem zusätzlichen Schub an Vorfreude auf das, was der Abend bringen würde, anzugehen.

Auf dem Weg zur Arbeit half die frische Luft, meinen Kopf zu klären, sodass ich meine Gedanken von der persönlichen Aufregung wieder in den professionellen Modus umschalten konnte. So sehr ich mich darauf freute, Jake wiederzusehen, wusste ich, wie wichtig es war, meinen Fokus in der Galerie aufrechtzuerhalten. Heute musste ich voll und ganz dort präsent sein, um eine neue Ausstellung zu installieren, die meine Aufmerksamkeit und Sorgfalt erforderte.

Im Laufe des Tages, während ich Räume maß, Beleuchtung anpasste und über die Platzierung mit Künstlern und Kollegen diskutierte, vibrierte mein Handy gelegentlich mit Nachrichten von Jake. Jede brachte ein schnelles Lächeln auf mein Gesicht, eine Erinnerung an den Abend, der vor uns lag. Wir hielten die Unterhaltung leicht, teilten kleine Geschichten über unseren Tag, das lockere Geplänkel half, die Stunden schneller vergehen zu lassen.

Mitten in der Umgestaltung einer neuen Installation näherte sich mir Lila mit ihrer gewohnten, energischen Art. „Mia, wie findest du die Idee, das Rothko-Stück ein bisschen nach links zu verschieben? Es könnte das Licht besser von der Dachluke am Nachmittag einfangen", schlug sie vor, ihr scharfer Blick scannte die Anordnung der Galerie.

„Das klingt nach einer guten Idee", antwortete ich und trat einen Schritt zurück, um die Verschiebung zu visualisieren. „Lass es uns versuchen und sehen, wie es mit dem natürlichen Licht im Laufe des Tages spielt."

Als wir vorsichtig die Position des schweren Rahmens anpassten, plauderte Lila über die bevorstehende Ausstellung. „Wir bekommen schon viel Interesse. Ich habe Anrufe von ein paar Sammlern erhalten, die gespannt auf die neuen Stücke sind. Wir könnten sogar eine Rekordanzahl an Besuchern zur Eröffnung haben."

„Das ist fantastisch", antwortete ich, aufrichtig erfreut. „Es fühlt sich an, als würde die Galerie wirklich an Fahrt gewinnen. Es ist aufregend, Teil davon zu sein."

„Absolut", stimmte Lila zu, ihre Augen leuchteten. „Und deine frischen Ideen haben wirklich geholfen. Übrigens, hast du dir noch einmal Gedanken über das interaktive Display-Konzept gemacht, das du letzte Woche erwähnt hast?"

Ich nickte, gespannt, weiter darüber zu diskutieren. „Ja, ich habe skizziert, wie wir digitale Elemente integrieren könnten, ohne die traditionellen Stücke zu überwältigen. Ich denke, es könnte ein breiteres Publikum anziehen, insbesondere jüngere Besucher."

Lila hörte aufmerksam zu, nickte zustimmend, während ich den grundlegenden Rahmen skizzierte. „Ich liebe es. Lass uns nächste Woche ein Meeting ansetzen, um tiefer in dieses Thema einzutauchen. Es könnte eine großartige Ergänzung zum Zeitplan der nächsten Saison sein."

„Mach ich", bestätigte ich, erfreut über ihre Begeisterung.

Schließlich, als die Uhr auf 5 zuging, begann ich, meine Arbeit abzuschließen, meine Vorfreude auf den Abend mit Jake wuchs. Ich räumte meinen Arbeitsplatz auf, sprach mit meinen Kollegen und stellte sicher, dass alles für den nächsten Tag bereit war. Mit einem letzten Blick in die Galerie fühlte ich ein Gefühl der Zufriedenheit über die Arbeit des Tages.

Gerade als ich die Tür verlassen wollte, während ich mich mental auf einen entspannten Abend vorbereitete, hallte Lila's Stimme aus ihrem Büro, beladen mit diesem speziellen Ton, der nach „dringendem Gefallen" klang. „Mia, könntest du bitte kurz hierher kommen?"

Ich drehte mich um, ließ ein leises Seufzen hören, und ging zurück zu ihrem hell erleuchteten Büro. Lila stand mitten im Chaos von Papierkram und Kunstkatalogen, sah etwas flusternd aus – ein seltener Anblick für jemanden, der normalerweise so gefasst war.

„Hey, was gibt's?" fragte ich und lehnte mich gegen den Türrahmen.

Lila sah mit einer Mischung aus Entschuldigung und Schalk in ihren Augen auf. „Ich hasse es, dir das anzutun, besonders jetzt, aber könntest du mir mit ein paar Dingen helfen? Unsere neue Lieferung von Präsentationspodesten ist angekommen, und die Lieferjungen haben sich entschieden, dass der beste Platz dafür direkt hinter meinem Auto ist."

Ich zog eine Augenbraue hoch, meine Pläne, pünktlich zu gehen, hingen an einem seidenen Faden. „Also, du willst, dass ich sie bewege?"

„Wenn du könntest", sagte Lila, ihr „Du bist ein Lebensretter"-Lächeln aufgesetzt. „Und, äh, noch eine winzige Sache. Der Drucker hat heute beschlossen, gegen mich Krieg zu führen. Ich muss diese Etiketten für das Setup von morgen drucken, und er spuckt nur Hieroglyphen aus."

Ich lachte über die Absurdität des Ganzen und nickte. „Okay, lass uns zuerst die Podeste angehen, dann werde ich deinen widerspenstigen Drucker in die Schranken weisen."

Wir gingen auf den Parkplatz, wo tatsächlich ein Stapel großer Kisten ominös Lila's Auto blockierte. Mit ein wenig Manövrieren und mehr als nur ein wenig Mühe räumten wir einen Weg frei, jede Kiste fühlte sich schwerer als die letzte an – wahrscheinlich voller Blei, witzelte ich, was ein müdes Lachen von Lila hervorrief.

Nachdem wir siegreich über die Podestblockade waren, kehrten wir in ihr Büro zurück, um den rebellischen Drucker zu bezwingen. „Was hast du bisher versucht?" fragte ich, während ich den Drucker betrachtete, als könnte er mir seine Geheimnisse verraten.

„Ich habe ihn ein- und ausgeschaltet", sagte Lila, ein Hauch von Verzweiflung schlich sich in ihre Stimme.

„Klassiker", antwortete ich mit einem Grinsen. „Mal sehen, ob er meinen Autorität besser respektiert."

Nach mehreren Minuten des Troubleshootings, bei denen eine Kombination aus Tastenmascherei und ferventen Gebeten an die Technologiegötter zum Einsatz kam, begann der Drucker widerwillig, lesbare Etiketten zu produzieren. Lila klatschte in die Hände vor Freude, ihre Erleichterung war spürbar.

„Danke, Mia. Ich schulde dir was." Lila sagte, ihre Dankbarkeit war aufrichtig.

„Kein Problem", sagte ich lachend, als ich endlich hinausging, die unerwarteten Umwege des Tages fügten eine komische Schicht zu dem hinzu, was ich hoffte, dass es immer noch ein entspannender Abend sein würde.

Als ich die Galerie verließ, fühlte ich mich, als hätte ich ein Sitcom-Set verlassen. Mit jedem Schritt in Richtung Freiheit erwartete ich halb, dass Lila aus der Tür stürzen würde, mit einem weiteren widerspenstigen Bürogerät, das sofort gezähmt werden musste. Ich schmunzelte vor mich hin und stellte mir vor, dass ihr nächster Kampf mit dem Laminator sein könnte, dem ich taktisch seitdem aus dem Weg gegangen war, da er mehr als nur Plastikfolien verschlingen wollte.

„Ich schwöre, wenn sie den Drucker wieder klemmt und ihre Stimme bis hierher trägt, ändere ich meinen Namen und ziehe in eine andere Stadt", murmelte ich leise vor mich hin und versprach mir, schneller zu sprinten, als das WLAN-Signal reisen könnte, wenn ich jemals „Mia!" die Straße entlang hören würde.

Der Weg zum Café war nicht lang, aber er gab mir genug Zeit, um von den Galerie-Pannen zu den hoffentlich viel reibungsloseren Abendplänen umzuschalten. Ich konnte Jake schon draußen vor dem Café sehen, seine lässige Haltung und sein entspanntes Lächeln senkten sofort mein Stressniveau. Seine Anwesenheit war wie das menschliche Äquivalent des „Aktualisieren"-Buttons auf einer chaotischen Webseite.

Als ich näher kam, winkte ich, meine Schritte beschleunigten sich, erfüllt von Vorfreude gemischt mit einem Hauch Erleichterung. „Ich habe es ohne weitere technische Katastrophen geschafft", kündigte ich an, als ich ihn erreichte, dankbar für die Normalität, die er versprach. „Wie war dein Tag? Hoffentlich weniger ereignisreich als meiner?"

Jake lachte, offensichtlich spürte er meine aufgeregte Energie. „Nun, jetzt bin ich neugierig. Klingt, als hättest du ganz schön was erlebt. Lass uns unsere Kaffees holen, und du kannst mir alles über deinen Tag als Galerie-Techniker erzählen."

Lächelnd stimmte ich zu, während ich die letzten Überreste des Chaos des Tages hinter mir ließ. Als wir das Café betraten, umhüllte uns das warme Aroma von Kaffee – eine perfekte Kulisse, um uns zu entspannen und vielleicht, nur vielleicht, weniger chaotische Erinnerungen zu schaffen.

Jake führte uns zu einem kleinen Tisch am Fenster, einem idealen Platz für Menschenbeobachtungen und um das späte Nachmittagslicht zu genießen. Wir setzten uns, und er winkte nach einem Kellner, der prompt zu uns kam.

„Was darf's sein?" fragte Jake und sah mich mit einer hochgezogenen Augenbraue an, als würde er abschätzen wollen, ob ich etwas Starkes brauche, um mich von meinem Tag zu erholen.

„Ich denke, ich brauche den stärksten Latte, den ihr habt, und vielleicht einen Schuss Gelassenheit, wenn das auf der Karte steht", scherzte ich und versuchte, die letzten Überreste des Druckerkriegs abzuschütteln.

Jake lachte und wandte sich an den Kellner. „Wir nehmen zwei Lattes, bitte. Machen Sie sie extra stark, und werfen Sie ein paar dieser doppelten Schokoladenmuffins dazu."

Der Kellner nickte und ging weg, während wir in eine angenehme Stille fielen, die eine tiefere Konversation einlud. Ich lehnte mich entspannt in meinem Stuhl zurück und genoss das Tempo. „Was mein Abenteuer heute angeht, sagen wir einfach, dass die technologischen Dinge in der Galerie beschlossen haben, meine Geduld auf die Probe zu stellen. Es war wie ein Technikmuseum, in dem alles interaktiv ist, besonders der Drucker."

Jake lachte, seine Augen leuchteten vor Amüsement. „So schlimm, ja?"

„Du hast keine Ahnung. Ich war so nah daran, ein Vollzeit-Druckermechaniker zu werden. Aber wirklich, es ist einfach ein weiterer Tag in der Galerie – Kunst mit der Kunst der Wartung in Einklang bringen."

Er lächelte, seine Aufmerksamkeit ganz auf mich gerichtet. „Nun, du gehst damit um wie eine Profis. Aber hoffentlich kann diese Kaffeepause ein wenig weniger ereignisreich sein."

Unsere Kaffees und Muffins kamen an, und wir griffen beide nach den Muffins, genossen einen Moment gemeinsamer Süße. Während wir an unseren Kaffees nippten, schien die Welt draußen vor dem Café langsamer zu werden.

Als das Gespräch floss, stellte ich fest, dass ich die entspannte Stimmung zwischen uns schätzte. Es gab eine natürliche Verbindung, die sowohl aufregend als auch tief komfortabel war. Ich erzählte ihm von meinen Ambitionen, meinem Umzug in die Stadt und wie jeder Tag etwas Neues brachte. Er teilte seine Erfahrungen, hier aufzuwachsen, die Veränderungen, die er gesehen hatte, und seine Unternehmungen außerhalb der Stadt.

„Manchmal ist es schön, einfach zurückzulehnen und alles auf sich wirken zu lassen", sagte Jake und deutete auf das geschäftige Café um uns herum. „Das Leben ist hektisch, aber diese Momente, diese einfachen, ruhigen Momente, die zählen wirklich."

Während wir uns in die Wärme des Cafés einfügten, lehnte Jake sich vor, ein spielerisches Interesse leuchtete in seinen Augen. „Also, du hast beim Festival von Kunstrestaurierung gesprochen. Was ist das verrückteste Stück, an dem du je gearbeitet hast?" fragte er und nahm einen Schluck von seinem Kaffee.

Ich lachte und erinnerte mich an die Erinnerung. „Oh, das wirst du lieben. Einmal wurde ich beauftragt, ein Gemälde aus dem 19. Jahrhundert zu restaurieren, von dem der Besitzer schwor, es sei besessen. Jede Nacht behaupteten sie, sie hörten Flüstern aus dem Rahmen!"

Jakes Augenbrauen schossen hoch, sein Interesse geweckt. „Besessen? Wirklich? Hast du während der Arbeit irgendetwas gehört?"

Ich schüttelte den Kopf und lachte. „Keine Flüstern, aber der Rahmen knarrte ominös, als ich ihn bewegte, was meine Nerven nicht gerade beruhigte. Am Ende stellte sich heraus, dass es nur altes Holz war, das sich setzte, oder zumindest sage ich mir das."

Jake lachte, seine Augen kniffen sich an den Ecken. „Das ist unglaublich. Es klingt, als hättest du einige ziemlich interessante Tage bei der Arbeit gehabt. Lässt die Alltagsroutine in der Tischlerei langweilig erscheinen!"

„Vielleicht, aber ich bin mir sicher, dass du auch einige Geschichten hast. Was ist die seltsamste Anfrage für maßgefertigte Möbel, die du je hattest?" fragte ich, aufrichtig neugierig auf seine Erfahrungen.

„Nun", begann er, ein Grinsen breitete sich auf seinem Gesicht aus, „letzten Monat bat mich jemand, ein Bett zu bauen, das für die ganze Familie Platz bieten konnte. Wir reden hier von einem Bett für sechs Personen, einschließlich aller ihrer Haustiere!"

Ich brach in schallendes Lachen aus und verschüttete fast meinen Kaffee. „Das gibt's doch nicht! Hast du es wirklich gebaut?"

„Habe ich", bestätigte Jake und nickte mit einer Mischung aus Stolz und Belustigung. „Es war eine Herausforderung, aber sie waren begeistert vom Ergebnis. Sie haben mir sogar eine Weihnachtskarte geschickt, auf der die ganze Familie mit ihren Haustieren darauf lag."

Unser Gespräch floss von dort aus leicht weiter, sprang von seltsamen Jobanfragen zu Reiseträumen. Jake sprach von seinem Wunsch, eines Tages Europa zu besuchen, seine Augen leuchteten auf, als er die alte Architektur und das maßgefertigte Holzarbeiten beschrieb, die er gerne sehen würde.

„Wie steht es mit dir? Irgendwelche Reiseträume?" fragte er, lehnte sich mit seiner Kaffeetasse in den Händen zurück.

Ich dachte einen Moment nach und lächelte dann. „Ich würde gerne nach Japan reisen. Die Kunst, die Kultur, die Technologie – es scheint wie eine ganz andere Welt. Außerdem ist allein das Essen die Reise wert."

„Japan klingt fantastisch", stimmte Jake begeistert zu. „Du musst viele Fotos mitbringen. Vielleicht könntest du sogar einen Kurs über japanische Kunst in der Galerie geben, wenn du zurückkommst."

„Das wäre etwas", dachte ich nach und stellte mir die Möglichkeiten vor. „Wie steht es mit dir? Wenn du dir einen Ort aussuchen könntest, an dem du ein Jahr leben möchtest, wo wäre das?"

Jake überlegte, sein Blick wanderte zum Fenster, bevor er wieder zu mir zurückkehrte. „Ehrlich? Ich glaube, ich würde mich für einen Ort wie Neuseeland entscheiden. Es ist friedlich, schön, und sie haben eine reiche Tischlerei-Tradition. Außerdem könnte ich surfen lernen, ohne mir Sorgen um Haiangriffe machen zu müssen – angeblich."

Als das Café begann, die Lichter zu dimmen und sanft auf die Schließzeit hinzuweisen, schien keiner von uns bereit zu sein, das Gespräch zu beenden. Jake blickte sich um und dann wieder zu mir, mit einem schelmischen Grinsen.

„Da sie uns gleich hinauswerfen werden, wie wäre es mit einem kleinen Wettkampf?" schlug er vor, seine Augen funkelten vor spielerischer Herausforderung. „Lass uns sehen, wer spontan das verrückteste Möbel-Design erfinden kann. Der Gewinner sucht unser nächstes Café aus?"

Ich lachte, erfreut von der Idee. „Du bist dran! Aber sei gewarnt, ich habe einige ziemlich wilde Kunstwerke gesehen, die verrückte Möbel inspirieren könnten."

Jake nickte, spielerisch ernst. „Okay, hier geht's. Wie wäre es mit einem Stuhl, der auch ein Aquarium ist? Du kannst dich entspannen und deine Fische direkt unter dir schwimmen sehen."

„Das ist tatsächlich ziemlich erstaunlich", gab ich lachend zu. „Okay, ich bin dran. Wie wäre es mit einem Sofa, das gleichzeitig ein Laufband ist? Du kannst laufen, während du sitzt. Perfekt für diejenigen, die trainieren möchten, sich aber auch wie faulenzen wollen."

Jake lachte herzhaft. „Das ist ein Trainingsprogramm, das ich unterstützen könnte! In Ordnung, deine Idee könnte schwer zu toppen sein, aber hier ist noch eine: ein Esstisch, der das Essen von der Decke absenkt. Jedes Gericht sinkt von oben herab, wenn du einen Knopf drückst. Es ist wie ein Abendessen und eine Show in einem."

Ich klatschte begeistert über die Vision. „Brillant! Sehr Willy Wonka. Aber wie wäre es mit einem Bett, das dich sanft in den Schlaf wiegt? Es kann die Bewegung eines Bootes nachahmen, das auf ruhigem Wasser schaukelt."

„Wow, das wäre unglaublich beruhigend", sagte Jake und nickte zustimmend. „Du hast wirklich ein Talent dafür. Okay, das letzte: ein Bücherregal, das die Titel laut vorliest, wenn du deine Hand über die Buchrücken gleiten lässt. Es könnte sehbehinderten Menschen helfen oder einfach die Auswahl eines Gute-Nacht-Geschichten für Kinder ein wenig magischer machen."

„Das ist wirklich eine schöne Idee, Jake. Du solltest tatsächlich in Erwägung ziehen, das zu machen," sagte ich, aufrichtig beeindruckt.

Während wir lachten und weitere skurrile Erfindungen brainstormten, begann das Café, die Stühle zu stapeln und aufzuräumen. Als wir realisierten, dass wir wirklich gehen mussten, standen wir widerwillig auf, aber die Leichtigkeit unserer Stimmung hatte nicht nachgelassen.

Als wir das Café verließen, blickte Jake die Straße entlang, wo das sanfte Licht der Straßenlaternen den Parkeingang erhellte. „Wie wäre es, wenn wir das mit einem Spaziergang im Park fortsetzen? Das scheint eine perfekte Möglichkeit zu sein, all den Kaffee und Kuchen zu verdauen."

Ich nickte begeistert. „Das würde ich lieben. Es ist so ein schöner Abend."

KAPITEL 12

Seite an Seite gingen wir in den Park, wo die Atmosphäre zu einem ruhigeren, offenen Raum wechselte. Die Wege waren mit Menschen gespickt, die die kühlere Abendluft genossen – einige joggten, andere saßen auf Bänken, vertieft in Bücher oder Gespräche.

Während wir den Weg entlang schlenderten, bemerkten wir eine Gruppe, die sich auf einem breiten Grasstreifen versammelt hatte. Der Klang von fröhlicher Musik drang zu uns, und als wir uns näherten, sahen wir, dass es eine Tanzgruppe aus dem örtlichen Fitnessstudio war, deren Bewegungen synchron und energetisch waren.

„Die scheinen eine Menge Spaß zu haben", bemerkte ich und beobachtete die Gruppe, die im Rhythmus tanzte.

Jake lachte. „Das tun sie! Ich habe von diesen Outdoor-Sitzungen gehört, aber noch nie eine gesehen. Man sagt, es sei eine großartige Möglichkeit, nach der Arbeit abzuschalten."

„Hast du jemals so etwas ausprobiert?" fragte ich, neugierig.

„Tanzkurse? Kann ich nicht sagen, dass ich das getan habe. Mein Rhythmus ist ziemlich fragwürdig. Ich könnte eine Gefahr für jeden in Reichweite sein," scherzte er und demonstrierte einen komisch unbeholfenen Tanzschritt.

Ich lachte und trat spielerisch zurück. „So schlimm, huh? Nun, vielleicht solltest du bei der Tischlerei bleiben. Obwohl, es könnte Spaß machen, mal einen Kurs wie diesen auszuprobieren. Hast du jemals darüber nachgedacht, es einfach aus Spaß zu versuchen?"

Jake überlegte, während er den Tänzern einen Moment zusah. „Vielleicht. Wenn du mit mir kommst. So kann ich sicher sein, dass du mich nicht über die ganze Klasse hinweg umreißt, falls ich falle."

„Deal, aber nur, wenn du versprichst, mich aufzufangen, falls ich zuerst stolpere," erwiderte ich, die Idee plötzlich ansprechend.

Wir setzten unseren Spaziergang fort, der Weg bog sich um einen kleinen Teich, wo einige späte Enten sich für die Nacht niederließen. Die untergehende Sonne warf ein warmes Licht über das Wasser und schuf eine malerische Szenerie.

„Das ist wirklich schön", sagte Jake, sein Ton nachdenklich. „Ich komme nicht oft genug hierher. Es ist leicht zu vergessen, wie friedlich es sein kann."

„Das ist es", stimmte ich zu und nahm die ruhige Umgebung in mich auf. „Es ist wie eine kleine Flucht mitten in der Stadt. Man lernt, die einfachen Dinge zu schätzen."

Als wir zum Hauptweg zurückkehrten, driftete unser Gespräch von leichtem Necken zu persönlicheren Geschichten.

„Es war wirklich großartig, diese Zeit mit dir zu verbringen", sagte Jake schließlich, als wir uns dem Parkausgang näherten, seine Stimme aufrichtig. „Ich hätte nicht gedacht, dass mein Tag so enden würde, aber ich bin froh, dass er es tat."

„Ich auch", antwortete ich und fühlte ein Gefühl der Zufriedenheit. „Es war ein wunderbarer Abend. Danke, dass du es vorgeschlagen hast."

Als wir den Ausgang erreichten, erinnerte uns das schwindende Licht daran, dass der Abend zu Ende ging. Aber die Verbindung, die wir aufgebaut hatten, versprach weitere Abende wie diesen, weitere gemeinsame Momente und neue Erfahrungen zusammen.

„Lass uns das bald wiederholen", schlug Jake vor, sein Lächeln hoffnungsvoll.

„Das würde mir gefallen", sagte ich und erwiderte sein Lächeln. „Lass uns das auf jeden Fall tun."

Als wir uns dem See näherten, brachte das sanfte Geräusch des Wassers, das gegen das Ufer plätscherte, eine beruhigende Präsenz in den Abend. Jake führte uns zu einer Bank, die perfekt gelegen war, um das Wasser unter den verblassenden Farben des Sonnenuntergangs zu betrachten. Wir setzten uns, die Gelassenheit des Ortes umhüllte uns.

Nach einem Moment des bequemen Schweigens wandte sich Jake mit einem sanften Ausdruck an mich. „Also, erzähl mir von deiner Familie? Kommen sie auch von hier?"

Ich zögerte, atmete dann tief durch. „Eigentlich sind beide meine Eltern verstorben. Meine Mutter erst kürzlich. Es war hart, aber ich komme damit zurecht."

Jakes Gesicht zeigte sofort Besorgnis. „Es tut mir leid, ich wollte nichts Schmerzhaftes ansprechen", sagte er schnell.

„Es ist in Ordnung", beruhigte ich ihn und lächelte leicht. „Ich bin in Therapie, und es hilft wirklich, mit allem umzugehen, was passiert ist. Es ist ein Teil des Grundes, warum ich hierher gezogen bin, auf der Suche nach einem Neuanfang, weißt du?"

Er nickte, seine Augen zeigten Verständnis. „Du bist sehr stark, Mia. Es ist bewundernswert, wie du alles meisterst."

Um das Gespräch leicht zu halten, wechselte er schnell das Thema. „Also, in Bezug auf Neuanfänge, wie liefen deine Beziehungen? Gab es etwas Ernstes, bevor du hierher kamst?"

Die Frage überraschte mich ein wenig, aber ich entschied mich, ehrlich zu sein. „Nun, ich bin teilweise hierher gezogen, weil meine letzte Beziehung schlecht endete. Ich habe herausgefunden, dass ich betrogen wurde, was nur zu dem Bedürfnis nach einem Neuanfang beitrug."

Jake verzog das Gesicht mitfühlend und versuchte einen nervösen Witz: „Oh, richtig, ich schätze, ich wähle wirklich die schlimmsten Themen aus, um deinen Abend zu ruinieren, oder?"

Ich lachte und schüttelte den Kopf. „Nein, überhaupt nicht. Es ist Teil meiner Geschichte, und es ist in Ordnung, wirklich. Über diese Dinge zu sprechen, ist wie sie Stück für Stück loszulassen."

Jake lächelte, erleichtert. „Nun, wenn wir schon beim Teilen sind, ich hatte auch nicht viel Glück in der Liebe. Nichts Dramatisches, einfach nie die richtige Passform, weißt du?"

Während wir unseren gemächlichen Spaziergang durch den Park fortsetzten, führte Jake uns zum See. Der Bereich war ruhiger, mit weniger Menschen, und wir fanden eine abgelegene Bank am Wasser. Als wir uns hinsetzten, schätzten wir beide die friedliche Aussicht – eine sanfte Brise ließ die Oberfläche des Sees unter dem weich werdenden Himmel ripplen.

Nach einem Moment des bequemen Schweigens wandte sich Jake an mich, sein Ausdruck offen und neugierig. „Also, erzähl mir von deiner Familie. Wie sind sie so?" fragte er sanft.

Ich hielt inne und sammelte meine Gedanken. „Nun, meine Eltern sind beide verstorben. Meine Mutter, vor kurzem. Es war viel zu bewältigen," gab ich zu, die Worte schwer, aber ehrlich.

Jakes Gesicht zeigte sofort Besorgnis. „Oh, es tut mir leid, ich wollte kein schwieriges Thema ansprechen," sagte er schnell, seine Stimme voller aufrichtiger Bedauern.

„Es ist in Ordnung", beruhigte ich ihn, schaffte ein kleines Lächeln. „Ich habe einen Therapeuten, der mir hilft, mit allem umzugehen. Es hilft wirklich, die Dinge auszusprechen."

„Du bist sehr stark", antwortete er aufrichtig, seine Bewunderung klar. Er hielt einen Moment inne, als suche er nach einem leichteren Thema, um das Gespräch zu verändern. „Also, was ist mit Beziehungen? Gibt es jemanden Besonderen, der auf dich in der Stadt wartet?"

Ich schmunzelte leise, schätzte seinen Versuch, das Gespräch auf sicherere Gewässer zu lenken, auch wenn er unwissentlich in ein weiteres sensibles Gebiet geriet. „Eigentlich bin ich hierher gezogen, teilweise wegen einer Beziehung, die nicht funktioniert hat. Ich wurde betrogen, und es fühlte sich einfach richtig an, irgendwo neu zu beginnen."

Jake verzog das Gesicht mitfühlend und ließ ein nervöses Lachen hören. „Richtig, ich schätze, ich wähle wirklich die schlimmsten Themen heute Abend. Es tut mir leid, ich möchte deinen Abend nicht ruinieren."

„Es ist wirklich in Ordnung", beruhigte ich ihn, berührt von seiner Besorgnis, aber ich fand Humor in der Situation. „Das Leben passiert, und darüber zu sprechen, sogar die chaotischen Teile, fühlt sich irgendwie befreiend an."

Ermutigt durch meine Antwort nickte Jake, sein Ausdruck entspannte sich. „Das ist eine gesunde Sichtweise. Aber lass uns versuchen, etwas fröhlicheres zu finden", schlug er mit einem spielerischen Grinsen vor. „Was ist etwas, das du schon immer tun wolltest, aber nie dazu gekommen bist?"

Diese Frage entfachte eine lebhafte Diskussion über Träume und Ambitionen. Ich sprach über meinen Wunsch, eine andere Sprache zu lernen und vielleicht Fallschirmspringen auszuprobieren, während Jake sein weniger adrenalingeladenes, aber ebenso ehrgeiziges Ziel teilte, seine eigenen Möbel von Grund auf zu bauen und vielleicht eines Tages einen kleinen Laden zu eröffnen.

Als der Himmel dunkler wurde und die Sterne begannen, durchzublitzen, wanderten unsere Gespräche durch verschiedene Themen, jedes mehr leichtfüßig als das letzte. Wir teilten lustige Geschichten, unsere Lieblingsfilme und -bücher und diskutierten sogar über die beste Art von Pizza.

Während wir auf der Bank am See saßen, vermischten sich die ruhigen Geräusche des Wassers, das sanft gegen das Ufer plätscherte, mit unserem leisen Lachen. Das Gespräch, einst mit schwereren Themen beladen, hatte sich gelockert und die Stimmung in eine angenehme Mischung aus Aufrichtigkeit und Leichtigkeit gehoben.

Als der Abend voranschritt, schien keiner von uns bereit zu sein, die friedliche Kulisse zu verlassen. Schließlich, als wir eine Pause in unserem Gespräch spürten, wandte sich Jake mit einem nachdenklichen Blick an mich. „Weißt du, trotz der Achterbahn-Themen habe ich den Abend wirklich genossen. Es war... erfrischend."

Ich lächelte, fühlte dasselbe. „Ich auch. Es ist nicht alltäglich, dass man jemanden findet, mit dem man über fast alles reden kann."

Es gab einen Moment der Stille, während wir beide die ruhige Atmosphäre auf uns wirken ließen – dann tat Jake etwas Unerwartetes. Er beugte sich näher zu mir, seine Augen hielten meine in einem festen Blick, der wie eine Frage schien. Die Luft zwischen uns schien mit Vorfreude geladen.

Ohne ein weiteres Wort berührten sich unsere Lippen. Der Kuss war spontan, aber sanft, zunächst zögerlich, als würde er die Gewässer testen, dann wuchs er an Selbstbewusstsein, als ich reagierte. Es war eine perfekte Reflexion des Abends – unerwartet, ein wenig abenteuerlich und letztendlich richtig.

Als wir uns voneinander lösten, kam die Welt um uns herum wieder in den Fokus – der See, der Nachthimmel, die fernen Geräusche der Stadt. Wir lachten leise, eine Mischung aus Nervosität und Aufregung.

„Wow, ich hatte das nicht geplant", gab Jake zu, seine Stimme leise. „Aber ich bin nicht wirklich traurig darüber, dass ich es getan habe."

„Ich auch nicht", antwortete ich, mein Herz schlug immer noch ein wenig schneller. „Es scheint der perfekte Abschluss für einen ungewöhnlichen, aber erstaunlichen Abend zu sein."

Wir standen auf und verweilten einen Moment an der Bank. Die plötzliche Intimität hatte etwas zwischen uns verschoben und die zarte Verbindung in etwas Greifbareres vertieft.

Als wir am See saßen, fühlte sich die Stille um uns wie eine sanfte Decke an, tröstlich und intim. Jake wandte sich mir zu, mit einer leichten Zögerlichkeit in seinen Bewegungen, die seinem gewohnten Selbstvertrauen widersprach. Der Mond spiegelte sich in seinen Augen und ließ sie mit einer Mischung aus Emotionen funkeln.

„Mia", begann er, seine Stimme ein Flüstern in der ruhigen Nacht, „es gibt etwas an diesem Abend, das sich... anders anfühlt, sogar besonders."

Ich spürte, wie mein Herz einen Schlag aussetzte, gefesselt von der Intensität seines Blicks. Bevor ich antworten konnte, beugte er sich vor, schloss die Distanz zwischen uns, und seine Lippen trafen die meinen in einem sanften, erkundenden Kuss. Es war weich und süß, lingerte gerade lange genug, um mir mehr zu wünschen.

Als wir uns trennten, spielte ein schüchternes Lächeln auf seinen Lippen. Ich erwiderte sein Lächeln, meine Nerven flatterten wie Schmetterlinge in meinem Bauch. Es war nicht nur der Kuss; es war das Versprechen von etwas Tieferem, etwas, das keiner von uns geplant hatte, aber beide stillschweigend hofften, dass es sich entfalten würde.

Um den Moment nicht enden zu lassen, beugte sich Jake erneut vor, diesmal mit etwas mehr Zuversicht. Seine Hand fand den kleinen Rücken, zog mich näher. Unser zweiter Kuss war fester, durchsetzungsfähiger. Seine Lippen bewegten sich leidenschaftlich gegen meine, was meine eigenen wachsenden Gefühle widerspiegelte. Der Kuss vertiefte sich, und ich reagierte, meine Hände erkundeten den Nacken, zogen ihn näher.

Die Welt um uns schien zu verschwinden – es gab nur Jake und mich und die Nacht, umhüllt in einer Blase neuer Zuneigung und Sehnsucht. Als wir uns schließlich trennten, waren wir beide atemlos und es gab ein gegenseitiges Verständnis, dass etwas Bedeutendes gerade begonnen hatte.

„Wow", atmete Jake aus, seine Stirn ruhte gegen meine. „Das habe ich nicht kommen sehen."

„Ich auch nicht", murmelte ich zurück, wollte nicht weggehen, genoss die Nähe und den anhaltenden Geschmack von ihm auf meinen Lippen.

Er kicherte leise, sein Atem kitzelte mein Gesicht. „Ich schätze, die Nacht hatte andere Pläne für uns."

Ich nickte, unfähig, das Grinsen von meinem Gesicht zu wischen. „Ich bin froh, dass sie das hatte."

Widerwillig standen wir beide von der Bank auf, noch nah beieinander, noch haltend. Jake nahm erneut meine Hand, sein Griff fest und beruhigend. „Lass uns einen Spaziergang machen", schlug er vor, seine Stimme sanft, aber mit einer neuen Wärme erfüllt.

Als wir Hand in Hand durch den Park gingen, zurück zur Stadt, waren unsere Schritte langsam, wir genossen beide die neue Verbindung, die sich mit jedem Kuss vertieft hatte. Alle paar Schritte hielten wir an, zogen uns für einen weiteren Kuss zusammen, jeder bestätigte die gegenseitige Anziehung und den Trost, den wir in einander fanden.

Als wir uns zurück in die Stadt schlängelten und immer noch in der Wärme unserer gemeinsamen Momente schwelgten, durchbrach Jakes Handy plötzlich den Zauber und summte laut aus seiner Tasche. Er zog es heraus, warf einen Blick auf den Bildschirm und schaltete es schnell mit einem Wisch seines Daumens stumm. „Tut mir leid", sagte er und bot mir ein entschuldigendes Lächeln, während er das Handy wegsteckte.

„Es ist nichts", versicherte er mir und griff erneut nach meiner Hand, während wir unseren Spaziergang fortsetzten. Die Unterbrechung war kurz, und bald waren wir wieder in unser Gespräch vertieft, lachten und planten, wann wir uns das nächste Mal sehen könnten.

Aber gerade als wir in eine ruhigere Straße einbogen, klingelte sein Handy erneut, hartnäckig und störend gegen den friedlichen Hintergrund der Nacht. Diesmal änderte sich Jakes Ausdruck, als er das Handy wieder aus seiner Tasche zog. Er sah auf die Anrufer-ID, seine Brauen zogen sich leicht zusammen, entweder aus Ärger oder Besorgnis – es war schwer zu sagen.

Jakes Gesichtsausdruck verhärtete sich leicht, als er das Handy erneut herauszog, sein Daumen schwebte über der Ablehnungs-Taste. „Ich kann jetzt nicht sprechen", sagte er ins Handy, sein Ton fest, aber angespannt, was auf die Dringlichkeit und Sensibilität des Anrufs hinwies.

„Hey, ich habe gesagt, nicht jetzt", sprach er erneut ins Handy, sein Ton fest, aber angespannt, als ob er versuchte, das Gespräch leicht zu halten, trotz der Dringlichkeit in seiner Stimme. Er drehte sich leicht weg, ein subtiler Versuch, den Anruf vor mir zu schützen. „Ja, ich kann nicht sprechen. Ich rufe dich später zurück."

Er beendete den Anruf schnell und steckte das Handy wieder in seine Tasche, sein Gesicht kehrte zu der vorherigen Wärme zurück, als er sich wieder mir zuwandte. „Es tut mir wirklich leid. Nur ein alter Freund, der kein Gefühl für Timing hat", sagte er mit einem leichten Lachen und versuchte, die Unterbrechung abzutun.

Ich nickte und gab ihm ein beruhigendes Lächeln. „Es ist okay. Klingt wichtig, aber. Wenn du es annehmen musst –"

„Nein, nein", unterbrach Jake schnell und schüttelte den Kopf. „Es ist nichts, was ich später nicht regeln kann. Heute Abend geht es um uns, und ich will nicht, dass etwas das verdirbt."

Sein entschlossener Blick war überzeugend, und seine Hand fand erneut meine, drückte sie sanft, als wolle er sein Engagement für unseren Abend bekräftigen. Wir setzten unseren Spaziergang fort, das Gespräch floss zurück zu leichteren Themen. Aber ein Teil von mir konnte nicht anders, als über den Anruf nachzudenken, über die Dringlichkeit in seiner Stimme und was das bedeuten könnte; die Leichtigkeit und Offenheit, die unsere gemeinsame Zeit bisher geprägt hatten, war nun in Sorge und Trauma verblasst.

KAPITEL 13

Die sanfte Morgensonne fiel durch die Spitzenvorhänge meiner Hütte und warf einen ruhigen Glanz über den Raum, in dem ich für meine wöchentliche Therapiesitzung bereit saß. Bequem an meinem kleinen Schreibtisch positioniert, Laptop geöffnet, wartete ich darauf, dass der Videoanruf mit Dr. Louise sich verband. Diese Sitzungen waren zu einer Art Zufluchtsort geworden, eine Zeit, um die Gedanken zu entwirren, die während der Woche meinen Kopf überfüllten.

Als der Anruf verbunden wurde, erschien das freundliche Gesicht von Dr. Louise auf dem Bildschirm, ihre Präsenz sofort tröstlich. „Guten Morgen, Mia. Wie geht es dir heute?" begrüßte sie mich herzlich, ihre Stimme eine stetige Präsenz, die immer schien, meine Nerven zu beruhigen.

„Guten Morgen, Dr. Louise", antwortete ich und brachte ein Lächeln zustande, während ich mich weiter in meinen Stuhl sinken ließ. „Mir geht es gut, danke. Es war eine ziemlich interessante Woche."

„Das freut mich zu hören", antwortete Dr. Louise, ihr Ton ermutigend. „Was beschäftigt dich? Gibt es etwas Bestimmtes, das du heute besprechen möchtest?"

Ich holte tief Luft und sammelte meine Gedanken. „Eigentlich ja. Ich habe kürzlich jemanden kennengelernt – sein Name ist Jake. Wir haben einige Zeit miteinander verbracht, und ich genieße seine Gesellschaft ziemlich. Aber ich fühle mich auch ein wenig ängstlich wegen allem", gestand ich, in der Hoffnung, meine gemischten Emotionen mit ihrer Hilfe zu navigieren.

Dr. Louise nickte verständnisvoll. „Es ist völlig normal, eine Mischung aus Aufregung und Besorgnis zu empfinden, wenn man in eine neue Beziehung eintritt, besonders nach dem, was du zuvor erlebt hast. Erzähl mir mehr über Jake und wie diese Treffen für dich waren."

Ich lehnte mich zurück und überlegte ihre Worte. „Er ist nachdenklich und macht Spaß. Wir hatten wirklich großartige Gespräche und haben einige schöne Momente miteinander geteilt. Aber da ist dieser Teil von mir, der Angst hat, zu schnell voranzuschreiten oder verletzt zu werden."

„Mia, diese Gefühle sind gültig", versicherte mir Dr. Louise. „Es ist wichtig, sie anzuerkennen und nicht abzutun. Hast du in der Lage, diese Gefühle mit Jake zu teilen?"

„Noch nicht", gestand ich. „Ich mache mir Sorgen, wie er reagieren könnte, oder dass es ihn vielleicht vertreibt."

„Es könnte hilfreich sein, deine Gefühle mitzuteilen, wenn du bereit bist. Eine Beziehung auf offener Kommunikation aufzubauen, kann eine starke Grundlage schaffen. Wie denkst du, könntest du dieses Gespräch angehen?"

Ich überlegte ihren Vorschlag, der Gedanke an offenen Dialog war ansprechend, aber auch beängstigend. „Ich denke, ich würde damit anfangen, ihm zu sagen, wie sehr ich unsere Zeit zusammen genieße und dann vorsichtig meine Ängste zu teilen. Ich hoffe, dass wir durch Ehrlichkeit ein besseres Verständnis füreinander entwickeln können."

„Das klingt nach einem sehr ausgewogenen Ansatz", kommentierte Dr. Louise mit einem Nicken. „Denke daran, wie er reagiert, wird dir auch wichtige Informationen darüber geben, wie er die Beziehung wertschätzt und deine Gefühle respektiert."

Das Gespräch vertiefte sich in Strategien zur Aufrechterhaltung gesunder Kommunikation und Grenzen. Dr. Louises Einsichten verschafften mir Klarheit und Sicherheit und halfen mir, mich besser gerüstet zu fühlen, um die aufkeimende Beziehung mit Jake nachdenklich und selbstbewusst anzugehen.

Dr. Louise lächelte warm, ihre Augen spiegelten ein tiefes Verständnis wider. „Mia, es ist großartig, dass du darüber nachdenkst, wie du dieses Gespräch durchdacht angehen kannst. Es geht nicht nur darum, deine Gefühle zu teilen, sondern auch darum, zuzuhören. Es ist eine zweiseitige Straße."

Ich nickte und fühlte mich mit jedem Ratschlag gefestigter. „Ja, das ergibt viel Sinn. Zuhören ist genauso wichtig wie Teilen. Ich werde das im Hinterkopf behalten."

„Gut", fuhr Dr. Louise fort. „Überlege auch, was dir in einer Beziehung Sicherheit gibt. Denke darüber nach, welche Verhaltensweisen oder Zeichen dich geschätzt und respektiert fühlen lassen. Diese mit Jake zu kommunizieren, kann ihm helfen, zu verstehen, wie er deine Bedürfnisse effektiv erfüllen kann."

„Das ist ein wirklich guter Punkt", erkannte ich an und machte mir geistige Notizen. „Darüber habe ich bisher nicht so nachgedacht. Sich auf das Positive zu konzentrieren und was funktioniert, wird wahrscheinlich das gesamte Gespräch erleichtern."

„Genau", bestätigte Dr. Louise. „Es geht darum, etwas gemeinsam aufzubauen, in dem sich beide sicher und wertgeschätzt fühlen. Außerdem, überstürze dich nicht. Nimm dir die Zeit, um deine eigenen Gefühle und Bedürfnisse zu verstehen, während du diese neue Beziehung navigierst."

Unsere Sitzung wechselte dann leicht, um allgemeine Bewältigungsmechanismen und Selbstpflegepraktiken zu besprechen, die mich in dieser Zeit neuer Anfänge unterstützen könnten. „Wie hast du in letzter Zeit deinen Stress und deine Emotionen außerhalb unserer Sitzungen bewältigt?" fragte Dr. Louise, immer bestrebt, sicherzustellen, dass ich einen ganzheitlichen Ansatz für mein Wohlbefinden beibehalte.

„Ich habe versucht, einen regelmäßigen Zeitplan mit Arbeit und persönlicher Zeit einzuhalten", antwortete ich. „Nach draußen zu gehen, aktiv zu bleiben und sicherzustellen, dass ich ruhige Zeit für mich selbst habe, waren alles hilfreiche Maßnahmen. Ich schreibe auch wieder, was mir wirklich hilft, meine Gedanken zu verarbeiten."

„Ausgezeichnet", antwortete sie mit zustimmendem Nicken. „Sich körperlich und geistig aktiv zu halten, sind Schlüsselkomponenten eines gesunden Lebensstils, besonders wenn man mit emotionalem Stress umgeht. Nutze weiterhin diese Strategien, insbesondere das Journaling, von dem ich weiß, dass es dir in der Vergangenheit ein großartiges Werkzeug war."

Als wir uns dem Ende unserer Sitzung näherten, verschob Dr. Louise den Fokus leicht, ihr Ton blieb aufmerksam und unterstützend. „Lass uns ein wenig über deine Arbeit sprechen. Wie läuft alles in der Galerie? Gibt es neue Herausforderungen oder Erfolge, die du besprechen möchtest?"

Ich schätzte ihren umfassenden Ansatz, alle Aspekte meines Lebens zu betrachten, die zu meinem Wohlbefinden beitrugen. „Die Arbeit läuft eigentlich wirklich gut", begann ich, fühlte ein Funkeln der Begeisterung, während ich über die Galerie sprach. „Wir bereiten eine neue Ausstellung vor, und ich war an allem von der Kuratierung bis zum Aufbau beteiligt. Es war hektisch, aber unglaublich lohnend."

Dr. Louise nickte, ihr Interesse war offensichtlich. „Das klingt nach einer wunderbaren Gelegenheit für dich, zu wachsen und deine

Fähigkeiten anzuwenden. Wie gehst du mit dem Stress um, der mit solchen Verantwortlichkeiten einhergeht?"

Ich überlegte ihre Frage einen Moment lang. „Es ist definitiv ein Balanceakt. Ich versuche, organisiert zu bleiben und Aufgaben zu priorisieren, damit es nicht überwältigend wird. Pausen einzulegen und nach draußen zu gehen, um frische Luft zu schnappen, hilft viel. Außerdem ist die Zufriedenheit, wenn alles zusammenkommt, ein großer Stressabbau."

„Klingt, als würdest du es gut machen", bemerkte Dr. Louise. „Proaktiv mit Stressmanagement umzugehen, ist entscheidend, besonders in einem dynamischen Arbeitsumfeld wie deinem. Wie fühlst du, dass deine Rolle in der Galerie dein persönliches Wachstum beeinflusst?"

Ich hielt inne und reflektierte über ihre Frage. „Es war größtenteils positiv. Ich habe das Gefühl, dass ich viel lerne – nicht nur über Kunst und Management, sondern auch über mich selbst und wie ich mit Herausforderungen umgehe. Jedes neue Projekt lehrt mich etwas Neues, und ich fühle mich sicherer in meinen Fähigkeiten."

Dr. Louise lächelte. „Das ist fantastisch zu hören, Mia. Es ist wichtig, dein eigenes Wachstum zu erkennen und zu feiern. Diese Erfahrungen stärken deine Resilienz und Vielseitigkeit, die sowohl beruflich als auch persönlich wertvoll sind."

„Danke, Dr. Louise", sagte ich, aufrichtig dankbar für ihre Einsichten. „Darüber zu sprechen, hilft mir wirklich, den Fortschritt, den ich mache, zu schätzen."

„So sollte es sein", antwortete sie warmherzig. „Stelle sicher, dass du regelmäßig über diese Erfolge nachdenkst. Es ist eine kraftvolle Möglichkeit, positive Selbstwahrnehmung und Motivation zu verstärken."

Als unsere Sitzung sich dem Ende näherte, fügte Dr. Louise hinzu: „Bevor wir abschließen, gibt es noch etwas, das dir auf dem Herzen liegt und das du heute besprechen möchtest?"

Ihre offene Einladung erinnerte mich daran, warum diese Sitzungen so wertvoll waren; sie boten einen sicheren Raum, um alle Dimensionen meines Lebens zu erkunden und sicherzustellen, dass ich in jedem Aspekt gehört und unterstützt fühlte.

Ich fuhr fort, die Besorgnis in meiner Stimme war offensichtlich. „Es geht tatsächlich um etwas, das im Park mit Jake passiert ist. Er erhielt ein paar Anrufe, die er schnell abtat und angespannt wirkte. Er stellte sicher, dass ich den Anruf nicht hörte, fast so, als wollte er nicht, dass ich auch nur einen Teil des Gesprächs mitbekam."

Dr. Louise nickte, ihr Ausdruck verständnisvoll. „Es klingt, als hätte diese Situation bei dir einige Gefühle hervorgerufen. Was beschäftigt dich am meisten in Bezug auf diese Anrufe?"

Ich atmete tief durch, die Worte strömten mit meinem Ausatmen heraus. „Ich weiß, dass wir noch nichts Offizielles haben und es keine wirkliche Verpflichtung gibt, aber es hat alte Ängste geweckt. Ich konnte nicht anders, als zu denken, vielleicht hat er jemanden anderen oder es gibt etwas, das er verbirgt. Ich weiß, es könnte nur meine vergangenen Erfahrungen sein, die meine Gedanken beeinflussen, aber es ist schwer, nicht dorthin zu gehen."

„Das ist völlig verständlich", versicherte mir Dr. Louise. „Es ist normal, dass vergangene Traumata beeinflussen, wie wir aktuelle Situationen wahrnehmen, besonders im Kontext neuer Beziehungen. Hast du darüber nachgedacht, wie du das mit Jake ansprechen könntest?"

„Noch nicht", gestand ich. „Ich mache mir Sorgen, zu aufdringlich oder unsicher zu wirken, so früh in unserer Beziehung."

Dr. Louise überlegte einen Moment. „Es ist wichtig, deine Gefühle zu kommunizieren, aber es ist auch entscheidend, das Gespräch mit Offenheit und nicht mit Vorwürfen zu führen. Du könntest deine Gefühle ausdrücken, ohne Annahmen über sein Verhalten zu treffen. Zum Beispiel könntest du sagen: ‚Ich fühlte mich ein bisschen unwohl, als die Anrufe neulich passierten, und ich wollte einfach nachfragen. Ich schätze Ehrlichkeit und Offenheit, und ich hoffe, dass wir das in unserer Beziehung teilen können.‘"

Ich nickte und nahm ihren Rat auf. „Das klingt nach einem ausgewogenen Ansatz. Es respektiert sowohl unsere Gefühle und zieht keine voreiligen Schlüsse."

„Genau", stimmte Dr. Louise zu. „Es geht darum, einen Vertrauens- und Transparenzton von Anfang an zu setzen. Wie fühlst du dich, wenn du diesen Ansatz versuchst?"

„Ich denke, es könnte funktionieren", sagte ich und fühlte mich ein bisschen ermutigt. „Ich möchte nur sicherstellen, dass wir beide uns mit unserer Kommunikation wohlfühlen. Ich mag ihn wirklich, und ich möchte dieser Beziehung eine faire Chance geben, ohne dass alte Ängste mein Urteil trüben."

„Das ist eine weise Perspektive, Mia. Konzentriere dich weiterhin auf offene Kommunikation und nimm die Dinge Schritt für Schritt. Denk daran, Vertrauen aufzubauen braucht Zeit und gegenseitige Anstrengungen", erinnerte mich Dr. Louise.

"Danke, Dr. Louise," antwortete ich, aufrichtig dankbar für die Anleitung. "Das hilft wirklich, die Dinge in Perspektive zu setzen."

Dr. Louise lächelte warm. "Ich freue mich, das zu hören. Denk daran, ich bin hier, um dir zu helfen, mit diesen Gefühlen umzugehen. Lass uns das in unserer nächsten Sitzung weiter erkunden."

Als die Sitzung zu Ende ging, fühlte ich mich besser vorbereitet, die Situation mit Jake durchdacht und ehrlich anzugehen. Die Werkzeuge, die Dr. Louise mir gegeben hatte, gaben mir das Vertrauen, das Gespräch auf eine Weise zu führen, die unsere aufkeimende Beziehung stärken, statt belasten könnte.

Ich klickte das Gespräch weg und saß einen Moment lang in Stille da, während ich das sanfte Licht betrachtete, das durch die Fenster meiner Hütte fiel. Meine Gedanken wirbelten noch immer, wie Blätter, die von einem plötzlichen Windstoß erfasst wurden. Ich stand auf, spürte das Bedürfnis, meinen Kopf freizubekommen, und ging ins Badezimmer für eine Dusche, in der Hoffnung, dass das warme Wasser helfen würde, etwas von der Verwirrung, die meinen Geist trübte, abzuwaschen.

Als der Dampf den Raum füllte, trat ich in die Dusche und ließ das Wasser über mich herabströmen. Meine Muskeln entspannten sich, aber mein Geist blieb unruhig und spielte das Gespräch von früher nochmals durch, insbesondere den Teil über Jake. Ich versuchte, die anhaltende Angst abzuschütteln, aber sie klammerte sich an mich und zog fester zu.

Die Telefonanrufe. Wie er den ersten schnell zum Schweigen brachte und fast erleichtert schien, als ich nicht danach fragte. Dann der zweite Anruf – eindringlicher. Ich konnte nicht anders, als an die Art zu denken, wie er das Gespräch abschirmte, als wäre es nicht für meine Ohren bestimmt. Mein Magen zog sich bei der Erinnerung zusammen.

Was verbirgt Jake? Die Frage hallte in meinem Kopf, jetzt hartnäckiger als zuvor. Ich lehnte mich gegen die kalte Fliesenwand und versuchte, mich auf den stetigen Rhythmus des Wassers zu konzentrieren, aber alles, was ich hörte, war die Ungewissheit, die in meinen Gedanken kreiste.

Ist es für ihn nur Spaß? Ich hasste diesen Gedanken, aber ich konnte ihn nicht abtun. Vielleicht genoss er einfach den Moment, ohne nach etwas Tieferem zu suchen, während ich hier war und anfing, Gefühle zu investieren, von denen ich mir nicht sicher war, ob er bereit war, sie zu erwidern.

Oder gibt es jemand anderen? Der Gedanke schlich sich wie ein Dieb ein und stahl mir das wenigste Stück Klarheit, das ich noch hatte. Ich wusste, dass ich keine Beweise dafür hatte – Jake war mir gegenüber nichts als freundlich und aufrichtig gewesen. Aber dieser Telefonanruf, die Art, wie er reagierte... Ich konnte das Gefühl nicht abschütteln, dass etwas nicht stimmte.

Ich schloss meine Augen fest, versuchte, mit mir selbst zu argumentieren. Ich wollte nicht voreilige Schlüsse ziehen. Vielleicht war es nichts – nur ein alter Freund oder eine Arbeitsangelegenheit. Aber warum die Geheimniskrämerei? Warum die Dringlichkeit in seiner Stimme, als er sagte: "Ich kann jetzt nicht reden"? Warum nicht einfach sagen, wer es war?

Die Verwirrung wirbelte, ein Gedanke kollidierte mit dem anderen, bis sie ein verworrenes Durcheinander in meinem Kopf bildeten. Es war schwer, klar durch den Nebel zu sehen. Ließ ich meine vergangenen Traumata mein Urteil trüben? Oder versuchte meine Intuition, mir etwas zu sagen?

Ich neigte meinen Kopf zurück, versuchte, das Wasser den Lärm in meinem Kopf ertränken zu lassen, aber die Fragen kamen einfach weiter. Ich hasste es, dass ich darüber nachdachte, alte Wunden mit dem kleinsten Zeichen von Geheimniskrämerei wieder aufzureißen.

Ich brauchte eine Ablenkung, drehte mich leicht und sah aus dem kleinen Fenster in der Dusche. Von diesem Winkel aus konnte ich gerade noch Jakes Schlafzimmerfenster auf der anderen Seite erkennen.

Es war seltsam – normalerweise gab es dort ein Zeichen von Leben, ein Licht oder ein Flimmern von Bewegung. Aber jetzt sah der Raum völlig leer aus.

Ich fühlte einen seltsamen Kloß im Magen. Wo war er? Meine Gedanken rasten wieder. Vielleicht war er draußen, aber dann... mit wem? Die Fragen spiralierten, und ich hasste es, wie schnell mein Geist zu den schlimmsten Schlussfolgerungen sprang. Ich versuchte, es abzuschütteln und mir zu sagen, dass es wahrscheinlich nichts war, aber der Anblick seines dunklen, leeren Schlafzimmers half nicht, meine Verdachtsmomente zu beruhigen.

KAPITEL 14

Tage waren vergangen seit diesem nebligen Morgen in der Dusche, und obwohl das Unbehagen über Jakes Telefonanruf immer noch im Hinterkopf schwebte, war heute eine andere Art von Stress angesagt. Heute war die Nacht der großen Ausstellung der Galerie. Es war nicht nur irgendeine Ausstellung – es war DIE Ausstellung. Lila's ängstliche Persönlichkeit war bereits auf maximale Intensität eingestellt, und ich wusste, dass es, bis der Abend anbrach, ein ausgewachsener Sturm aus Nerven sein würde. Und, um ehrlich zu sein, es war nicht nur ihr Druck, der mich auf die Nerven ging – diese Ausstellung war auch wichtig für mich. Mein Ruf stand auf dem Spiel, und heute Abend würden wir einige wichtige Namen aus der Kunstwelt empfangen.

Ich musste einen Weg finden, mich zu entspannen, bevor ich dem Chaos gegenüberstand. Deshalb fand ich mich an diesem Morgen in Emmas Bäckerei wieder, nicht nur auf der Suche nach einem Kaffee, sondern nach einem Moment der Ruhe vor dem Sturm. Der vertraute Duft frischer Backwaren begrüßte mich, als ich die Tür öffnete, und es war wie eine Umarmung, die ich nicht wusste, dass ich sie brauchte.

„Mia! Guten Morgen!" Emmas fröhliche Stimme ertönte hinter dem Tresen. Sie wischte sich die Hände an ihrer Schürze ab und kam persönlich zu mir, ihr gewohnt warmes Lächeln erhellte ihr Gesicht. „Großer Tag, huh?"

Ich nickte und brachte ein kleines Lächeln zustande. „Riesiger Tag. Ich versuche, mich nicht schon jetzt verrückt zu machen."

Emma warf mir einen mitfühlenden Blick zu und lehnte sich lässig auf den Tresen, eine Gelassenheit, die ich mir wünschte, in Flaschen abfüllen zu können. „Ich dachte, du könntest ein wenig Ruhe vor dem Sturm gebrauchen," sagte sie mit einem Augenzwinkern. „Lass mich dir etwas Besonderes holen. Wie wäre es mit deinem Favoriten, mit etwas Extra, um dich durch den Tag zu bringen?"

„Das klingt perfekt," seufzte ich, dankbar für ihr Verständnis. Emma hatte eine Art, die Dinge weniger entmutigend erscheinen zu lassen, selbst wenn es sich anfühlte, als würde die Welt zusammenbrechen.

Während sie sich damit beschäftigte, meinen Kaffee zuzubereiten, setzte ich mich ans Fenster und beobachtete den langsamen Rhythmus des Lebens draußen. Es war noch früh, und die Stadt wachte gerade auf. Menschen schlenderten die Straße entlang, ein paar Jogger liefen vorbei, und einige Kinder fuhren auf ihren Fahrrädern, ihr Lachen schallte in der Luft. Für einen Moment ließ mich die Einfachheit all dessen die Schwere des bevorstehenden Abends vergessen.

Emma kam zurück und stellte eine dampfende Tasse vor mir ab. „Hier, ein bisschen extra Magie, um dich durch den Tag zu bringen," sagte sie mit einem Grinsen. „Wie fühlst du dich? Nervös?"

Ich blies auf den Kaffee und nahm einen Schluck, ließ die Wärme durch mich strömen. „Mehr nervös, als ich zugeben möchte. Ich weiß, dass alles bereit ist, aber Lila's Energie ist ansteckend. Sie ist schon aufgeregt, und bis heute Abend wird sie unmöglich sein."

Emma lachte sanft. „Lila ist immer intensiv, aber das ist nur, weil sie sich so sehr kümmert. Du schaffst das, Mia. Ich habe gesehen, wie hart du gearbeitet hast, und alle werden es lieben."

„Ich hoffe es," sagte ich und warf einen weiteren Blick aus dem Fenster. „Es ist nur... viel. Nicht nur für sie, sondern auch für mich. Das könnte meinen Ruf bei einigen wirklich wichtigen Leuten aufbauen oder ruinieren."

Emma lehnte sich auf den Tresen, ihr Ausdruck wurde sanft. „Ich verstehe, aber vergiss nicht, dass du gut bist in dem, was du tust. Du hast ein Auge dafür, und genau deshalb bist du überhaupt dort. Atme einfach, nimm es Schritt für Schritt, und heute Abend wirst du feiern."

Ich lächelte, während ich spürte, wie sich etwas von der Anspannung löste. Emma wusste immer, was sie sagen musste, um mich zu erden. „Danke, Emma. Ich brauchte wirklich diesen Motivationsschub."

„Jederzeit. Jetzt trink auf und lass nicht zu, dass Lila's Energie heute zu sehr auf dich abfärbt. Du hast genug auf dem Tisch, ohne dass sie noch mehr hinzufügt."

Ich nahm einen weiteren Schluck meines Kaffees und genoss den Moment der Ruhe, bevor ich zur Galerie aufbrach, um mich dem Chaos zu stellen, das mich erwartete.

Einige Minuten später, als ich einen weiteren Schluck Kaffee nahm und versuchte, den Stress des Abends aus meinem Kopf zu verdrängen, läutete die Glocke über der Bäckereitür und kündigte einen neuen Kunden an. Zuerst schenkte ich dem nicht viel Beachtung, aber dann sah ich ihn. Jake. Er kam mit seinem gewohnten selbstbewussten Schritt herein, und bevor ich ganz begreifen konnte, was geschah, winkte er mir zu.

Verwirrung durchfuhr mich, und ich winkte reflexartig zurück und brachte ein höfliches „Hallo" hervor. Ich hatte versucht, ihn seit Tagen zu vermeiden, während ich versuchte, meine Gefühle nach diesem seltsamen Anruf im Park zu sortieren. Aber bevor ich entscheiden konnte, wie ich reagieren sollte, war er bereits auf dem Weg zu mir.

„Hey, Mia," sagte er direkt, seine Stimme warm wie eh und je. „Darf ich mich zu dir setzen?"

Ich zögerte. Mein Geist raste – was machte er hier? Und warum jetzt, an einem Tag, an dem ich schon überfordert war? Aber bevor ich mir eine Ausrede einfallen lassen konnte, hatte er bereits den Stuhl herausgezogen und es sich bequem gemacht.

Ich blinzelte, während ich seinen plötzlichen Besuch verarbeitete, zwang mir aber ein Lächeln ab. „Klar," sagte ich, mehr aus Höflichkeit als aus Begeisterung.

Jake lehnte sich in seinem Stuhl zurück und sah sich mit Vertrautheit in der Bäckerei um. Er winkte Emma zu, die strahlend lächelte und zu ihm kam, um seine Bestellung aufzunehmen.

„Was nimmst du?" fragte er, während er seine Aufmerksamkeit wieder auf mich richtete, sein Tonfall ganz lässig, als ob wir uns nicht seit Tagen awkward aus dem Weg gingen.

Ich zögerte, fühlte die angespannte Atmosphäre zwischen uns. „Emma hat mir einen Haselnusslatte mit einem Hauch Zimt gemacht," sagte ich und versuchte, mich auf den Kaffee zu konzentrieren, statt auf die Verwirrung, die sich in meinem Kopf aufgebaut hatte.

Jake zog überrascht die Augenbraue hoch. „Das klingt wirklich gut."

Im richtigen Moment kam Emma zu unserem Tisch zurück, ihr gewohnt strahlendes Lächeln aufgesetzt. „Hey Jake! Was kann ich dir heute bringen?"

„Ich nehme das Gleiche wie sie," sagte Jake und schickte Emma ein kurzes Grinsen zu.

Emma nickte spielerisch. „Gute Wahl. Haselnusslatte mit Zimt kommt glcich."

Als sie wieder zum Tresen ging, beobachtete ich sie und versuchte, meine Gedanken nicht zu sehr rennen zu lassen. Jake war gerade hereingekommen, hatte Platz genommen und jetzt das Gleiche bestellt wie ich – als wäre zwischen uns nichts Seltsames passiert. Das machte mich sowohl neugierig als auch etwas frustriert. Was ging in seinem Kopf vor?

„Haselnusslatte, huh? Wusste nicht, dass du einen süßen Zahn hast," bemerkte Jake lässig und lehnte sich zurück in seinen Stuhl, als ob wir uns nicht gerade tagelang awkward aus dem Weg gegangen wären.

„Ja, ich brauchte heute Morgen etwas mit einem kleinen Kick," sagte ich und versuchte, das Gespräch leicht zu halten, während meine Gedanken mich immer wieder zu diesem Telefonanruf im Park zurückzogen.

„Gute Wahl," wiederholte er, seine Augen hielten für einen Moment länger als nötig zu meinen.

Gerade dann kam Emma mit seinem Kaffee zurück und stellte ihn mit einem Lächeln auf den Tisch. „Hier ist er, Haselnusslatte mit Zimt, genau das, was du brauchst, um den Tag zu bewältigen."

Jake bedankte sich bei ihr, und wir fielen in einen Moment der Stille, während ich meinen Drink umrührte und versuchte herauszufinden, ob jetzt der Zeitpunkt war, die nagende Frage anzusprechen, die in meinem Kopf umhergeisterte. Aber aus irgendeinem Grund wollten die Worte immer noch nicht kommen. Stattdessen nippte ich an meinem Kaffee und hoffte, dass die Dinge zwischen uns irgendwann Sinn machen würden.

Als wir in awkward Stille saßen, brach Jake schließlich die Spannung. „Bist du bereit für die Ausstellung heute Abend?" fragte er, nahm einen Schluck von seinem Latte, sein Tonfall lässig, aber sein Blick konzentriert auf mich gerichtet.

Ich ließ ein kleines Lachen heraus, mehr um den Druck in meiner Brust zu lindern als aus einem anderen Grund. „Nervös, aber zuversichtlich, dass alles bereit sein wird. Es ist eine große Nacht, und Lila hat das ganze Ding bis ins kleinste Detail geplant. Aber ja... viel steht auf dem Spiel."

Jake nickte, sein Ausdruck wurde weicher. „Ich kann mir vorstellen, dass es viel ist, besonders mit Lila, die... nun ja, Lila ist," sagte er mit einem Scherz, und ich konnte deutlich erkennen, dass er ihre nervöse Natur verstand. Er hielt kurz inne, sah mich dann wieder etwas ernster an. „Eigentlich sollte ich dir vielleicht sagen – Lila hat mich zur Ausstellung heute Abend eingeladen. Ich wollte wissen, ob es für dich in Ordnung ist, dass ich da bin."

Das überraschte mich. Ich hatte nicht erwartet, dass er fragt, und für einen Moment wusste ich nicht, was ich sagen sollte. Seine Anwesenheit war mir in der Hektik der Vorbereitungen für die Veranstaltung nicht einmal in den Sinn gekommen, aber jetzt, da er es erwähnte, wurde mir klar, dass es eine ganz neue Schicht an Komplikationen zu einem ohnehin schon stressigen Abend hinzufügen könnte.

Aber ich lächelte, entschied mich, alle Vorbehalte beiseite zu schieben. „Natürlich, Jake. Ich bin damit einverstanden, dass du da bist. Es ist eine offene Veranstaltung, und ich würde mich freuen, dich zu sehen. Außerdem, je mehr Unterstützung ich habe, desto besser."

Jake erwiderte mein Lächeln, sah dabei ein wenig erleichtert aus. „Gut. Ich war mir nicht sicher, ob es seltsam wäre, mit allem, was zwischen uns vorgefallen ist, aber ich möchte wirklich da sein."

„Nicht seltsam," versicherte ich ihm, obwohl ein Teil von mir sich fragte, ob das ganz der Wahrheit entsprach. Trotzdem war ich nicht bereit, ein großes Ding daraus zu machen. „Es wird schön sein, ein bekanntes Gesicht dort zu haben."

Er nickte, sein Blick verweilte einen Moment länger auf mir, bevor er auf seinen Kaffee sah. „Super. Ich freue mich darauf."

Ich nahm einen weiteren Schluck meines Kaffees und versuchte, die Nerven, die wieder hochkamen, zu verbergen. Seine Präsenz war stark, fast magnetisch, und obwohl ich versucht hatte, ihn seit Tagen zu vermeiden, saß er hier vor mir, als ob nichts passiert wäre. Ich hoffte, dass das Gespräch sich natürlich von uns entfernen würde, aber Jake hatte andere Pläne.

„Also," sagte er, lehnte sich leicht vor, „du warst beschäftigt, huh? Ich habe dich in letzter Zeit kaum gesehen." Sein Ton war leicht, aber das Gewicht der Frage hing zwischen uns.

Ich bewegte mich unbehaglich in meinem Stuhl, vermied einen Moment lang den Blickkontakt. „Ja, es war einfach wirklich hektisch mit der Ausstellung und so," sagte ich und hoffte, dass diese Ausrede ausreichen würde.

Jake schien nicht überzeugt zu sein, und er wollte das Gespräch nicht sterben lassen. „Ich verstehe das," antwortete er, seine Stimme ruhig, aber eindringlich. „Aber ich habe das Gefühl, dass wir seit... du weißt schon, dem Park, kaum miteinander gesprochen haben."

Mein Herz machte einen Satz. Natürlich, der Park. Die Anrufe. Das Geheimnis. Ich spürte, wie sich die Spannung wieder in mir zusammenzog, aber bevor ich antworten konnte, fuhr er fort, seine Stimme sanft, aber direkt. „Hör zu, Mia, wenn du über mich oder irgendetwas verwirrt bist... ich bin hier."

Ich schluckte, meine Finger umklammerten die Kaffeetasse etwas fester. Ich hatte Tage damit verbracht, zu versuchen, diesen Telefonanruf zu vergessen, über das Unbehagen, das danach blieb. Ich wollte das jetzt nicht ansprechen, nicht mit all dem anderen, was in meinem Kopf war. Aber Jakes Präsenz war so stark, dass sie das Gespräch in eine Richtung lenkte, aus der ich mich nicht so leicht befreien konnte.

„Ich..." begann ich, meine Stimme versagte. Ich wollte fragen, in das einzutauchen, was an diesem Tag passiert war, aber ich konnte mich nicht dazu bringen, es zu tun. Nicht hier, nicht jetzt. „Ich war einfach wirklich auf die Ausstellung konzentriert," wich ich erneut aus und versuchte, das Thema von etwas zu Persönlichem fernzuhalten.

Jake drängte nicht, aber ich konnte sehen, dass er mit meiner Antwort nicht zufrieden war. Sein Blick wurde sanft, und er schenkte mir ein halbes Lächeln, während er sich wieder in seinen Stuhl zurücklehnte. „Fair genug. Ich weiß, dass es für dich heute Abend viel bedeutet, und ich möchte nicht zu deinem Stress beitragen. Nur... wenn es etwas gibt, das du sagen oder besprechen möchtest, weißt du, wo du mich finden kannst."

Seine Worte hingen in der Luft und ließen mich das Gefühl haben, dass ich sowohl getröstet als auch in die Enge getrieben wurde. Es gab etwas an der Art, wie er das Gespräch führte, immer die Kontrolle behaltend, das mich aus dem Gleichgewicht brachte. Ich wollte Abstand halten, aber mit jedem Wort, jedem Blick schien Jake mich wieder zurückzuziehen.

„Danke," murmelte ich und zwang mir ein Lächeln ab. Ich war noch nicht bereit, all das anzusprechen, aber seine Anwesenheit machte es schwer, es zu vermeiden. Trotzdem musste ich mich auf heute Abend konzentrieren. Das war die Priorität, nicht das verwirrende Durcheinander von Gefühlen und Verdachtsmomenten, das in meinem Kopf herumwirbelte.

Jake schien meine Zurückhaltung zu spüren und wechselte den Ton, seine Stimme wurde leichter. "Nun, egal, ich bin gespannt, was du für die Ausstellung vorbereitet hast. Lila redet ununterbrochen darüber, und ich bin mir sicher, dass du großartige Arbeit geleistet hast."

Ich nickte, dankbar für den Themenwechsel, auch wenn es nur vorübergehend war. "Danke, ich hoffe wirklich, dass heute Abend alles reibungslos verläuft."

"Das wird es," sagte Jake selbstbewusst und schenkte mir dieses beruhigende Lächeln erneut. "Du bist fähiger, als du dir selbst zutraust."

Ich konnte nicht anders, als zurückzulächeln, obwohl ein Teil von mir immer noch zurückweichen wollte. Seine Präsenz war stabil, unerschütterlich, und für den Moment ließ ich mich darauf ein—genug, um das Gespräch erträglich zu machen. Ich bin wahrscheinlich dumm und naiv.

Ich nahm einen weiteren Schluck meines Kaffees, versuchte, mich in der Wärme der Tasse zu erden. Das Gespräch war etwas zu nah an Dingen geraten, mit denen ich noch nicht bereit war, mich auseinanderzusetzen—meine Gefühle für Jake, die Fragen, die um diesen Anruf schwirrten, und die seltsame Spannung, die immer noch zwischen uns hing.

Aber ich hatte einen Ausweg. "Ich sollte wahrscheinlich gehen," sagte ich, stand auf und griff nach meiner Tasche. "Ich muss zur Galerie. Es gibt noch viel zu tun vor heute Abend."

Jake sah mich an, sein Ausdruck wurde sanfter. "Darf ich dich dorthin begleiten?" Sein Ton war lässig, aber es war etwas in der Art, wie er fragte, das mir sagte, dass er nicht bereit war, dieses Gespräch noch zu beenden.

Ich zögerte einen Moment, aber bevor ich eine Ausrede finden konnte, war er bereits aufgestanden, seine Augen erwartungsvoll. "Komm schon, es wäre schön, etwas Gesellschaft zu haben," fügte er hinzu, und bevor ich wirklich darüber nachdenken konnte, nickte ich.

"Okay, klar," sagte ich, mehr aus Reflex als aus etwas anderem. Ich konnte das Gefühl nicht ganz abschütteln, dass ich ihn zu lange gemieden hatte, und vielleicht würde ein Spaziergang mit ihm etwas von der Spannung lösen, die sich in den letzten Tagen aufgebaut hatte.

Als wir die Bäckerei verließen, winkte uns Emma mit einem Lächeln zu, und Jake gesellte sich neben mich. Die Straßen der Stadt begannen, zum Leben zu erwachen, mit Menschen, die geschäftig umherliefen und sich auf ihren Tag vorbereiteten. Die Luft war frisch, der Morgen hielt noch ein wenig von der frühen Kühle fest, bevor die Hitze des Tages einsetzte.

„Also," begann Jake und brach das Schweigen, als wir die Straße zur Galerie hinuntergingen, „heute Abend ist die große Nacht, was?"

„Ja," antwortete ich und versuchte, mich auf die Veranstaltung zu konzentrieren, anstatt auf die ungelöste Spannung zwischen uns. „Es wird voll werden. Viele wichtige Leute."

Jake lächelte, seine Hände in den Taschen, während er neben mir ging. „Lila hat ununterbrochen darüber gesprochen. Du musst viel Arbeit hineingesteckt haben."

Ich nickte, obwohl mein Kopf immer noch teilweise abgelenkt war von der Tatsache, dass Jake sich so wohl fühlte, als ob die Peinlichkeit zwischen uns nicht existierte. "Es war viel, aber alles fügt sich endlich zusammen. Ich muss nur sicherstellen, dass Lila nicht in den vollen Panikmodus gerät."

Jake lachte, sein Lächeln wurde breiter. "Ja, sie ist ziemlich intensiv, aber ich habe gesehen, wie du mit Dingen umgehst. Du hast es im Griff."

Ich warf ihm einen Blick zu, schätzte die Bestätigung, aber mein Kopf kreiste immer wieder um den Anruf. Es war wie ein kleiner Splitter, der sich in den hinteren Teil meines Verstandes gebohrt hatte. Ich wollte es ansprechen, ihn direkt fragen, was das alles zu bedeuten hatte, aber die Worte wollten einfach nicht kommen.

Stattdessen lenkte ich das Gespräch um. "Und bei dir? Hast du heute große Pläne, außer bei der Ausstellung heute Abend vorbeizuschauen?"

Er grinste. "Nichts so Glamouröses. Nur etwas Arbeit in der Werkstatt, ein paar Lieferungen. Aber ja, heute Abend ist das Hauptevent."

Ich lachte leise. "Nun, zumindest kannst du später mit etwas Kunst und freiem Wein entspannen."

"Stimmt," sagte er und lächelte mich an. "Darauf freue ich mich. Außerdem wird es schön sein, all die harte Arbeit zu sehen, die du in die Galerie gesteckt hast."

Ich spürte, wie sich eine Wärme in meiner Brust ausbreitete bei seinen Worten, und es war schwer zu sagen, ob es von seinem Kompliment oder einfach nur davon kam, dass wir wieder normal redeten. Aber während wir nebeneinander gingen, konnte ich das Gefühl nicht abschütteln, dass noch etwas Unausgesprochenes zwischen uns stand. Etwas, das ich verstehen musste, auch wenn ich nicht bereit war, es direkt zu fragen.

Wir erreichten die Ecke nahe der Galerie, und ich konnte das Gebäude in Sicht kommen sehen, die großen Fenster reflektierten das frühe Morgenlicht.

Jake blickte zu mir hinüber, seine Stimme wurde sanfter. "Ich weiß, dass wir seit dem Park nicht viel gesprochen haben, aber ich bin froh, dass wir das jetzt tun."

Ich nickte, unsicher, wie ich antworten sollte, aber dankbar für den Moment der Ehrlichkeit. "Ich auch," sagte ich schließlich.

Es gab eine Pause, und es fühlte sich an wie der richtige Moment, ihn nach dem Anruf zu fragen, aber ich konnte mich nicht dazu bringen, es zu tun. Noch nicht. Nicht mit allem, was heute Abend passieren sollte.

Stattdessen lächelte ich und deutete auf die Galerietüren. "Nun, das bin ich. Zeit, um zu arbeiten."

Jake blieb bei mir stehen, seine Augen trafen meine. "Viel Glück heute Abend, Mia. Ich weiß, es wird großartig."

"Vielen Dank, Jake," sagte ich und spürte dieses vertraute Ziehen von Wärme, vermischt mit Unsicherheit.

Er gab mir ein kleines, beruhigendes Nicken, bevor er sich umdrehte, um zu gehen. Aber während er wegging, konnte ich nicht anders, als das Gefühl zu haben, dass die Fragen, die immer noch zwischen uns schwebten, irgendwann beantwortet werden müssten—nur nicht heute.

KAPITEL 15

Der Abend der Ausstellung war endlich gekommen, und die Galerie summte vor Energie. Lila war im vollen Panikmodus, rannte zwischen den Ausstellungsstücken hin und her, ordnete alles zum hundertsten Mal um und murmelte vor sich hin. Es war, als würde man jemandem zusehen, der kurz davor war, ein imaginäres Baby zur Welt zu bringen, das sie seit einem Monat ausschließlich mit einer Diät aus Angst und Koffein gefüttert hatte.

„Mia, wo bist du?" Lilas Stimme hallte durch die Galerie, scharf vor Anspannung.

Ich war direkt hinter ihr. "Beruhige dich, bevor du deine Angstmedikamente aufbrauchst," machte ich einen Scherz, um etwas Leichtigkeit in das Chaos zu bringen.

Lila drehte sich um, ihre Augen weit und wild. "Ich weiß, ich weiß!" rief sie, warf die Hände in die Luft. "Ich mache mir so viele Sorgen! Sie werden gleich ankommen, und ich habe dich schon ewig nicht mehr gesehen!"

Ich schenkte ihr ein mitfühlendes Lächeln und widerstand dem Drang, über die Dramatik zu lachen. "Ich habe gerade die letzten Details mit den Kellnerinnen organisiert," sagte ich und hielt meine Liste hoch. "Brauchst du irgendetwas?"

Lila schüttelte den Kopf, offensichtlich aufgeregt. "Ja—naja, nein—naja, vielleicht, aber ich werde jemand anderen fragen. Mach einfach zuerst, was du musst. Wir haben keine Zeit, dass irgendetwas schiefgeht."

Ich nickte, wissend, dass es keinen Sinn hatte, zu diskutieren. Wenn Lila in diesem Zustand war, gab es nichts, was ich sagen konnte, um sie zu beruhigen, also war es besser, sie wie ein kopfloses Huhn herumlaufen zu lassen, während ich mich darauf konzentrierte, sicherzustellen, dass alles andere reibungslos verlief.

Als ich mich nach hinten bewegte, erhaschte ich einen Blick auf die Kellnerinnen, die in einer Gruppe standen, den Wein und die Häppchen für die Gäste überprüften. Ich näherte mich ihnen, mit meinem Klemmbrett in der Hand, und versuchte, konzentriert zu bleiben, trotz der wachsenden Anspannung in der Luft.

„Okay, Mädels," sagte ich und schenkte ihnen ein kurzes Lächeln. „Lasst uns sicherstellen, dass alles in Ordnung ist. Weingläser gefüllt, Häppchen im Umlauf, und behaltet die Gäste im Auge—vor allem die wichtigen."

Sie nickten, ganz professionell, trotz der hektischen Energie, die von der Galerie ausging. Ich gab ihnen ein Daumenhoch und wandte mich zurück zum Hauptsaal, wo die ersten Gäste zu strömen begannen.

Lila war immer noch am Eingang und warf nervöse Blicke zu den Türen. Ich konnte praktisch das Gewicht des Abends auf ihren Schultern sehen, und ich wusste, dass sie bis der letzte Gast gegangen war, am Rand eines Nervenzusammenbruchs stehen würde.

Einen tiefen Atemzug nehmend, trat ich in die Galerie hinein, bereit, mich dem zu stellen, was die Nacht bringen würde.

Die Galerie begann sich zu füllen, das leise Murmeln von Gesprächen wurde lauter, als die Gäste eintrafen, und ich konnte spüren, wie sich die Spannung in der Luft veränderte. Die Ausstellung war offiziell eröffnet. Ich bewegte mich durch den Raum, um sicherzustellen, dass alles an seinem Platz war—die Kunstwerke perfekt positioniert, die Beleuchtung genau richtig, und die Kellnerinnen mit Wein und Platten mit Häppchen unterwegs. Es fügte sich alles zusammen, trotz Lilas fast Zusammenbruch.

Lila schwebte natürlich immer noch am Eingang, ihre Augen sprangen zwischen den ankommenden Gästen und der Uhr an der Wand hin und her. Sie wartete offensichtlich auf jemanden wichtigen, wahrscheinlich die großen Namen aus der Kunstwelt, die heute Abend kommen sollten. Die Angst in ihrem Gesicht war unverkennbar.

„Mia!" rief Lila erneut und winkte mir zu. „Komm her!"

Ich überquerte den Raum zu ihr, hielt meine Schritte gemessen und ruhig, obwohl die Atmosphäre alles andere als ruhig war. „Was ist los?" fragte ich, als ich bei ihr ankam und versuchte, einen professionellen Ton zwischen ihrem Nervenkitzel zu bewahren.

„Sie sind noch nicht hier," sagte sie, ihre Stimme besorgt. „Die Käufer, die Investoren—sie hätten schon hier sein sollen. Was, wenn sie nicht kommen? Was, wenn—"

„Lila," unterbrach ich sanft und legte eine Hand auf ihren Arm. „Atme tief durch. Es ist noch früh. Sie werden kommen. Und selbst wenn sie etwas spät dran sind, scheinen alle anderen eine großartige Zeit zu haben. Schau dich um."

Ich deutete auf den Raum hinter mir, wo Gruppen von Gästen Wein tranken und die Kunstwerke bewunderten. Die Energie war lebhaft, sogar feierlich. Was auch immer Lila sich ausgemalt hatte, was schiefgehen könnte, war noch nicht eingetreten.

Sie schaute sich um, ihre Augen wurden etwas weicher, als sie den Anblick auf sich wirken ließ. „Okay," sagte sie und atmete lange aus. „Du hast recht. Ich muss einfach... atmen."

„Genau," lächelte ich und gab ihr ein beruhigendes Nicken. „Geh und mische dich unter die Gäste. Ich behalte den Rest im Auge."

Lila zögerte einen Moment, nickte dann schließlich. „Okay, okay. Ich werde es versuchen."

Ich sah ihr zu, wie sie sich einer Gruppe von Gästen näherte, ihre Schritte waren jetzt etwas leichter, obwohl ich wusste, dass sie immer noch angespannt war. Als ich mich wieder dem Raum zuwandte, machte ich weiter, kontrollierte die Kunst und die Gäste, begrüßte ein paar vertraute Gesichter. Es schien alles reibungslos zu laufen, aber ich konnte das gleiche untergründige Gefühl nervöser Energie nicht abschütteln, das Lila hatte. Diese Nacht war riesig, nicht nur für sie, sondern auch für mich.

Als ich den Raum absuchte, bemerkte ich Jake, der durch den vorderen Eingang hereinkam. Er war etwas schicker angezogen als gewöhnlich, aber immer noch mit diesem entspannten Selbstvertrauen, das ihn überall zu begleiten schien. Seine Präsenz zog wieder etwas in mir an—ein Teil Neugier, ein Teil Angst. Nach allem, was zwischen uns passiert war, war ich mir nicht sicher, wie ich mich fühlte, dass er hier war.

Er entdeckte mich fast sofort und bahnte sich seinen Weg durch die Menge mit Leichtigkeit.

„Hey," begrüßte er mich, sein Lächeln war einfach und warm. „Dieser Ort sieht unglaublich aus."

„Danke," sagte ich, etwas formeller, als ich beabsichtigt hatte. Ich konnte die Spannung aus unseren früheren Gesprächen nicht ganz abschütteln, aber ich schob sie beiseite für den Anlass. „Es war... viel Arbeit."

Jake sah sich im Raum um, offensichtlich beeindruckt. „Das sehe ich. Es ist wirklich etwas, Mia."

Ich nickte und versuchte, das Gespräch lässig zu halten. „Schön, dass du es geschafft hast."

Er grinste, veränderte seine Haltung. „Würde ich nicht verpassen. Außerdem, ich glaube, Lila hätte mich gejagt, wenn ich nicht gekommen wäre."

Ich lachte, die Spannung zwischen uns wurde durch den Witz etwas gemildert. „Ja, sie ist heute Abend ein wenig aufgeregt. Es ist eine große Sache für sie."

„Für euch beide," fügte Jake hinzu, seine Augen verweilten einen Moment auf mir. Da war etwas mehr in seinem Blick, etwas Ungesagtes, in das ich jetzt nicht eintauchen wollte. Nicht hier, nicht heute Abend.

Bevor ich antworten konnte, erschien Lila wieder an meiner Seite, diesmal ganz lächelnd. „Jake! Du bist da!"

„Natürlich," antwortete er und zeigte ihr sein gewohntes, leichtes Lächeln. „Würde ich nicht verpassen."

Lila strahlte praktisch, ihre frühere Angst war für einen Moment vergessen. „Mia, kannst du die nächsten Gäste für eine Weile betreuen? Ich muss Jake ein paar Leuten vorstellen. Sie werden es lieben, von seiner Arbeit zu hören."

Ich nickte, dankbar für die Ablenkung. „Klar, kein Problem."

Als Lila Jake mit sich zog, um sich mit ihren Freunden zu unterhalten, fand ich mich dabei, ihn einen Augenblick länger zu beobachten, als ich sollte, und versuchte das seltsame Gefühl von Erleichterung und Neugier abzuschütteln, das seine Anwesenheit immer in mir hervorrief.

Aber heute Abend ging es um die Galerie, um die Ausstellung und darum, sicherzustellen, dass alles ohne Probleme ablief. Ich musste meinen Kopf im Spiel halten.

Als ich Lila sah, wie sie Jake in die wachsende Menge zog, wandte ich meine Aufmerksamkeit wieder der Galerie zu. Die Gäste mischten sich, nippten an ihrem Wein und bewunderten die Kunstwerke mit unterschiedlichen Graden der Bewunderung. Ich versuchte, mich auf die Aufgabe zu konzentrieren, alles reibungslos am Laufen zu halten, während Lila ihren Charme bei den Käufern und Investoren spielte. Ich machte mich auf den Weg zum Eingang, gerade als eine weitere Welle von Gästen ankam.

Eine der Kellnerinnen kam mit einem Tablett Sekt vorbei, und ich erwischte ihren Blick. „Stell sicher, dass wir die Gläser füllen und im Umlauf halten," wies ich sie an. Sie nickte und verschwand in der Menge wie eine Profi. Bisher lief alles nach Plan. Keine größeren Katastrophen, keine Pannen—bis jetzt.

Aber jedes Mal, wenn ich im Raum umherschaute, landeten meine Augen immer wieder auf Jake. Er sprach mit einer Gruppe von Käufern, charmierte sie mühelos mit dem, was Lila über ihn gesagt hatte. Hin und wieder trafen sich unsere Blicke, und er schenkte mir ein kleines, fast unmerkliches Lächeln. Ich versuchte, unbeeindruckt zu wirken, aber die Wahrheit war, dass seine Anwesenheit eine Ablenkung war, die ich für diesen Abend nicht eingeplant hatte.

„Konzentrier dich, Mia," murmelte ich zu mir selbst, richtete meine Schultern auf und ging zur Überprüfung der Caterer nach hinten.

Als ich durch die Galerie ging, nickte ich höflich den Gästen zu, die vorbeikamen, und mein Telefon summte in meiner Tasche. Ich zog es heraus und schaute auf den Bildschirm—es war eine Nachricht von einem der Künstler, die wir in der Ausstellung hatten, eine letzte

Anfrage zu ihrer Präsentation. Schnell tippte ich eine Antwort, beruhigte sie, dass alles in Ordnung war, und steckte das Telefon wieder ein, gerade als ich den Cateringbereich erreichte.

Das Küchenpersonal arbeitete effizient und bereitete frische Platten mit Häppchen vor, um sie herauszuschicken. Ich machte einen kurzen Blick, um sicherzustellen, dass wir im Zeitplan waren. Alles schien unter Kontrolle zu sein, was mir einen Moment zum Durchatmen gab.

Das war, bis ich wieder in die Hauptgalerie trat.

Ich hatte es noch nicht einmal zur Mitte des Raumes geschafft, als ich Lila wieder entdeckte—ihre frühere Angst kehrte mit voller Kraft zurück. Sie stand in der Nähe einer der zerbrechlicheren Skulpturen, ihre Hände flatterten nervös, während sie mit einem der Käufer sprach. Ich beeilte mich, um sie abzufangen, bevor ihre Nerven den reibungslosen Ablauf des Abends gefährdeten.

„Mia!" rief sie, sobald sie mich sah, ihre Augen weit. „Wir haben nicht genug Wein? Sind die Caterer noch im Zeitplan? Hast du die Beleuchtung an der hinteren Wand überprüft?" Sie prasselte Fragen schneller auf mich ein, als ich antworten konnte, ihre Hände fidgetend mit dem Saum ihres Kleides.

„Alles ist in Ordnung, Lila," sagte ich ruhig und legte eine Hand auf ihren Arm. „Ich habe gerade bei den Caterern nachgesehen, und wir sind bestens mit Wein ausgestattet. Die Beleuchtung ist perfekt—es gibt nichts, worüber du dir Sorgen machen müsstest."

Lila atmete aus, offensichtlich versuchend, meinen Worten zu vertrauen, aber ich konnte die Nerven, die direkt unter der Oberfläche summten, immer noch sehen. „Okay, okay... Ich einfach—das ist so wichtig. Wenn es heute Abend nicht gut läuft—"

„Heute Abend läuft bereits gut", unterbrach ich sanft, aber bestimmt. „Schau dich um, Lila. Die Galerie ist voll, die Leute lieben die Kunst, und du hast Käufer und Investoren, die mit einem Lächeln auf ihren Gesichtern miteinander reden. Du hast das geschafft."

Sie blinzelte und sah sich im Raum um, als würde sie ihn zum ersten Mal klar sehen. „Ich habe es getan, nicht wahr?" murmelte sie, ihr Ton wurde sanfter.

„Du hast es getan", wiederholte ich und drückte ihre Schulter. „Jetzt genieße es einfach, okay? Ich habe die Details im Griff."

Lila lächelte, ein wenig zitternd, aber mit aufrichtiger Dankbarkeit. „Danke, Mia. Ich weiß nicht, was ich ohne dich tun würde."

„Lass es uns nicht herausfinden", scherzte ich und zwinkerte ihr zu.

Damit ließ ich sie mingeln und machte mich auf den Weg zurück zur Mitte der Galerie. Mein Handy summte erneut in meiner Tasche, aber bevor ich nachsehen konnte, entdeckte ich Jake, der sich endlich von den Käufern gelöst hatte. Er kam in meine Richtung, sich durch die Menge bewegend, als würde er dort hingehören—als würde er in meinem Leben, an diesem Abend gehören, trotz all der unbeantworteten Fragen, die noch zwischen uns schwebten.

„Hey", sagte er, als er mich erreichte, seine Stimme tief und lässig. „Alles läuft reibungslos, was? Du machst das wie ein Profi."

„Danke", antwortete ich und hielt meinen Ton professionell, auch wenn sich der Knoten in meinem Magen straffte. „Es ist viel, aber wir haben es im Griff."

Jake sah sich um, nahm die Szene mit einem zustimmenden Nicken auf. „Dieser Ort ist beeindruckend. Du solltest stolz auf das sein, was du erreicht hast."

Ich lächelte, dankbar für das Kompliment, aber unsicher, wie ich reagieren sollte. Bevor ich mehr sagen konnte, beugte sich Jake ein wenig näher, seine Stimme fiel gerade genug, dass nur ich sie hören konnte.

Es gab etwas Unausgesprochenes zwischen uns, das in der Luft hing, wie das Summen der Gespräche um die Galerie. Aber bevor einer von uns mehr sagen konnte, durchbrach Lilas Stimme den Moment.

„Mia! Wir brauchen dich hier drüben!" rief sie, ihre Stimme war von Dringlichkeit durchzogen.

Ich blinzelte und brach den Blickkontakt. „Ich muss gehen", sagte ich schnell und wandte mich ab, bevor die Spannung zwischen uns weiter entwirren konnte.

Jake nickte erneut und trat zurück. „Ja, natürlich. Wir reden später."

Ich eilte zu Lila, in der Hoffnung, dass der geschäftige Verlauf des Abends die Fragen, die noch in meinem Kopf widerhallten, übertönen würde.

Ich lächelte das Paar an, dem ich die Galerie zeigte, ihre Augen leuchteten auf, als sie eines der hervorgehobenen Werke bewunderten. Der Abend verlief reibungslos, oder zumindest so reibungslos, wie es mit Lilas ängstlicher Energie im Hintergrund möglich war. Die Gäste waren entspannt, genossen die Kunst und die Atmosphäre, was alles war, was ich wirklich verlangen konnte.

„Dieser Ort ist absolut atemberaubend", sagte die Frau, deren Arm mit dem ihres Partners verknüpft war. „Lila hat nur Gutes über dich gesagt. Sie sagt, du bist ein großer Teil davon, dass das alles möglich wurde."

Ich lächelte bescheiden. „Lila war unglaublich unterstützend. Es war viel Arbeit, aber zu sehen, wie alle den Abend genießen, macht es wert."

Der Mann nickte und schaute sich erneut in der Galerie um. „Es ist ein schöner Abend. Du hast großartige Arbeit geleistet."

Bevor ich antworten konnte, kam eine der Kellnerinnen auf uns zu, die ihr Tablett mit Champagnergläsern vorsichtig hielt. „Entschuldigung", sagte sie, ihre Stimme sanft, aber dringend. „Bist du Mia?"

Ich drehte mich zu ihr um und nickte. „Ja, das bin ich."

Die Kellnerin beugte sich leicht vor. „Lila hat gesagt, dass jemand an der Tür nach dir fragt."

Ich blinzelte, verwirrt. „Oh, okay. Danke, dass du mir Bescheid gesagt hast."

Die Kellnerin lächelte und ging zurück, um die anderen Gäste zu bedienen. Ich wandte mich wieder dem Paar zu, das ich begleitete, und bot ihnen ein höfliches Nicken an. „Bitte, fühlt euch frei, die Galerie weiter zu erkunden. Wenn ihr mehr Informationen benötigt oder Fragen habt, fragt einfach nach mir oder einem der Mitarbeiter."

Sie lächelten warm, dankten mir, bevor sie sich wieder umdrehten, um ein weiteres Stück zu bewundern. Ich entschuldigte mich und begann, mich durch die Menge zu schlängeln, in Richtung des Eingangs, neugierig, wer wohl an der Tür auf mich warten könnte.

Als ich mich näherte, schlug mein Herz ein wenig schneller, ohne zu wissen, was mich erwartete.

KAPITEL 16

Da stand er... einfach an der Tür, wie ein Geist aus einem Albtraum. Meine Welt erschütterte sich, als ich ihn sah. Mein Ex.

Ich konnte fühlen, wie das Blut aus meinem Gesicht wich, während ich wie erstarrt dastehen blieb und den Rand der Tür für Unterstützung packte. Der Mann, den ich so hart hinter mir lassen wollte, der Mann, der mein Vertrauen zerschmettert hatte, war hier. Und schlimmer noch, er war nicht nur hier—er stand mit Lila da und plauderte, als würde er zu diesem Event gehören.

Lila sah mich und winkte fröhlich in meine Richtung, völlig ahnungslos gegenüber dem Sturm, der in mir tobte. „Mia! Hier drüben! Ein Freund von dir ist gerade angekommen", rief sie, ihr Ton leicht und einladend. „Ich habe die Kellnerin gebeten, dich zu finden."

Ein „Freund"? Mein Magen verkrampfte sich. Er war kein Freund—er war der Grund, warum ich mein Leben auf den Kopf gestellt hatte, der Grund, warum ich immer noch daran arbeitete, mich wieder zusammenzuflicken. Ich konnte das wütende Gefühl in mir brodeln spüren, eine heiße und unbarmherzige Welle von Emotionen, die ich kaum im Zaum hielt. Lila hatte keine Ahnung, welches Monster sie gerade in die Ausstellung eingeladen hatte.

Ich zwang mir ein angespanntes Lächeln auf, meine Schritte langsam und überlegt, während ich mich ihnen näherte. Mein Ex stand da, voller selbstgefälligem Selbstbewusstsein, und tat so, als wäre er jemand, der er nicht war. Er hatte sich überhaupt nicht verändert, und allein sein Anblick brachte eine Flut von Erinnerungen zurück, die ich lieber begraben hätte.

Lila wandte sich ihm mit einem Lächeln zu, völlig ahnungslos gegenüber der Spannung, die in der Luft lag. „Ich bin so froh, dass du es geschafft hast!" sagte sie, ihre Begeisterung machte mich nur noch wütender. "Mia hat so hart an dieser Ausstellung gearbeitet. Ihr zwei müsst so viel nachzuholen haben."

Wenn sie nur wüsste.

Ich schluckte schwer und versuchte, mich zu sammeln, bevor ich antwortete. "Was machst du hier?" fragte ich, meine Stimme leise, kaum kontrolliert.

Mein Ex lächelte mich an, mit diesem selbstgefälligen, einstudierten Grinsen, das ich früher charmant fand. Jetzt ließ es mich nur noch frösteln. Er wandte sich leicht zu Lila, ignorierte das Feuer, das in meinen Augen brannte. "Ich habe durch einige gemeinsame Freunde von der Ausstellung gehört", sagte er lässig und tat so, als wäre dies ein normales Wiedersehen. Als hätte er nicht alles zwischen uns zerstört.

Lila strahlte, immer noch völlig ahnungslos gegenüber dem Sturm, der unter der Oberfläche brodelte. "Ist das nicht wunderbar? Es ist immer schön, wenn alte Freunde wieder in Kontakt treten. Ich dachte, Mia würde sich freuen, dich zu sehen!"

Ich zwang mir ein Lächeln für Lilas willen auf, mein Herz raste vor einer Mischung aus Wut und Angst. "Ja, ich bin... überrascht", brachte ich mühsam hervor, meine Stimme angespannt, während ich versuchte, meine Emotionen im Zaum zu halten. "Aber ich habe nicht erwartet, dass er hier ist."

"Nun, Überraschung!" sagte mein Ex und blitzte mir erneut dieses ärgerliche Grinsen zu. Er genoss das, die subtile Kontrolle, die er versuchte, hier inmitten von allem, was ich für mich aufgebaut hatte, wiederherzustellen.

Ich musste aus dieser Situation heraus, bevor ich etwas sagte oder tat, das ich bereuen würde. Ich konnte die Erinnerungen an unsere toxische

Beziehung wieder aufsteigen spüren—die Lügen, die Manipulation, den Verrat. Es kam alles in einer Flut zurück, und ich würde nicht zulassen, dass er mir diesen Abend ruinierte.

„Lila", sagte ich und wandte mich ihr zu, versuchte, meine Stimme ruhig zu halten, „kannst du uns einen Moment allein lassen?"

Sie sah verwirrt aus, nickte aber, ohne das volle Bild zu verstehen. „Oh, natürlich. Ich werde ein paar Dinge überprüfen", sagte sie und sah zwischen uns hin und her, bevor sie wegging, immer noch blissfully unaware of the tension.

Als sie außer Hörweite war, wandte ich mich wieder meinem Ex zu, mein Kiefer angespannt. „Warum bist du wirklich hier?" fragte ich, meine Stimme leise und kalt. „Das ist kein Zufall. Was willst du?"

Er zuckte mit den Schultern und tat unschuldig. „Ich wollte nur sehen, wie es dir geht. Es ist eine Weile her, nicht wahr? Ich habe gehört, dass es dir hier gut geht, und ich dachte, warum nicht vorbeikommen?"

Ich verschränkte die Arme und verengte die Augen. „Spiel keine Spiele mit mir. Es interessiert dich nicht, wie es mir geht. Du bist nicht aus Sorge hierher gekommen. Also was ist es? Was ist der wahre Grund, warum du hier bist?"

Sein Lächeln flaute für einen Moment ab, aber nur kurz. „Ich habe mich verändert, Mia. Ich wollte sehen, ob wir reden könnten, vielleicht uns wieder treffen. Die Dinge endeten auf einer schlechten Note—"

„Das ist eine Untertreibung", unterbrach ich ihn, meine Stimme jetzt schärfer. „Du hast mich betrogen, mich belogen und mich zurückgelassen, um die Scherben meines Lebens aufzusammeln. Und jetzt tauchst du einfach hier auf, als wäre nichts passiert? Als wären wir alte Freunde?"

Sein Gesichtsausdruck verhärtete sich. „Schau, ich versuche nur, Wiedergutmachung zu leisten."

Ich lachte bitter. „Wiedergutmachung? Indem du eine Veranstaltung crashst, an der ich monatelang gearbeitet habe? Indem du so tust, als würdest du hierher gehören, mit Lila, mit diesen Leuten, die nicht wissen, wie du wirklich bist?"

Er trat näher, senkte die Stimme. „Ich verstehe es, Mia. Du bist immer noch verletzt. Aber wir sind beide weitergezogen, oder? Ich dachte, du würdest eine Chance zu schätzen wissen—"

„Zu was?" schnitt ich ihm erneut das Wort ab. „Um dir zu vergeben? Um dich wieder in mein Leben willkommen zu heißen? Nein, ich bin weitergezogen, aber das bedeutet nicht, dass ich will, dass du mir irgendwo nahe bist."

Sein Kiefer verkrampfte sich, und zum ersten Mal fiel die Maske des Charmes ein wenig. „Du hast dich verändert, Mia. Früher warst du verständnisvoller."

Ich trat einen Schritt zurück und weigerte mich, ihm unter die Haut zu gehen. „Nein, ich bin gewachsen. Ich habe gelernt, mich vor Menschen wie dir zu schützen. Jetzt, wenn du mich bitte entschuldigen würdest, ich habe eine Ausstellung zu leiten."

Ich drehte mich um, um zu gehen, aber er packte meinen Arm und hielt mich auf. „Mia, warte."

Ich erstarrte, die Wut stieg in meiner Brust, aber ich hielt meine Stimme ruhig. „Lass mich los."

Er zögerte, sein Griff zog sich für einen Moment straffer zusammen, bevor er mich schließlich losließ. „Ich wollte nur reden."

„Wir haben nichts zu besprechen", sagte ich fest und wandte mich wieder von ihm ab.

Als ich zurück in die Galerie ging, bevor es zu einer dramatischen Szene wurde, konnte ich seine Augen auf mir spüren, aber ich ging weiter. Mein Herz raste, aber ich würde ihn nicht gewinnen lassen. Nicht heute Abend. Niemals wieder. Ich ging zur Toilette und wusch mir die Hände, um mich zu beruhigen und nachzudenken, was ich in dieser Situation tun sollte. Wie konnte er das nur mit mir machen? Es ist mein Tag. Ich rieb etwas Wasser in meinen Nacken, um meinen Körper zu erden.

Ich ließ das Wasser laufen, der Klang beruhigte mich ein wenig, während ich mehr Wasser über meine Handgelenke rieb. Mein Herz raste immer noch, aber ich musste mich zusammenreißen. Ich konnte es mir nicht leisten, ihn alles ruinieren zu lassen. Nicht heute Abend. Nicht, wenn ich mich auf die Ausstellung, auf den Erfolg des Abends konzentrieren sollte.

Ich atmete tief durch und schloss einen Moment lang die Augen. Du bist jetzt stärker, erinnerte ich mich. Du schuldest ihm nichts. Er hat keine Kontrolle mehr über dich.

Aber was sollte ich tun? Ich konnte ihn nicht einfach die ganze Nacht ignorieren. Er war da draußen, und Lila, segne ihr ahnungsloses Herz, dachte wahrscheinlich, er sei ein lang verlorener Freund. Ich wischte mir die Hände an einem Handtuch ab und versuchte, meinen nächsten Schritt zu planen.

Ich konnte ihn nicht unter meine Haut kriechen lassen, nicht vor allen. Nicht vor Jake.

Jake. Mein Magen verkrampfte sich, als ich erkannte, dass er sehen könnte, wie ich zerfiel, wenn ich mich nicht zusammenriss. Ich hatte nicht einmal darüber nachgedacht, wie es aussehen würde, ihn zu sehen, und das Letzte, was ich wollte, war, dass Jake dachte, ich wäre immer noch von jemandem betroffen, den ich so hart hinter mir gelassen hatte.

Mit einem weiteren tiefen Atemzug richtete ich mich auf und sah mich noch einmal im Spiegel an. Ich strich mir das Haar glatt und passte meinen Gesichtsausdruck an etwas an, das wie Ruhe aussah. Ich kann damit umgehen, dachte ich. Er hat hier keine Macht.

Entschlossen verließ ich die Toilette und trat zurück in die Galerie, das Summen der Gespräche und das sanfte Klirren der Gläser füllten die Luft. Ich scannte den Raum, in der Hoffnung, dass er nicht zu Lila gegangen war. Ich konnte nicht zulassen, dass sie zu sehr mit ihm involviert wurde, ohne die Wahrheit zu wissen.

Als ich mich durch die Gäste bewegte, klopfte mir jemand sanft auf den Arm. Ich drehte mich um, erwartete halb, meinen Ex wieder zu sehen, aber stattdessen war es Jake. Sein Gesichtsausdruck war neugierig, seine Augen scannen mein Gesicht, als ob er etwas Ungewöhnliches wahrnahm.

„Hey, alles in Ordnung?" fragte er, Besorgnis in seiner Stimme. „Du bist ein bisschen verschwunden."

Ich zwang mir ein Lächeln auf und versuchte, meinen Ton leicht zu halten. „Ja, ich musste nur kurz weg. Es ist viel zu managen, weißt du."

Er nickte, schien aber nicht ganz überzeugt. „Wenn du bei irgendetwas Hilfe brauchst, lass es mich wissen."

„Danke, Jake", sagte ich und schätzte die Geste, obwohl mein Kopf immer noch ratterte. „Ich habe es im Griff."

Jake verweilte einen Moment, sein Blick blieb auf meinem Gesicht. „Bist du sicher? Du wirkst... angespannt."

Ich atmete tief durch und widerstand dem Drang, ihm alles über meinen Ex zu erzählen. „Es ist nur der Druck des Abends, das ist alles."

„In Ordnung", sagte er, obwohl sein Blick einen Moment länger auf mir verweilte, bevor er nickte. „Wenn du eine Pause brauchst, zögere nicht. Ich habe gesehen, wie viel du in das alles gesteckt hast."

Ich nickte, dankbar für seine Unterstützung, aber ich musste das Gespräch kurz halten. „Es wird schon gehen. Ich muss nur sicherstellen, dass alles reibungslos läuft."

Damit lächelte Jake, gab mir ein kleines Nicken und ging zurück in die Menge. Ich atmete aus, dankbar, dass er nicht weiter gedrängt hatte. Ich war noch nicht bereit, mit jemandem über meinen Ex zu sprechen, geschweige denn mit Jake.

Für den Moment musste ich mich konzentrieren. Ich entdeckte Lila auf der anderen Seite des Raumes, die noch immer zwischen den Gästen umherwirbelte, aber glücklicherweise ohne meinen Ex an ihrer Seite. Ich musste sicherstellen, dass es so blieb.

Als ich um eine Ecke bog, erblickte ich Lila, die sich lebhaft mit einer kleinen Gruppe von Gästen unterhielt, ihre Arme bewegten sich, während sie auf eines der Werke deutete. Ich seufzte erleichtert, dankbar, dass sie trotz ihrer vorherigen Anspannung anscheinend durchhielt. Ich wusste, dass sie mich später nach meinem „Freund" fragen würde, und der Gedanke, diese Situation zu erklären, ließ mich unter einen Tisch krabbeln wollen.

Ich machte mich auf den Weg zur Bar im hinteren Teil des Raumes, da ich dachte, ich bräuchte einen kurzen Moment zum Atmen. Der Barkeeper lächelte, als ich mich näherte, und ich nickte, bestellte ein Sprudelwasser. Etwas, um meine Hände beschäftigt zu halten, zumindest. Während ich wartete, drehte ich mich um und beobachtete die Menge, das sanfte Murmeln der Stimmen und das Klirren der

Gläser erfüllte den Raum. Es war ein schöner Abend, genau das, wofür ich so hart gearbeitet hatte, und doch drohte die eine Person, die hier nichts zu suchen hatte, alles zu ruinieren.

Mit einem kalten Glas in der Hand scannte ich den Raum erneut, in der Hoffnung, dass er den Hinweis verstanden und gegangen war. Ich war dabei, einen Schluck zu nehmen, als ich ihn sah—meinen Ex—der hinten an der Wand stand, seine Augen scannen die Galerie, als würde er den Ort besitzen. Er war nicht gegangen. Er war immer noch hier, wie ein unerwünschter Schatten.

Ich griff mein Glas fest, versuchte, die aufsteigende Wut zu unterdrücken. Warum wollte er nicht einfach gehen? Warum war er überhaupt gekommen? Mein Kopf wirbelte mit Fragen, die ich nicht beantworten wollte.

Bevor ich eine Entscheidung treffen konnte, drehte er sich um und sah mir direkt in die Augen. Dieses selbstgefällige Grinsen erschien erneut auf seinem Gesicht, und ich spürte, wie sich mein Körper anspannt. Ich sah schnell weg, als würde ich mich auf ein Kunstwerk in der Nähe konzentrieren, in der Hoffnung, dass er die Botschaft verstehen würde. Aber natürlich tat er es nicht. Ein paar Momente später hörte ich seine Schritte näher kommen, und ich bereitete mich vor.

„Mia", sagte er, seine Stimme tief und geschmeidig, als wäre zwischen uns nie etwas passiert. „Du hast mir nicht viel Gelegenheit gegeben, vorher zu reden."

Ich drehte mich nicht zu ihm um, hielt meinen Blick auf die Kunst gerichtet. „Das liegt daran, dass es nichts zu besprechen gibt."

„Du bist immer noch verärgert", sagte er, als wäre es eine kleine Unannehmlichkeit. „Ich dachte, vielleicht wäre genug Zeit vergangen—"

Ich wirbelte herum, um ihn anzusehen, meine Geduld riss. „Genug Zeit? Du denkst, Zeit heilt, was du getan hast? Ich habe weitergemacht. Dass du hier so auftauchst, ändert nichts."

Er hob die Hände, Handflächen nach außen in einem gespielten Kapitulation. „Okay, okay. Ich dachte nur, wir könnten uns wieder austauschen, das ist alles."

Ich starrte ihn an, mein Kiefer angespannt. „Austauschen? Du verstehst es nicht, oder? Du bist nicht mehr Teil meines Lebens. Du kannst nicht einfach hier auftauchen, als wärst du willkommen."

Sein Lächeln wankte für einen Moment, und ich erhaschte einen Blick auf die Frustration hinter seinem Charme. Aber er verbarg es schnell, trat näher und senkte seine Stimme. „Ich weiß, dass ich Mist gebaut habe, Mia. Aber zwischen uns war nicht alles schlecht."

Ich spürte, wie mein Puls schneller wurde, aber ich blieb standhaft. „Vielleicht nicht für dich. Aber ich schulde dir nichts, und ich will nichts von dir. Also, wenn du noch etwas Respekt übrig hast, wirst du gehen."

Er studierte mein Gesicht einen Moment lang, als würde er seinen nächsten Zug abwägen. Schließlich seufzte er, ein kleines Lächeln zuckte immer noch an den Ecken seines Mundes. „In Ordnung. Wenn das dein Wunsch ist."

„Das ist es", sagte ich fest.

Er hielt meinen Blick einen Moment länger, dann nickte er schließlich. „Okay, Mia. Ich werde gehen. Aber wenn du jemals reden willst—"

„Ich will nicht."

Er lachte leise, schüttelte den Kopf, als wäre er amüsiert über meine Entschlossenheit.

Gerade als ich dachte, er würde weggehen, schoss seine Hand heraus und griff nach meinem Arm. Mein Körper spannte sich sofort an, mein Herz pochte in meiner Brust, als er mich näher zog. Sein Griff war nicht hart, aber fest, und der Ausdruck auf seinem Gesicht war jetzt alles andere als entschuldigend.

„Mia, sei nicht so", sagte er durch zusammengebissene Zähne, seine Stimme tief und gefährlich. „Ich bin den ganzen Weg gekommen, um mit dir zu reden. Das schuldet mir wenigstens."

Ich versuchte, mich loszureißen, aber sein Griff wurde fester. „Lass mich los", zischte ich, meine Stimme zitterte vor Wut und Angst. „Du hast kein Recht—"

Bevor ich meinen Satz beenden konnte, hörte ich hastige Schritte, und dann schnitt eine Stimme durch die Spannung wie ein Messer.

„Was ist hier los?" Lilas Stimme erklang, hoch und besorgt, während sie auf uns zukam. Hinter ihr war Jake, dessen Gesicht sich verdunkelte, als er die Szene erfasste. Seine Augen wanderten von mir zu meinem Ex, und ich sah den Wechsel in seiner Haltung—die Ruhe wurde durch etwas viel Ernsteres ersetzt.

„Wer zum Teufel ist dieser Typ?", forderte Jake, seine Stimme scharf, als er näher trat, sein Körper angespannt. Seine Augen waren auf meinen Ex gerichtet, der meinen Arm immer noch nicht losgelassen hatte.

Lila sah zwischen uns hin und her, offensichtlich verwirrt und besorgt. „Mia? Was passiert? Ist alles in Ordnung?"

Ich schluckte schwer, versuchte, meine Stimme stabil zu halten. „Er ist niemand", sagte ich und starrte meinen Ex an. „Nur jemand, der nicht versteht, wann man gehen sollte."

Jake trat vor, seine Präsenz eindrucksvoll, und mein Ex ließ schließlich meinen Arm los und trat einen Schritt zurück. Der selbstgefällige Ausdruck auf seinem Gesicht war jetzt verschwunden, ersetzt durch einen Hauch von Irritation.

„Oh, ich verstehe", murmelte er und sah zwischen Jake und mir hin und her. „So ist das also." Seine Stimme triefte vor Verachtung, und das ließ mein Blut noch mehr kochen.

Jakes Kiefer spannte sich an, als er einen weiteren Schritt näher trat, seine Augen verengten sich. „Es ist mir egal, was du denkst, was das hier ist. Du musst jetzt gehen."

Lila, die immer noch am Rand der Konfrontation schwebte, sah mich an, ihre Besorgnis vertiefte sich. „Mia, soll ich die Sicherheit rufen?"

Ich zögerte einen Moment, aber die Art, wie Jake so fest zwischen mir und meinem Ex stand, gab mir ein Gefühl der Erleichterung. „Ja", sagte ich fest, ohne meinen Blick von meinem Ex abzuwenden. „Ich denke, das ist eine gute Idee."

Mein Ex grinste spöttisch, erkannte offensichtlich, dass er in der Unterzahl war. Er hob die Hände in gespielter Kapitulation und trat einen Schritt zurück. „In Ordnung. Ich gehe", sagte er, seine Stimme immer noch mit Bitterkeit durchzogen. „Aber denk nicht, dass das vorbei ist, Mia."

Jake machte einen weiteren Schritt auf ihn zu, seine Stimme tief und gefährlich. „Es ist vorbei. Wenn ich dich noch einmal in ihrer Nähe sehe, haben wir ein größeres Problem."

Mein Ex funkelte ihn an, sagte aber kein weiteres Wort. Mit einem letzten Blick auf mich drehte er sich um und ging aus der Galerie, verschwand in der Nacht. Ich stand da, fühlte, wie mein ganzer Körper angespannt und erschüttert war, das Adrenalin immer noch durch mich strömte.

Lila eilte an meine Seite, ihre Augen weit vor Besorgnis. „Mia, geht es dir gut? Was zum Teufel war das?"

Ich zwang ein kleines Lächeln auf, obwohl meine Hände immer noch zitterten. „Es ist... es ist jetzt in Ordnung. Er ist jemand aus meiner Vergangenheit. Er hätte hier nicht sein sollen."

Jake, der immer noch nah bei mir stand, sah auf meinen Arm, wo mein Ex mich gegriffen hatte, sein Ausdruck wurde leicht sanfter. „Hat er dir wehgetan?"

Ich schüttelte schnell den Kopf. „Nein. Er hat mich nur erschreckt."

Lila, die völlig verwirrt war, fuhr sich mit einer Hand durch die Haare. „Ich hatte keine Ahnung... Es tut mir so leid, Mia. Ich wollte nicht—"

„Du wusstest es nicht", sagte ich schnell und schnitt ihr das Wort ab, bevor sie sich noch mehr Schuld anlasten konnte. „Es ist in Ordnung. Ich brauche nur eine Minute."

Jakes Hand schwebte nahe meinem Rücken, ein stilles Angebot zur Unterstützung. „Willst du, dass ich dir etwas Wasser hole? Eine Pause machen?"

Ich nickte, dankbar für das Angebot. „Ja. Das wäre gut."

Lila nickte ebenfalls, offensichtlich immer noch aufgewühlt. „Ich werde nach den anderen Dingen sehen. Nimm dir so viel Zeit, wie du brauchst, Mia. Alles läuft gut."

Als Lila sich aufmachte, um sich um den Rest der Ausstellung zu kümmern, blieb Jake an meiner Seite und führte mich in eine ruhigere Ecke der Galerie. Die Spannung von der Begegnung war immer noch dick in der Luft, aber zum ersten Mal in dieser Nacht fühlte ich, dass ich wieder atmen konnte.

KAPITEL 17

Jake bestand darauf, mich nach der Ausstellung nach Hause zu bringen, und ich hatte nicht die Energie, zu widersprechen. Nach dem Chaos des Abends—nach dem Sehen meines Ex und dem Gewicht der Vergangenheit, das auf die sorgfältig aufgebaute Gegenwart prallte—brauchte ich den Komfort vertrauter Umgebung. Maple Ridge war mein Zufluchtsort geworden, und ich hoffte verzweifelt, dass es auch so bleiben würde.

Als wir durch die ruhigen Straßen fuhren, war das sanfte Brummen des Motoren das einzige Geräusch. Die Ausstellung war nach dem Weggang meines Ex reibungslos verlaufen, und Lila hatte den Rest des Abends mit ihrem gewohnten Flair gemeistert. Die Gäste waren nichtsahnend, die Kunst war bewundert worden, und die Nacht war, nach allem, ein Erfolg. Aber alles, woran ich denken konnte, war, wie meine Vergangenheit es geschafft hatte, ungebeten und unerwünscht durch die Tür zu schlüpfen.

Ich sah aus dem Fenster und beobachtete die Schatten der Bäume, die im Mondlicht vorbeizogen. Wie hatte er mich gefunden? Ich hatte alle Anstrengungen unternommen, um diesen Teil meines Lebens hinter mir zu lassen, und doch schaffte er es irgendwie, wieder hereinzuschlüpfen. Ich hatte mein Leben hier privat gehalten, nur wenige Menschen kannten die ganze Geschichte. Aber mein Ex wusste genug—er kannte die Verbindung meiner Mutter zu Maple Ridge. Das ist wahrscheinlich, wo er angefangen hat.

Er muss Nachforschungen angestellt haben, herausgefunden haben, wo ich hingegangen war, nachdem meine Mutter gestorben war. Er wusste, dass ich hier Verbindungen hatte, aber wie wusste er von der Ausstellung? Mein Kopf drehte sich, suchte nach Antworten, die nicht zu passen schienen.

„Er wird dich nicht wieder belästigen", sagte Jake und brach die Stille. Seine Stimme war ruhig, stabil. „Wenn er das tut... ich werde dafür sorgen."

Ich drehte mich zu ihm um, sein Profil war im sanften Licht des Armaturenbretts beleuchtet. Es war eine Ernsthaftigkeit in seiner Stimme, die mich ihm glauben ließ. Er sagte das nicht nur, um mich zu beruhigen—er meinte es ernst.

„Ich hoffe es", sagte ich leise. „Ich weiß nicht einmal, wie er von der Veranstaltung erfahren hat. Ich dachte, ich hätte all das hinter mir gelassen, als ich hierher kam, aber irgendwie taucht er immer wieder auf."

Jake sah mich an, seine Stirn runzelte sich. „Wie wusste er, dass du in Maple Ridge bist?"

Ich seufzte und lehnte mich in meinen Sitz zurück. „Er wusste von der Verbindung meiner Mutter zur Stadt. Nachdem sie gestorben war, schätze ich, hat er sich gedacht, dass ich hierher kommen könnte. Aber es ist so lange her... ich dachte nicht, dass er sich genug kümmern würde, um mich wieder aufzuspüren. Er muss etwas gegraben haben."

Jakes Kiefer spannte sich leicht an. „Stalking klingt das."

„Ja, es fühlt sich so an", gab ich zu. „Ich dachte, er wäre weitergezogen, aber offensichtlich lag ich falsch."

Es gab eine Pause, das Gewicht meiner Worte lag zwischen uns. Jake griff rüber und legte sanft eine Hand auf meinen Arm, eine kleine Geste des Trostes, die ich nicht realisiert hatte, dass ich sie brauchte. „Hier bist du sicher. Ich werde nicht zulassen, dass dir etwas passiert."

Ich nickte, dankbar für seine Unterstützung, obwohl die Unsicherheit weiterhin an mir nagte. Ich konnte nur hoffen, dass Maple Ridge nicht ein Ort sein würde, an den mein Ex zurückkehren würde, dass diese Begegnung eine einmalige Störung war. Der Gedanke, dass er im Hintergrund lauern könnte, auf eine weitere Chance wartend, sich in mein Leben einzufügen, jagte mir einen Schauer über den Rücken. Ich hatte hier etwas aufgebaut—etwas Gutes—und ich war nicht bereit, ihn es zu zerstören.

„Ich verstehe einfach nicht, warum er jetzt kommen würde", murmelte ich, mehr zu mir selbst als zu Jake. „Was will er? Er interessiert sich nicht für mich, das hat er nie wirklich getan. Er will nur Kontrolle."

Jakes Hand blieb auf meinem Arm, eine beständige Präsenz. „Egal aus welchem Grund, es spielt jetzt keine Rolle. Er ist weg. Und wenn er wieder auftaucht, werden wir damit umgehen."

Wir. Dieses Wort ließ mich innehalten. Jake hatte sich ohne Frage in diese Situation mit mir hineingestellt. Es war seltsam, an jemanden zu denken, der an meiner Seite stand, besonders nachdem ich so lange damit verbracht hatte, mein Leben allein wieder aufzubauen.

„Ich will dich nicht da hineinziehen", sagte ich leise und fühlte das Gewicht meiner Vergangenheit, das sich wieder über mich legte. „Es ist nicht dein Kampf."

Jake schüttelte den Kopf. „Mia, ich bin schon mittendrin. Egal, ob du mich hier haben willst oder nicht, ich kümmere mich um dich. Und ich werde nicht zulassen, dass jemand wie er mit deinem Leben spielt."

Ich blinzelte, überrascht von der Direktheit seiner Worte. Er sorgte sich um mich. Es war nicht etwas, was ich mir zuvor voll und ganz erlaubt hatte zu glauben, aber jetzt, wo ich es so direkt hörte, konnte ich es nicht ignorieren.

„Danke", flüsterte ich, meine Stimme war kaum hörbar.

Jake schenkte mir ein kleines, beruhigendes Lächeln, bevor er seine Aufmerksamkeit wieder auf die Straße richtete. „Wir werden das herausfinden", sagte er einfach, als gäbe es keine andere Option.

Wir fuhren ein paar Minuten später zu meiner Hütte, die Nachtluft kühl und frisch, als ich aus dem Auto stieg. Jake begleitete mich zur Tür, seine Präsenz stabil und ruhig neben mir. Als wir die Treppen erreichten, hielt ich inne und drehte mich zu ihm um.

„Ich schätze alles, was du heute Abend getan hast", sagte ich, meine Stimme fest, aber voller Dankbarkeit. „Ich weiß nicht, was ich ohne dich gemacht hätte."

Jake zuckte mit den Schultern, sein gewohnter lässiger Umgang war zurück. „Du musst dich nicht bedanken. Ruh dich einfach aus. Du hattest einen langen Tag."

Als wir meine Haustür erreichten, hing die Nachtluft immer noch an den Resten der Spannung von zuvor. Jake verweilte neben mir, die Hände tief in den Taschen vergraben. Ich fummelte an meinen Schlüsseln, mein Kopf raste zwischen den Ereignissen des Abends und dem unerwarteten Gefühl der Sicherheit, das seine Anwesenheit gebracht hatte.

„Hey, Mia", begann Jake, seine Stimme jetzt etwas sanfter. Ich sah zu ihm auf, unsicher, was er sagen wollte. „Ich weiß, dass dir heute Abend viel zugemutet wurde, und ich will nicht drängen, aber... ich fühle mich nicht wohl dabei, dich hier allein zu lassen. Nicht mit diesem Irren, der umherlauert."

Ich blinzelte, überrascht. Er wollte nicht gehen?

Er musste das Zögern in meinem Gesicht gesehen haben, denn er fügte schnell hinzu: „Ich kann auf der Couch schlafen. Nur für heute Nacht. Nur um sicherzustellen, dass er nichts anderes versucht."

Ich starrte ihn an, die Verletzlichkeit seines Angebots überraschte mich. Ein Teil von mir wollte ablehnen, darauf bestehen, dass ich es allein schaffen könnte. Schließlich hatte ich so lange versucht zu beweisen, dass ich niemanden brauchte, um mich sicher zu halten, besonders nach dem, was mein Ex mir angetan hatte.

Aber die Wahrheit war, ich war erschüttert. Mehr, als ich zugeben wollte. Der Gedanke an diesen Mann, der umher schlich, der wusste, wo ich lebte, jagte mir einen Schauer über den Rücken. Und Jake, der da stand, mit dieser stabilen, beruhigenden Präsenz—es fühlte sich richtig an, auch wenn mein Herz in Misstrauen von dem letzten Mal, das wir zusammen verbracht hatten, verheddert war.

Es gab immer noch die anhaltende Frage über den Anruf im Park, den, der mich misstrauisch machte, ihm voll zu vertrauen. Aber heute Abend, nach allem, konnte ich nicht leugnen, dass ich mich mit ihm hier sicherer fühlte. Und ich brauchte das gerade jetzt.

Ich seufzte, das Gewicht meiner eigenen Verletzlichkeiten legte sich auf mich, während ich nickte. „In Ordnung, du kannst bleiben", fügte ich hinzu, mehr um mich selbst als um ihn zu überzeugen. „Ich fühle mich besser, wenn ich weiß, dass jemand hier ist."

Jakes Schultern entspannten sich, und er schenkte mir ein kleines, dankbares Lächeln. „Ich hole schnell meine Sachen aus dem Auto und komme gleich zurück."

Ich beobachtete, wie er den Weg zu seinem Auto, das nebenan geparkt war, hinunterging, mein Kopf war ein Wirbel aus widersprüchlichen Gedanken. Ich vertraute Jake, aber gleichzeitig tat ich das nicht. Nicht vollständig. Nicht nach diesem Anruf. Aber was sollte ich tun? Ihn wegstoßen, wenn mir die Nacht gezeigt hatte, wie verletzlich ich immer noch war?

Ich schloss die Tür hinter mir auf und trat hinein, die vertraute Wärme meiner Hütte umhüllte mich, während ich dort stand und auf seine Rückkehr wartete. So hatte ich mir die Nacht nicht vorgestellt. Ich sollte den Erfolg der Ausstellung feiern, nicht den Mann beherbergen, der meine Gefühle auf eine Weise komplizierte, mit der ich nicht bereit war, mich auseinanderzusetzen.

Ein paar Minuten später tauchte Jake wieder auf, trug eine kleine Reisetasche. Er trat ein, sah sich in dem gemütlichen Raum um, als wäre er noch nie zuvor hier gewesen.

„Danke, dass du mir erlaubst, hier zu übernachten", sagte er, seine Stimme leise, als er seine Tasche neben die Couch stellte. „Ich weiß, dass es nicht ideal ist, aber ich konnte dich einfach nicht allein lassen nach allem."

Ich zuckte mit den Schultern, fühlte, wie die Unbeholfenheit der Situation zwischen uns schwebte. „Es ist in Ordnung. Ich schätze es, ehrlich gesagt."

Jake gab mir ein kleines, wissendes Nicken und deutete dann auf die Couch. „Ich mache es mir hier bequem. Du kannst schlafen gehen und so tun, als wäre ich nicht einmal hier."

Ich musste trotz der Situation schmunzeln, die Spannung ließ nur ein wenig nach. „Ich werde es versuchen."

Ich sah zu, wie er eine Decke ausbreitete, die er mitgebracht hatte, sie über die Couch warf und eines der Kissen aufschüttelte. Für einen Moment fühlte es sich an wie aus einer seltsamen Sitcom—ein Mädchen, das den Typen auf ihrer Couch übernachten lässt, aber mit so viel Unausgesprochenem zwischen ihnen.

Jake hielt inne und sah mich an, als ob er meine Zögerlichkeit spürte. „Hey", sagte er sanft, seine Stimme jetzt ernster. „Ich weiß, dass zwischen uns vieles... seltsam war. Aber ich verspreche dir, ich bin hier aus den richtigen Gründen heute Abend. Du musst dir keine Sorgen machen."

Ich nickte, obwohl ein Teil von mir immer noch an dem Misstrauen von zuvor festhielt. Aber ich hatte nicht die Energie, jetzt darüber nachzudenken. Nicht heute Nacht. Nicht nach all dem, was passiert war.

„In Ordnung", sagte ich und ging in mein Schlafzimmer. „Ich sehe dich morgen früh."

„Gute Nacht, Mia", rief Jake nach mir, seine Stimme sanft, aber stabil.

Als ich die Tür hinter mir schloss, konnte ich nicht anders, als das Gewicht des Abends in meinen Knochen zu spüren. Ich wollte Jake vertrauen, glauben, dass er hier war, um zu helfen, aber es gab immer noch dieses nagende Gefühl der Ungewissheit.

KAPITEL 18

Im Bett liegend starrte ich an die Decke, mein Kopf spielte die Ereignisse des Abends immer wieder ab. Mein Ex, der auftauchte, Jake, der eingriff, um mich zu beschützen, die Unbeholfenheit, ihn jetzt auf meiner Couch schlafen zu haben. Es war einfach zu viel.

Aber während ich dort lag und der Stille des Hauses lauschte, war der Gedanke an Jake, nur wenige Fuß entfernt—wachend, über mich wachend—seltsam beruhigend. Und trotz allem fühlte ich mich zum ersten Mal in dieser Nacht ein kleines bisschen sicherer.

„JAKE!" rief ich aus vollem Hals, hielt die Decke an meine Brust und sprang auf das Bett, als ob der Boden Feuer gefangen hätte.

Die Tür zu meinem Schlafzimmer schlug so schnell auf, dass sie fast aus den Angeln fiel. Da war er—Jake—der wie ein Superheld hereinstürmte, bereit, das Albtraum, über das ich schrie, zu besiegen.

Seine Augen waren weit geöffnet, während er den Raum absuchte, als würde er erwarten, dass mein Ex in der Ecke lauert, mit einem Messer in der Hand. „Was ist los?!" bellte er, seine Stimme schwer von Adrenalin. „Wo ist er?!"

Ich stand gefroren auf dem Bett, die Augen wild, versuchte, die Worte herauszubekommen, aber alles, was ich zustande brachte, war ein hektischer Fingerzeig zur Ecke des Zimmers. Mein Herz raste, mein Atem stockte mir im Hals, während ich auf meine Füße starrte.

Jakes Blick folgte meinem zitternden Finger, seine Haltung angespannt, bereit, sich zu verteidigen. Er blinzelte, versuchte herauszufinden, mit welchem Feind wir es zu tun hatten.

„Ernsthaft, wo ist—" Er stoppte mitten im Satz, sein Körper entspannte sich, als er endlich das sogenannte „Bedrohung" erblickte.

Stille erfüllte den Raum, als seine Schultern sanken und die Sorge aus seinem Gesicht wich. Die Intensität in der Luft kollabierte wie ein Ballon mit einem langsamen Leck.

„Mia..." Er sprach meinen Namen mit einem langen Seufzer, rieb sich die Stirn. „Es ist eine Maus."

Ich nickte, die Augen weit und hektisch, zeigte immer noch auf den Boden, als wäre es etwas direkt aus einem Horrorfilm. „Ja, eine Maus!"

Jake blinzelte mich einen Moment lang an, bevor ein Grinsen die Ecken seines Mundes hochzog. Er stand dort, halb lachend, halb den Kopf schüttelnd, als könnte er es nicht fassen. „Du hast wie am Spieß geschrien... wegen einer Maus?"

Ich verschränkte die Arme und fühlte, wie meine Wangen vor Verlegenheit heiß wurden. „Das ist nicht lustig!" protestierte ich, immer noch auf dem Bett stehend. „Es ist ekelhaft, und was, wenn sie mich im Schlaf ankrabbelt?!"

Jake konnte es nicht mehr zurückhalten—er brach in schallendes Lachen aus, beugte sich vor, während er versuchte, die Kontrolle zurückzugewinnen. „Ich war bereit, gegen jemanden zu kämpfen!"

„Nun, entschuldige mich, dass ich denke, eine Mäuseinvasion ist auch beängstigend", konterte ich, obwohl ein wenig von meiner Panik zu schwinden begann, jetzt, da ich sah, wie lächerlich die ganze Situation war.

Jake ging zur Ecke des Zimmers, hockte sich herunter, während die Maus hinter der Kommode verschwinden wollte. „Okay, lass uns diesen kleinen Kerl hier rausholen, bevor du entscheidest, die Polizei zu rufen."

„Du bist urkomisch", murmelte ich, während ich endlich vom Bett heruntersteg, aber immer noch Abstand hielt. „Was ist dein Plan, dann? Mr. Maus-Experte?"

„Hast du Erdnussbutter?" fragte Jake, immer noch grinsend.

Ich starrte ihn an. „Was? Willst du Freundschaft mit ihr schließen?"

Jake lachte und stand auf, wischte sich die Hände an seiner Jeans ab. „Nein, Genie. Mäuse lieben Erdnussbutter. Wir verwenden es, um sie zu fangen. Hast du welche?"

Ich rollte mit den Augen, deutete aber in Richtung Küche. „Unterste Regal im Vorratsschrank. Aber du fängst sie, ich komme nicht in die Nähe dieses Dings."

„Abgemacht", sagte Jake, machte mir einen schelmischen Salut, bevor er den Flur zur Küche hinunter verschwand.

Ich stand da, die Arme verschränkt, wartete und schaute nervös umher. Die Maus war verschwunden, aber ich wollte kein Risiko eingehen. Ich weigerte mich, die Person zu sein, die mit einer Maus in ihrem Bett aufwacht.

Jake kam ein paar Momente später zurück, hielt einen Löffel Erdnussbutter und eine Schuhschachtel in der Hand. Er hockte sich wieder hin und richtete eine provisorische Falle in der Nähe der Kommode ein, wo die Maus verschwunden war.

Ich konnte nicht anders, als eine Augenbraue zu heben. „Bist du sicher, dass das funktionieren wird?"

„Vertraue mir", sagte er und schenkte mir ein Grinsen. „Ich habe das schon einmal gemacht."

Ich verschränkte die Arme, fühlte mich immer noch ein wenig skeptisch, aber auch irgendwie amüsiert von der ganzen Sache. Jake stellte die Schuhschachtel auf, strich etwas Erdnussbutter auf die Innenseite, um die Maus herauszulocken.

Wir warteten in Stille und schauten die Erdnussbutter an, als wäre es eine Hochrisikooperation. Ich biss mir auf die Lippe, versuchte, nicht über die Ernsthaftigkeit nachzudenken, mit der Jake das Ganze anging. Nach ein paar Minuten schaute die Maus vorsichtig heraus und schnüffelte in der Luft.

Mein Herz raste jetzt aus einem völlig anderen Grund, während ich dort stand, mit weit aufgerissenen Augen, und zusah, wie das kleine Wesen näher zur Falle schlich. Und dann, mit einem schnellen Sprung, huschte es in die Schachtel.

Jake schlug den Deckel zu. „Habe dich!"

Er hielt die Box wie einen Preis hoch und grinste triumphierend. „Siehst du? Ganz einfach."

Ich ließ einen langen Atemzug entweichen, mein Körper entspannte sich endlich. „Gott sei Dank."

Jakes Grinsen wurde sanfter, als er mich ansah, sein Gesicht immer noch voller Amüsement. „Krise abgewendet."

„Ja, danke, dass du... nun ja, mich vor dem furchterregenden Nagetier gerettet hast", sagte ich, halb im Scherz, halb ernst.

Jake lachte und trat näher, die Box in einer Hand, jetzt aber nur noch wenige Zentimeter von mir entfernt. „Das macht mich wohl zu deinem Helden für die Nacht."

Es gab einen Wechsel—eine plötzliche Veränderung in der Luft zwischen uns. Wir hielten beide inne, unsere Blicke trafen sich im schwachen Licht des Zimmers. Das Chaos und die Angst vor einer Maus schienen Meilen entfernt, ersetzt durch etwas viel Reales.

„Scheint so", sagte ich leise, mein Herz schlug jetzt aus einem ganz anderen Grund.

Bevor ich nachdenken konnte, bevor ich überanalysieren konnte, lehnte ich mich leicht vor, und Jake kam mir entgegen. Seine Lippen berührten sanft meine in einem zarten, zögerlichen Kuss. Es war nicht hastig oder intensiv, aber es reichte aus, um die Welt stillstehen zu lassen.

Als wir uns zurückzogen, lächelten wir beide, uns bewusst, wie lächerlich die ganze Situation gewesen war.

„Weißt du", sagte Jake mit einem schalkhaften Grinsen, „wenn ich gewusst hätte, dass mich das Fangen einer Maus einen Kuss einbringen würde, hätte ich das viel früher gemacht."

Ich rollte mit den Augen und schlug spielerisch gegen ihn. „Werde nicht überheblich. Du schläfst immer noch auf der Couch."

Jake zögerte, warf einen Blick zum Wohnzimmer und dann wieder zu mir, sein Grinsen verblasste zu etwas Ernsterem. „Ja, darüber..."

Ich hob eine Augenbraue und verschränkte die Arme. „Was?"

Er rieb sich den Nacken und sah etwas verlegen aus. „Ich wollte nichts sagen, aber... es ist dort draußen ziemlich kalt. Und die Couch ist nicht gerade das bequemste Ding der Welt."

Ich starrte ihn an, meine Augenbraue immer noch hochgezogen. „Versuchst du, dich vor dem Schlafen auf der Couch zu drücken?"

Jake hob die Hände in einer gespielten Kapitulation. „Ich sage nur, es ist freezing da unten, und du hast dieses riesige, warme Bett ganz für dich allein…"

Ich verengte die Augen und versuchte zu erkennen, ob er es ernst meinte oder nur mit mir spielte. Aber er gab mir diesen Hundeblick, der mich irgendwie ein kleines bisschen schuldig fühlen ließ.

„Es ist wirklich kalt", fügte er hinzu, seine Stimme tief und bedauernswert, als wäre er kurz vor dem Erfrierungstod.

Ich seufzte und fühlte, wie mein Widerstand nachließ. „Jake…"

„Komm schon", sagte er mit einem verspielten Grinsen. „Ich verspreche, ich bleibe auf meiner Seite."

Ich zögerte, wusste genau, dass das eine schreckliche Idee war. Aber gleichzeitig war ich nicht herzlos. Und vielleicht… nur vielleicht… wäre es nicht das Schlimmste, ihn nah bei mir zu haben. Besonders nach heute Abend.

„In Ordnung", sagte ich und deutete auf ihn. „Aber wir benutzen Kissen, um uns zu trennen, und du bleibst auf deiner Seite."

Jake grinste und ging schon zur Bettseite. „Abgemacht."

Ich schnappte mir ein paar Ersatzkissen aus dem Schrank und warf sie aufs Bett, um eine provisorische Wand zwischen uns zu schaffen. „Das bleibt hier", sagte ich bestimmt und arrangierte die Kissen zu einer Barriere.

„Verstanden", sagte Jake, zog die Decke zurück und rutschte mit einem zufriedenen Seufzer auf die andere Bettseite.

Ich kletterte auf meine Seite, stellte sicher, dass die Kissen an ihrem Platz waren, bevor ich mich hinlegte. „Du weißt, dass das eine einmalige Sache ist, oder?"

Jake lachte, drehte sich zu mir, hielt aber Abstand. „Sicher, was auch immer du sagst."

Ich rollte erneut mit den Augen, zog die Decke bis zum Kinn hoch. Trotz meiner anfänglichen Abneigung musste ich zugeben—es war schön, ihn nah bei mir zu haben, besonders nach dem ganzen Wahnsinn des Abends. Und mit den Kissen zwischen uns fühlte es sich... sicher an.

Für einen Moment lagen wir schweigend da, die Spannung von zuvor schmolz dahin. Das Haus war still, das Chaos der Nacht endlich hinter uns.

„Danke, dass ich hier übernachten darf", sagte Jake nach einer Weile leise.

„Danke, dass du... die Maus gefangen hast", antwortete ich, meine Stimme ebenso leise.

Wir lächelten uns in der Dunkelheit an, und als der Raum zur Stille kam, wurde mir klar, dass es vielleicht, nur vielleicht, keine so schlechte Idee war, das Bett mit Jake zu teilen.

Selbst mit den Kissen.

„Jake?" sagte ich leise und brach die Stille des Raumes. Es hatte mich seit diesem Tag im Park beschäftigt, und ich konnte es nicht länger zurückhalten.

„Ja?" antwortete er, seine Stimme entspannt, aber es gab einen Hauch von Bewusstsein, als hätte er geahnt, dass ich etwas Wichtiges zu sagen hatte.

Ich wendete mich unter der Decke und starrte an die Decke. „Ich habe über etwas nachgedacht... aus dem Park."

Er pausierte, und ich konnte ihn leicht auf seiner Bettseite bewegen hören. „Was ist mit dem Park?"

Ich zögerte einen Moment, bevor ich es einfach herausplapperte. „Dieser Anruf. Du schienst wirklich abwesend, als du ihn bekommen hast. Ich weiß nicht, Jake... es fühlte sich an, als würdest du etwas vor mir verbergen. Und ich kann nicht aufhören, mich zu fragen, was es war."

Jake ließ einen Seufzer hören, einen dieser langen, schweren, die normalerweise bedeuten, dass jemand gleich etwas sagen wird, das er zurückgehalten hat. „Mia, es war nicht so, dass ich etwas vor dir verbergen wollte. Es ist nur... die Situation war knifflig."

Ich drehte meinen Kopf zu ihm, die Stirn runzelnd. „Knifflig wie?"

Er bewegte sich wieder, und ich konnte fühlen, wie die Luft zwischen uns ein wenig schwerer wurde. „Es war ein Freund von mir. Er hat... nun, er hat mich gedrängt, etwas zu tun, womit ich nicht gerade wohlfühlte."

Ich hob eine Augenbraue. „Was meinst du?"

Jake zögerte einen Moment, offensichtlich unwillig, darüber zu sprechen. „Er hat versucht, mich zu überzeugen, das Geld der Wohltätigkeit für persönliche Investitionen zu verwenden. Weißt du, um ein schnelles Einkommen zu erzielen, das Geld zu teilen und dann alles zurück auf das Wohltätigkeitskonto zu legen, bevor es jemand merkt."

Meine Augen weiteten sich, während ich verarbeitete, was er sagte. „Warte... er will, dass du das Geld nimmst und damit spielst?"

„Nicht genau spielen", sagte Jake und fuhr sich durch die Haare. „Aber ja, er denkt, wir könnten investieren, einen Gewinn auf der Seite machen, und niemand würde es jemals erfahren. Und dann würde die Wohltätigkeit immer noch ihr Geld bekommen."

Ich saß leicht aufrecht und starrte ihn ungläubig an. „Jake... das ist..."

„Ich weiß", unterbrach er, seine Stimme fest. „Ich weiß, dass es falsch ist. Deshalb wollte ich damals nicht darüber reden. Ich wollte dich nicht damit hineinziehen. Ich habe ihm bereits Nein gesagt, aber er drängt weiter."

Ich ließ einen Atemzug entweichen, versuchte, es zu verstehen. „Also, das war der Anruf? Dein Freund, der versucht, dich dazu zu bringen, das Geld der Wohltätigkeit zu nehmen?"

„Ja", sagte Jake leise. „Er denkt, es sei harmlos, aber ich habe kein Interesse daran, so etwas zu riskieren. Ich gebe zu, es ist verlockend, er hat sein Leben so weit verändert, aber es ist es nicht wert. Ich wollte dich nicht damit belasten, weil... nun ja, es ist nichts, womit ich mich noch länger auseinandersetzen möchte. Aber es belastet mich."

Ich lehnte mich zurück, mein Herz raste immer noch ein wenig. „Du denkst nicht ernsthaft darüber nach, oder?"

„Nein", sagte Jake schnell. „Ich würde so etwas niemals tun. Ich wollte nur nicht, dass du dir Sorgen machst oder in etwas verwickelt wirst, das nicht dein Problem ist."

Ich nickte langsam, fühlte, wie die Spannung zu schwinden begann, aber ich war immer noch etwas erschüttert. „Ich verstehe, warum du es mir nicht gesagt hast, aber... es fühlte sich trotzdem an, als würdest du etwas verbergen."

Jake seufzte erneut, seine Stimme jetzt sanfter. „Ich wollte nicht, dass du dich so fühlst. Ich wollte nur nicht, dass du denkst, ich wäre in etwas Undurchsichtiges verwickelt. Das bin ich nicht. Aber es ist schwierig, wenn dir vertraute Leute... dich in die falsche Richtung drängen."

Ich sah ihn an, das Gewicht seiner Worte hing zwischen uns. „Ich verstehe. Das tue ich. Aber du hättest es mir sagen können. Ich hätte dich nicht verurteilt."

„Ich weiß", sagte er leise. „Und ich hätte es tun sollen. Ich schätze, ich wollte nur nicht, dass du weniger von mir denkst."

„Das hätte ich nicht", sagte ich sanft. „Du bist nicht dieser Typ, Jake."

Er drehte seinen Kopf leicht zu mir, und ich konnte die Erleichterung in seiner Stimme spüren, als er wieder sprach. „Danke, Mia. Ich schätze das."

Wir lagen ein paar Momente schweigend da, das Gewicht des Gesprächs hob sich leicht. Ich fühlte mich immer noch ein wenig unbehaglich, aber die Wahrheit zu wissen half. Es war nicht das, was ich befürchtet hatte, und jetzt, da es ausgesprochen war, konnte ich es loslassen.

„Danke, dass du ehrlich bist", flüsterte ich.

„Immer", antwortete er sanft.

Die Stille erfüllte den Raum erneut, aber diesmal fühlte sie sich leichter an. Keine Geheimnisse mehr, kein Grübeln. Nur wir, die versuchen, gemeinsam Dinge zu klären.

Die Stille, die den Raum erfüllte, fühlte sich jetzt anders an—leichter, aber immer noch dick mit unausgesprochenen Dingen. Ich lag da, mein Geist nicht mehr mit Zweifeln über den Anruf beschäftigt, sondern immer noch alles verarbeitend, was Jake mir erzählt hatte. Es war seltsam, wie ein Gespräch die gesamte Atmosphäre verändern konnte.

Dann, ohne nachzudenken, streifte seine Hand über meine auf der Kissenbarriere. Es war die sanfteste Berührung, wahrscheinlich versehentlich, aber die Wärme seiner Haut ließ einen Schauer durch mich laufen. Für einen Moment war ich mir nicht sicher, ob ich mich zurückziehen sollte—wieder Abstand schaffen, die Dinge so belassen, wie sie waren.

Aber ich tat es nicht. Stattdessen ließ ich meine Hand dort, fühlte den sanften Kontakt. Es war nicht romantisch oder schwer mit Bedeutung, einfach... menschlich. Eine Anerkennung, dass trotz all des Chaos und der Spannung zwischen uns etwas Tieferes vorhanden war. Etwas, das nicht erklärt werden musste.

Jake bewegte seine Hand auch nicht, obwohl ich eine leichte Zögerlichkeit von ihm spüren konnte, als würde er darauf warten, dass ich reagiere. Als ich mich nicht zurückzog, spürte ich, wie seine Finger sich entspannten, und dann—nur ganz leicht—berührte er mich zurück. Sein Daumen strich sanft über den Rücken meiner Hand, fast eine Frage in der Bewegung, als würde er prüfen, ob das in Ordnung war.

Ich hätte mich zurückziehen können. Ich hätte die Spannung wieder aufsteigen lassen können. Aber stattdessen antwortete ich, indem ich meine Finger sanft um seine schloss, kein fester Griff, sondern eine ruhige, mitfühlende Berührung. Die Art von Berührung, die sagt, ich verstehe, ohne ein Wort zu sagen.

Für einige Momente lagen wir einfach da, verbunden durch diesen kleinen, einfachen Akt. Die Kissenbarriere zwischen uns fühlte sich plötzlich weniger bedeutend an, als ob es nur eine Formalität war, die wir ignorieren wollten. In dieser Berührung war etwas

Ungesprochenes, etwas, das mehr vermittelte als alle Worte, die wir hätten austauschen können. Es ging nicht darum, Probleme zu lösen oder herauszufinden, was als Nächstes kommt. Es ging einfach darum, da zu sein.

„Danke", sagte Jake leise, seine Stimme kaum ein Flüstern im stillen Raum.

Ich drehte meinen Kopf leicht, obwohl ich ihn im Dunkeln nicht ganz sehen konnte. „Wofür?"

„Für dein Vertrauen", sagte er, seine Finger drückten sanft meine.

Ich lächelte, obwohl es mehr für mich selbst als für ihn war. „Du hast es dir verdient."

Es gab eine Pause, und dann sprach Jake wieder, seine Stimme stabil, aber sanft. „Ich will nicht, dass du denkst, ich verberge etwas vor dir, Mia. Ich will das nicht vermasseln."

Ich gab seiner Hand ein kleines, beruhigendes Drücken zurück. „Ich denke das nicht. Nicht mehr. Aber wir müssen ehrlich zueinander sein, wenn wir das klären wollen."

Er nickte leicht, seine Finger immer noch um meine gewickelt. „Das kann ich machen."

Der Moment verweilte zwischen uns, und obwohl ich wusste, dass die Dinge immer noch kompliziert waren, schien dieser kleine Akt des Mitgefühls zwischen uns die Kluft zu überbrücken, die sich seit dem Park vergrößert hatte. Wir waren weit davon entfernt, alles zu klären, aber vielleicht war das in Ordnung. Vielleicht mussten wir nicht alles heute Abend herausfinden.

Seine Hand blieb dort, wo sie war, und ich bewegte meine ebenfalls nicht. Die Kissenwand zwischen uns mag physisch geblieben sein, aber in diesem Moment fühlte es sich an, als hätten wir etwas Größeres durchbrochen. Etwas, das mehr bedeutete als die Barriere der Kissen oder das Gewicht der Vergangenheit.

Wir lagen so da, die Finger ineinander verschlungen, unser Atem synchronisiert, die restliche Welt verblasste. Es gab keinen Bedarf, noch etwas zu sagen. Die Stille zwischen uns sagte mehr als Worte je ausdrücken könnten.

Der Raum war immer noch ruhig, das sanfte Summen der Nacht legte sich um uns. Meine Hand lag immer noch auf Jakes, die Wärme seiner Berührung war eine beständige Präsenz, die den Raum zwischen uns zu füllen schien. Für einen Moment blieben wir beide so, die Kissenbarriere trennte uns physisch, aber irgendwie fühlte es sich... unnötig an.

Ich weiß nicht, was mich dazu brachte—vielleicht war es die Art, wie sein Daumen sanft den Rücken meiner Hand streifte, oder vielleicht war ich einfach nur müde von all der unausgesprochenen Spannung in der Luft. So oder so, ich bewegte mich leicht, meine freie Hand erreichte, um eines der Kissen aus der Barriere zwischen uns zu ziehen.

Jake sagte nichts, aber ich konnte die Veränderung in ihm spüren, als das Kissen wegglitt. Er beobachtete mich, wartete, aber bewegte sich nicht, bis ich den nächsten Schritt machte. Ich zog das zweite Kissen beiseite, wodurch der Raum zwischen uns offen und klar wurde.

Unsere Blicke trafen sich im schwachen Licht, und ohne ein Wort zu sagen, lehnte Jake sich vor, schloss die Lücke zwischen uns. Es war nicht hastig oder zögerlich, nur eine natürliche Fortsetzung des Moments. Seine Lippen trafen sanft meine, aber mit Absicht, als hätte er bis jetzt zurückgehalten.

Der Kuss begann langsam, seine Lippen strichen sanft über meine, als würden sie das Wasser testen. Ich lehnte mich vor, schloss die Augen und ließ die restliche Welt verblassen, konzentrierte mich nur darauf, wie er sich anfühlte—fest, warm und real.

Seine Hand glitt von meiner weg und wanderte nach oben, ruhte leicht an der Seite meines Gesichts und zog mich näher. Der Kuss vertiefte sich, sein Mund bewegte sich nun mit mehr Sicherheit gegen meinen, keine Zögerlichkeit mehr. Ich reagierte, meine Hände fanden seinen Brustkorb, die Finger krümmten sich in den Stoff seines Hemdes, während ich mich in ihn hineinlehnte.

Die Barriere der Kissen war verschwunden, und jetzt waren nur noch wir beide. Der Kuss wurde intensiver, unsere Lippen bewegten sich synchron, Atemzüge vermischten sich, während der Raum zwischen uns völlig verschwand. Seine andere Hand fand den unteren Teil meines Rückens, zog mich näher, bis kein Platz mehr übrig war.

Es gab keine Worte, keinen Bedarf dafür. Es ging nur um den Kuss—die Art, wie sich unsere Lippen trafen, wie sich seine Hände auf mir anfühlten, wie alles um uns herum in den Hintergrund zu verschwinden schien. Die Stille des Raumes füllte sich nur mit dem Klang unserer Atemzüge, dem sanften Rascheln der Bettlaken unter uns.

Seine Lippen bewegten sich mit mehr Druck, mehr Nachdruck gegen meine, und ich erwiderte es, ließ den Kuss tiefer werden, meine Finger glitten zum Nacken. Es war nicht hastig, aber auch nicht zögerlich—es war, als wüssten wir beide, was das war, wohin es ging, und es gab keinen Grund mehr, zurückzuhalten.

Ich konnte die Stärke in seinen Händen spüren, wie er mich näher zog, wie er mich küsste, als hätte er auf diesen Moment gewartet. Ich ließ mich darin verlieren, verloren in ihm, mein Körper drängte sich an seinen, unsere Atemzüge schwer zwischen den Küssen.

Schließlich zogen wir uns zurück, nur für einen Moment, unsere Stirnen ruhten aneinander, während wir Atem holten. Es gab keine Barrieren mehr, keine Wände zwischen uns. Nur wir beide, in diesem Moment, ohne etwas im Weg.

Jake öffnete seine Augen, sein Atem warm gegen meinen Lippen. Er sagte nichts, aber der Blick in seinen Augen war genug. Ich brauchte ihn nicht, um etwas zu sagen, denn der Kuss hatte alles gesagt, was Worte nicht konnten.

Wir blieben so, nah, kein Platz zwischen uns, und ich wusste, dass es nicht nur um heute Abend ging. Aber für jetzt war es genug.

Jake zog sich leicht zurück, nur genug, um mich anzusehen, sein Atem noch immer warm gegen meinen Lippen.

„Mia?" sagte er leise.

„Ja?" antwortete ich, meine Stimme leise, immer noch außer Atem.

Er zögerte einen Moment, dann fragte er: „Was machst du morgen Abend?"

Ich lächelte ein wenig, versuchte, die Stimmung aufzulockern. „Wahrscheinlich eine Serie schauen und zwischendurch ein Nickerchen machen," scherzte ich.

Er lachte leise, der Klang machte den Moment noch entspannter. „Nun," sagte er und rieb sich den Nacken, „meine Großeltern haben gefragt, ob du irgendwann mit uns essen möchtest. Würdest du... annehmen, mit uns zu essen?"

KAPITEL 19

Ich stand vor dem Spiegel und fuhr mir ein letztes Mal mit den Fingern durch die Haare, während ich ein Gemisch aus Aufregung und Nervosität in mir spürte. Heute Abend war nicht einfach nur ein Abendessen—es fühlte sich wie ein Wendepunkt an. Jake hatte deutlich gemacht, dass dies mehr war als nur gelegentliche Momente zwischen uns, mehr als nur flüchtige Küsse. Dieses Abendessen war seine Art, mir zu zeigen, dass ich nicht versteckt wurde, dass er es ernst meinte, mich in seinem Leben zu haben.

Ein Summen von meinem Telefon riss mich aus meinen Gedanken. Es war eine Nachricht von Jake:

Wir sind bereit, wann immer du es bist. Keine Eile—komm vorbei, wenn du bereit bist.

Ich lächelte und starrte einen Moment lang auf die Nachricht. Sie war einfach, aber sie fühlte sich nach so viel mehr an. Ich hatte Tage damit verbracht, mich zu fragen, ob er etwas zurückhielt, ob wir in diesem ungewissen Raum von „Was sind wir" feststeckten. Aber dies, mich zu einem Abendessen mit seinen Großeltern einzuladen, bedeutete etwas. Es bedeutete, dass er mich nicht einfach versteckte und keine Spiele spielte. Er ließ mich herein, zeigte mir einen tieferen Teil seines Lebens.

Ich atmete tief durch und sah mich erneut im Spiegel an. Ich hatte etwas Schönes, aber nicht zu Förmliches gewählt—ein weiches, florales Kleid, von dem ich wusste, dass es alles angenehm halten würde. Ich wollte nicht zu sehr auftrumpfen, aber ich wollte mein Bestes geben. Schließlich war es nicht einfach ein Abendessen mit Jake—es war ein Abendessen mit seiner Familie.

Ich schlüpfte in meine Schuhe und schnappte mir meine Tasche, warf mir einen letzten Blick zu. Das ist es, Mia. Denk nicht zu viel nach.

Mit einem letzten Blick auf das Telefon schickte ich ihm schnell eine Antwort:

Auf dem Weg.

Als ich aus dem Häuschen und den vertrauten Weg zu Jakes Haus ging, half die kühle Abendluft, meine Nerven zu beruhigen. Es fühlte sich seltsam an, so aufgeregt und nervös zugleich zu sein, als stünde ich kurz vor etwas Großem, aber ich wollte es nicht vermasseln.

Ich ging zu Jakes Haus, meine Schritte langsamer als gewöhnlich, mein Herz schlug bei jedem Schritt ein wenig schneller. Als ich mich der Haustür näherte, war er da—Jake—der auf mich wartete. Er stand da, lässig, aber mit einem Lächeln, das mich ein wenig weniger nervös und viel aufgeregter fühlte.

In dem Moment, als er mich sah, trat er vor, erreichte nach mir und nahm meine Hand mit einer Wärme, die meine Nerven fast augenblicklich beruhigte. Ohne ein Wort zu sagen, führte er mich hinein, sein Griff sanft, aber sicher. Sobald wir die Schwelle überschritten hatten, zog er mich in eine Umarmung—eine dieser Umarmungen, die sich einfach richtig anfühlt, als wärst du genau dort, wo du sein sollst. Es war gemütlich, tröstlich, und in diesem Moment fühlte ich mich, als würde ich dazugehören.

Ich zog mich leicht zurück, genug, um mich umzusehen, und da waren sie—seine Großeltern, die nur wenige Schritte von uns entfernt standen, ihre Gesichtsausdrücke eine Mischung aus Wärme und Neugier. Sie waren ebenso neugierig auf dieses Abendessen wie ich.

Ich lächelte und fühlte mich plötzlich ein wenig schüchtern unter ihrem Blick. „Hallo," sagte ich, meine Stimme etwas leiser, als ich beabsichtigt hatte.

„Hallo," wiederholte Jake, der immer noch meine Hand hielt, während er an meiner Seite stand. Er sah seine Großeltern mit diesem selbstbewussten Lächeln an und sagte: „Oma, Opa, ihr erinnert euch an Mia."

Jakes Großmutter war die erste, die einen Schritt nach vorne machte, ihre Augen leuchteten vor echter Wärme. Sie nahm meine freie Hand in beide und lächelte, ihr Griff war sanft, aber voller Willkommenskultur. „Oh, Mia, ich freue mich so, dich endlich hier zum Abendessen zu haben. Ich habe mich schon darauf gefreut."

Ihre Worte beruhigten mich sofort, und ich drückte ihre Hand zurück, während ich ein Gefühl der Erleichterung verspürte. „Vielen Dank, dass Sie mich eingeladen haben. Ich habe mich auch darauf gefreut," sagte ich und versuchte, nicht so nervös zu klingen, wie ich mich fühlte.

Aus der Küche winkte Jakes Opa mit der Hand, seine Stimme rief mit einem Lachen: „Kümmert euch nicht um mich! Ich mache hier gerade alles fertig. Hallo, Mia!"

Ich winkte zurück und lachte leise über die lockere und warme Atmosphäre. „Hallo! Danke, dass Sie mich eingeladen haben."

Jake grinste neben mir, offensichtlich erfreut über den Verlauf der Dinge. Seine Hand hielt immer noch meine, und als ich mich umsah, wurde mir klar, wie viel dieses Abendessen bedeutete—nicht nur für mich, sondern auch für ihn und seine Familie. Es war nicht nur eine lockere Mahlzeit; es war der Beginn von etwas mehr, etwas Tieferem.

Als Jakes Großmutter mich zum Esszimmer führte, warf ich einen Blick zu Jake, und er gab mir ein kleines, beruhigendes Lächeln, das alles richtig machte. Dies war der Moment, vor dem ich nervös gewesen war, aber jetzt, wo ich hier war, fühlte es sich an, als wäre ich genau dort, wo ich sein sollte.

Jakes Großmutter führte mich ins Esszimmer, ihre Hände leiteten mich sanft, während sie über das Essen sprach und wie aufgeregt sie war, mich hier zu haben. Der Raum war warm, erfüllt vom beruhigenden Duft von hausgemachten Gerichten, der meinen Magen vor Vorfreude knurren ließ. Ich konnte den Tisch bereits sehen, einfach, aber elegant gedeckt, mit Tellern voller Speisen, die schienen, als wären sie mit Sorgfalt zubereitet worden.

Jake folgte uns, seine Hand streifte für einen Moment meinen unteren Rücken, als er vorbeiging, um seinem Opa in der Küche zu helfen. Ich warf ihm einen Blick zu und erwischte seinen Blick, und für einen Moment teilten wir ein schnelles Lächeln. Es fühlte sich schön an—einfach, als würden wir gemeinsam in diesen Moment gleiten, ohne die Unbeholfenheit, die ich gefürchtet hatte.

Seine Großmutter deutete auf den Stuhl, der ihr am nächsten war. „Komm, setz dich. Lass uns dich bequem machen. Wir warten nur auf die Jungs, die den Rest des Essens bringen."

Ich setzte mich, versuchte, das Flattern der Nerven, das noch in meiner Brust herumtollte, zu ignorieren. „Vielen Dank noch einmal, dass Sie mich eingeladen haben. Alles riecht erstaunlich," sagte ich und versuchte, das Gespräch leicht zu halten.

„Oh, das ist nichts Besonderes," antwortete sie und winkte ab, aber sie schien sich über das Kompliment zu freuen. „Nur ein paar alte Familienrezepte. Jake hat auch bei einigen davon geholfen, wissen Sie."

Ich hob eine Augenbraue und warf einen Blick zur Küche. „Jake hat?"

Sie lachte und nickte. „Er ist tatsächlich ganz geschickt in der Küche, wenn er will. Lass ihn dir nicht das Gegenteil erzählen."

Gerade in diesem Moment kam Jake zurück, hielt ein Tablett mit Vorspeisen und hinter ihm kam sein Opa mit einem dampfenden

Gericht. „Worüber redet ihr beiden?" fragte Jake mit einem spielerischen Augenbrauenhochziehen, als er das Tablett auf den Tisch stellte.

„Ich habe Mia gerade von deinen Kochkünsten erzählt," sagte seine Großmutter mit einem Augenzwinkern.

Jake gab mir ein schüchternes Grinsen, rieb sich den Nacken. „Nun, ich bin nicht so schlecht..."

„Du bist besser, als du vorgibst," neckte ich und versuchte, ein Lachen zu unterdrücken.

Sein Opa, der das Hauptgericht abstellte, mischte sich ein: „Lass ihn dich nicht täuschen. Dieser Junge kann kochen, aber er würde lieber essen, als das Essen zuzubereiten."

Der ganze Raum brach in leichtes Lachen aus, und ich fühlte, wie ein Teil der Anspannung schmolz. Es war gemütlich hier—einladend. Jakes Familie versuchte nicht, mich zu beeindrucken; sie waren einfach sie selbst, was alles irgendwie authentischer machte.

Nachdem alles auf dem Tisch angerichtet war, nahm Jakes Opa Platz und winkte allen, sich zu setzen. „Lasst uns essen, Leute. Lasst dieses gute Essen nicht kalt werden!"

Wir setzten uns alle, und während die Teller herumgereicht wurden, floss das Gespräch mühelos. Seine Großeltern erzählten lustige kleine Geschichten über Jake aus seiner Kindheit—wie er heimlich Kekse aus der Küche stahl oder wie er einmal versuchte, ein Baumhaus zu bauen, das sich eher als Gefahr denn als Versteck herausstellte.

„Jake hat mir nichts von diesem Baumhaus erzählt," sagte ich lachend und schaute ihn an.

„Das liegt daran, dass es eine Katastrophe war," gestand Jake und schüttelte den Kopf. „Ich habe es aus meinem Gedächtnis gelöscht."

Seine Großmutter lächelte, ihre Augen funkelten. „Er hat immer versucht, etwas zu bauen. Hat nach seinem Opa genommen."

„Ihr beide seid ein gutes Team," sagte ich und fühlte, wie sich Wärme in mir ausbreitete, als ich sah, wie viel Liebe und Geschichte dieses Haus erfüllte.

Während des gesamten Abendessens strich Jakes Hand gelegentlich unter dem Tisch über meine, eine stille Verbindung, die wir beide nicht laut aussprechen mussten. Es war tröstlich, eine Erinnerung daran, warum dieses Abendessen so wichtig war. Jedes Mal, wenn sich unsere Hände berührten, war es wie ein kleines Geheimnis zwischen uns, ein Verständnis, dass es heute Abend nicht nur darum ging, seine Familie zu treffen—es ging darum, dass wir gemeinsam vorankamen.

Als das Dessert serviert wurde, reichte Jakes Großmutter mir ein Stück Kuchen mit einem wissenden Lächeln. „Also, Mia, wie gefällt dir Maple Ridge bisher? Ich stelle mir vor, es ist eine große Veränderung von der Stadt."

„Oh, es war wunderbar," sagte ich und versuchte, das Gespräch auf sicherere Bahnen zu lenken. „Es ist eine große Veränderung, aber ich genieße es hier wirklich. Es ist friedlich, und alle waren so freundlich."

Jakes Opa, immer noch grinsend, beugte sich leicht vor. „Und Jake war ein Teil dieser Freundlichkeit, hm?"

Ich warf Jake einen Blick zu, der sich wieder in seinem Stuhl bewegte. Bevor ich antworten konnte, räusperte er sich, seine Stimme klang ein wenig zögerlich. „Tatsächlich, Opa... es gibt etwas, das ich sagen wollte."

Die Augen seiner Großmutter weiteten sich vor Neugier, als sie zwischen uns hin- und hersah. „Oh?"

Jake drehte sich zu mir, sein Gesicht ernst, aber sanft. „Mia, ich habe viel nachgedacht... in letzter Zeit. Und heute Abend... nun, ich denke, es ist der richtige Zeitpunkt, um zu fragen."

Ich blinzelte, mein Herz raste plötzlich, als ich realisierte, wohin das führte. Jakes Hand griff erneut nach meiner, diesmal ohne Zögern.

„Vor meinen Großeltern hier," begann er, seine Stimme fest, „möchte ich fragen... würdest du meine Freundin sein?"

Ich starrte ihn an, die Frage hing in der Luft. Seine Großeltern wechselten Blicke, offensichtlich interessiert, aber respektvoll still.

Für einen Moment war ich zu erstaunt, um zu antworten. Aber dann, als Jakes warme Hand meine hielt, fühlte sich die Antwort offensichtlich an. Ich lächelte, mein Herz schwoll vor Emotionen an, und nickte. „Ja. Ich würde mich freuen."

Jakes Gesicht brach in ein breites Lächeln aus, und ich konnte spüren, wie sich die Energie im Raum veränderte. Seine Großmutter ließ ein kleines, erfreutes Lachen hören und klatschte in die Hände. „Oh, wie wunderbar!"

Die Anspannung, die während des Abendessens geherrscht hatte, schmolz dahin und wurde durch lockere Gespräche und Glückwünsche ersetzt. Während wir dort saßen, mit Jakes Großeltern, die lächelten und plauderten, wurde mir klar, dass dies der Moment war, auf den ich gewartet hatte—der Moment, in dem alles an seinen Platz fiel.

Jake war nicht mehr nur der Junge von nebenan, und dies war nicht nur eine lockere Sache. Es war echt. Und zum ersten Mal fühlte ich, dass wir wirklich in etwas traten, das bedeutete, ohne dass mehr Zweifel über uns schwebten.

Seine Großmutter lehnte sich wieder zu mir und gab meiner Hand einen weiteren Druck. „Wir sind so glücklich für dich, Mia. Du bist schon ein Teil der Familie."

Ich lächelte zurück und fühlte, wie mein Herz vor Dankbarkeit anschwoll. „Danke. Das bedeutet mir viel."

Jake traf erneut meinen Blick, sein Lächeln sanft und ehrlich. Und in diesem Moment fühlte sich alles einfach... richtig an.

EPILOG

Meine Therapiesitzung sollte gleich beginnen. Ich saß an meinem Schreibtisch und stellte meinen Laptop für den Anruf ein, als ich Jakes Stimme aus der Küche hören konnte.

„Liebling?"

Ich lächelte in mich hinein und drehte meinen Kopf leicht. „Ja?"

„Ich liebe dich! Viel Spaß bei deiner Sitzung," rief er, seine Stimme warm und lässig, als würde er das jedes Mal tun.

„Danke, Liebling!" antwortete ich und spürte dieses vertraute, beruhigende Flattern in meiner Brust.

Ich hörte ihn mit etwas in der Küche beschäftigt, wahrscheinlich bereitete er schon das Abendessen vor, und das gab mir ein Gefühl von Bodenständigkeit. Jake hatte eine Art, das zu tun—alles stabil und ruhig zu halten, als hätte das Leben, das wir zusammen aufbauten, jetzt seinen eigenen Rhythmus.

Der Laptop piepste, und der Bildschirm leuchtete auf, als der Anruf verbunden wurde. Dort war Louise, meine Therapeutin, die sanft aus ihrem Büro auf der anderen Seite des Bildschirms lächelte.

„Wie geht es dir heute, Mia?" fragte sie, ihr Ton immer sanft, einladend und geduldig.

Ich atmete tief durch, lehnte mich in meinem Stuhl zurück, ein sanftes Lächeln noch auf meinen Lippen. „Mir geht es wirklich gut, tatsächlich. Ich habe in letzter Zeit viel darüber nachgedacht, und... ich bin wirklich glücklich. Wirklich glücklich."

Louise nickte, ihr Ausdruck ermutigend. „Das ist großartig zu hören. Was hat dich so fühlen lassen?"

Ich machte einen Moment Pause, um meine Gedanken zu sammeln. „Es sind jetzt schon Monate, seit ich in dieser Beziehung mit Jake bin. Und, weißt du, ich hätte nie gedacht, dass es sich so... friedlich anfühlen könnte. Es ist schwer zu erklären, aber es gibt einfach dieses Gefühl von Ruhe. Wie, ich kann nachts ins Bett gehen, ohne mir Sorgen über Trigger oder Ängste zu machen, die aufkommen. Zum ersten Mal seit langem fühle ich mich sicher."

Louise gab mir diesen zustimmenden, wissenden Blick, den sie immer hatte, wenn ich einen Durchbruch erzielte. „Das ist ein wunderbarer Ort, an dem du bist, Mia. Sich sicher zu fühlen, besonders nach allem, was du durchgemacht hast, ist ein riesiger Schritt nach vorne."

Ich nickte und biss mir für einen Moment auf die Lippe, bevor ich fortfuhr. „Und es ist mehr als das. Es ist auch aufregend zu sehen, wie wir gewachsen sind. Früher dachte ich, mit jemandem zusammenzuleben könnte sich anfühlen wie... einen Teil von mir zu verlieren. Aber mit Jake ist es anders. Er bleibt mehr bei mir als bei sich selbst, und ehrlich gesagt, es ist großartig. Es gibt keine Angst dabei—nur Aufregung."

„Oh, schön, Mia," sagte Louise, ihr Ton ehrlich erfreut. „Es klingt, als hättest du wirklich Balance gefunden, sowohl mit Jake als auch in dir selbst."

„Ja," sagte ich leise und dachte darüber nach, wie weit ich gekommen war, seit ich nach Maple Ridge gezogen war. „Es ist, als würde ich endlich das Leben leben, das ich mir immer gewünscht habe, aber nicht wusste, wie ich es erreichen kann. Und Jake ist ein großer Teil davon. Er fügt sich so natürlich in alles ein."

Louise lächelte warm, und für einen Moment gab es eine angenehme Stille. „Du hast hart gearbeitet, um hierher zu kommen, Mia. Vergiss das nicht. Du hast dieses Glück für dich selbst aufgebaut, und es klingt, als wäre Jake jemand, der es wunderschön ergänzt."

Ich nickte und fühlte, wie eine Welle der Dankbarkeit über mich hinwegspülte. „Danke, Louise. Ich fühle mich, als könnte ich endlich atmen, weißt du? Als hätte ich meine Person, meinen Platz gefunden, und zum ersten Mal habe ich keine Angst davor."

Der Anruf ging weiter, aber im Hinterkopf hörte ich Jake in der Küche herumgehen, ein sanftes Lied summend. Und es fühlte sich richtig an. Alles fühlte sich richtig an.

Louises Lächeln vertiefte sich, als ich fortfuhr. „Eigentlich gibt es etwas, auf das ich mich wirklich freue. Jake und ich fahren nächste Woche nach Europa."

„Europa?" Louise beugte sich vor, ihre Augen leuchteten auf. „Das ist unglaublich, Mia. Was ist der Anlass?"

„Nun, es ist eine Mischung aus Arbeit und Vergnügen," erklärte ich, lehnte mich in meinem Stuhl zurück und schlug die Beine übereinander. „Wir besuchen ein paar Kunstgalerien in verschiedenen Städten. Ich möchte sehen, was sie tun, Inspiration sammeln. Außerdem wird es unsere erste Reise zusammen, also ist es auf so vielen Ebenen aufregend."

Louise nickte, sichtlich begeistert von der Nachricht. „Das klingt fantastisch und ist ein großer Schritt für euch beide."

„Ich weiß, oder?" Ich konnte nicht anders, als zu grinsen. „Die Reise wird mir helfen, eine größere Rolle in der Galerie zu übernehmen, vielleicht sogar eine neue in der Stadt zu eröffnen. Ich habe in letzter Zeit viel darüber nachgedacht, und Jake war so unterstützend. Er hilft mir bei der Planung, und wir haben sogar darüber gesprochen, wie wir unsere Fähigkeiten kombinieren können, um das zu verwirklichen."

Louises Ausdruck änderte sich leicht, neugierig. „Läuft es nicht gut mit Lila in der Galerie? Ist das der Grund, warum du darüber nachdenkst, auf eigene Faust zu gehen?"

Ich schüttelte schnell den Kopf, um den falschen Eindruck zu vermeiden. „Oh, nein, überhaupt nicht. Es läuft großartig mit Lila, tatsächlich. Sie war offener für meine Ideen, und die Galerie läuft besser als je zuvor. Aber Jake hat mich ermutigt, größer zu denken, mir meinen eigenen Raum zu schaffen. Ich glaube, er sieht in mir etwas, von dem ich mir nicht sicher war, dass es da ist—wie, ich kann meinen eigenen Ruf haben und mein eigenes Einkommen aufbauen, ohne für immer auf Lila angewiesen zu sein."

Louise lächelte, lehnte sich in ihrem Stuhl zurück, während sie verarbeitete, was ich sagte. „Das ist wunderbar, Mia. Es klingt, als glaubt Jake wirklich an dich, und noch wichtiger, dass du anfängst, an dich selbst zu glauben."

Ich nickte und fühlte eine Welle der Dankbarkeit für Jake. „Ja, das tut er. Und zum ersten Mal fühle ich, dass ich diesen Schritt gehen kann. Die Reise nach Europa wird mir die Chance geben, zu sehen, was da draußen ist, um Ideen und Inspiration zu sammeln. Es ist ein großer Schritt, aber es fühlt sich nach dem richtigen an."

Louise lächelte warm, ihre Stimme sanft und ermutigend. „Ich denke, es ist der perfekte nächste Schritt für dich, Mia. Du bist so weit gekommen, sowohl persönlich als auch beruflich. Und jetzt erlaubst du dir, größer zu träumen. Ich bin wirklich stolz auf dich."

„Danke, Louise," sagte ich lächelnd. „Es ist ein bisschen überwältigend, aber ich bin bereit. Ich freue mich auf das, was kommt."

Louise warf einen Blick auf die Uhr, ihr Lächeln wurde sanfter, als sie sich wieder auf mich konzentrierte. „Nun, Mia, wir haben für heute fast keine Zeit mehr. Gibt es noch etwas, über das du sprechen möchtest, bevor wir abschließen?"

Ich zögerte einen Moment, fühlte das Gewicht dessen, was ich gleich sagen würde. Dann, mit einem tiefen Atemzug, nickte ich. „Tatsächlich, ja. Ich habe in letzter Zeit viel darüber nachgedacht... und ich denke, es ist Zeit, dass ich unabhängiger werde. Ich werde heute die Therapie beenden."

Louise hob leicht die Augenbrauen, schien aber nicht überrascht. Sie nickte, ihr Ausdruck nachdenklich. „Ich verstehe. Wenn du so fühlst, dann bin ich vollkommen auf deiner Seite, Mia. Ich habe gesehen, wie du seit Beginn unserer Sitzungen so gewachsen bist, und es ist wunderbar, dass du bereit bist zu sehen, wie das Leben nach all den Veränderungen, die wir besprochen haben, aussieht. Du hast viel geheilt, und es ist natürlich, diesen nächsten Schritt alleine gehen zu wollen."

Ihre Worte fühlten sich wie eine warme, beruhigende Decke an. Ich lächelte und spürte, wie die Wahrheit dieser Worte in mir ankam. „Ja, ich fühle mich wirklich glücklich. Ich bin jetzt an einem guten Ort, und ich denke, ich brauche diese Zeit, um einfach das Leben zu erleben, ohne ständig zu heilen oder alles zu überdenken. Es fühlt sich nach dem richtigen Moment an, um einen Schritt zurückzutreten und zu sehen, wie ich alleine zurechtkomme."

Louise lächelte stolz. „Ich freue mich so, das zu hören, Mia. Du hast hart gearbeitet, und jetzt erlaubst du dir, einfach zu leben—alle Dinge zu genießen, auf die du hingearbeitet hast. Und wenn du jemals das Gefühl hast, dass du zurückkommen musst, werde ich immer hier sein."

„Danke, Louise. Für alles," sagte ich, meine Stimme voller Dankbarkeit. „Ich hätte es wirklich nicht bis zu diesem Punkt geschafft, ohne dich."

Wir tauschten noch ein paar Worte aus, und damit endete die Sitzung. Es fühlte sich bittersüß, aber auch befreiend an. Ich klickte aus dem Anruf und saß einen Moment da, um alles zu verarbeiten, bevor ich nach unten ging.

Als ich die Küche erreichte, war sie leer. Jake war nicht da, und für einen Moment fragte ich mich, wo er hingegangen war. Ich blickte aus dem Fenster, und da war er—den Garten sauber machend, die Hände an seiner Jeans abwischend. Er schaute auf, traf meinen Blick und winkte sofort mit einem breiten Lächeln, ließ alles stehen und lief auf das Haus zu.

Innerhalb von Momenten trat er durch die Tür, umarmte mich, seine Energie ansteckend, während er fragte: „Wie war die Therapie?"

Ich lächelte in seine Brust und atmete seinen vertrauten Duft ein. „Es war großartig. Tatsächlich... habe ich beschlossen, dass es meine letzte Sitzung war."

Er zog sich leicht zurück und sah mich mit einer Mischung aus Neugier und Überraschung an. „Warte, was? Wirklich? Warum?"

Ich zuckte mit den Schultern und fühlte mich leichter als je zuvor. „Ich denke einfach, dass es Zeit ist, auf eigenen Füßen zu stehen, weißt du? Ich habe die Arbeit gemacht, und jetzt... möchte ich leben, ohne mich für jede Kleinigkeit auf die Therapie zu stützen. Es fühlt sich richtig an."

Jakes Gesicht erstrahlte vor Aufregung, und bevor ich etwas anderes sagen konnte, hob er mich hoch und drehte mich spielerisch. „Meine Liebe, das ist fantastisch!" lachte er und hielt mich fest, während er uns herumwirbelte. „Ich bin so stolz auf dich!"

Ich lachte, meine Füße hingen in der Luft, während seine Freude über mich hinwegspülte. „Jake, setz mich runter!" sagte ich kichernd.

Er stellte mich wieder auf den Boden, hielt aber seine Arme um mich, sein Lächeln weit und ehrlich. „Ehrlich gesagt... ich bin wirklich stolz auf dich. Du bist so weit gekommen."

Ich sah zu ihm auf, mein Herz schwoll vor Dankbarkeit und Liebe. „Danke," sagte ich leise. „Dass du während all dem hier warst."

Er beugte sich herunter und drückte mir einen sanften Kuss auf die Stirn. „Immer."

Er zog eine Augenbraue hoch, ein Grinsen schlich sich auf sein Gesicht. „Ich denke, du hast das schon ziemlich gut gemacht."

Ich stieß ihn spielerisch an. „Du bist voreingenommen."

„Vielleicht," neckte er und ließ seine Hände von meiner Taille auf meine greifen, unsere Finger ineinander verschränkend. „Aber ich habe auch recht."

Ich konnte nicht anders, als zu lachen, während ich die Leichtigkeit zwischen uns spürte. Es waren Momente wie diese, die alles lohnenswert machten. All die Arbeit, all die Therapie—sie hatten mich hierher gebracht, zu diesem.

„Wie auch immer," sagte er, seine Stimme wurde etwas sanfter, „ich meinte, was ich sagte. Ich bin stolz auf dich, Mia. Es ist nicht einfach, dorthin zu kommen, wo du bist. Und es geht nicht um mich oder die Beziehung... es geht um dich. Du hast die Arbeit geleistet. Du hast diese neue Version von dir selbst aufgebaut. Ich bin einfach glücklich, ein Teil davon zu sein."

Ich sah zu ihm auf, mein Herz schwoll vor Emotionen, aber ich hielt es leicht, wollte nicht zu tief in einen Moment eintauchen, der sich bereits perfekt anfühlte. „Du hast definitiv Glück,“ scherzte ich und drückte seine Hand.

Er lachte, seine Augen kräuselten sich an den Ecken, als er sich vorbeugte und mich sanft auf die Lippen küsste. Es war kein großartiger, feuriger Kuss, sondern etwas Einfaches und Süßes—eine Erinnerung daran, wie weit wir zusammen gekommen waren.

Als er sich zurückzog, kehrte sein Lächeln zurück. „Also, da wir beide heute Abend offiziell frei sind, wie wäre es, wenn wir feiern? Abendessen? Film? Was immer du willst.“

Ich grinste, fühlte mich aufgeregt über das, was kommen würde. „Wie wäre es mit beidem? Ich sage, wir bestellen etwas, schauen uns etwas Schreckliches an und entspannen uns einfach.“

Jakes Augen leuchteten auf. „Das klingt perfekt. Aber schrecklicher Film? Wirklich?“

„Ja, wirklich,“ sagte ich mit einem Grinsen. „Wir können uns die ganze Zeit darüber lustig machen. Du weißt, dass du das liebst.“

Er lachte und schüttelte den Kopf. „Okay, Deal. Ich hole die Menüs, du suchst den Film aus.“

Während Jake ging, um die Takeout-Menüs zu holen, stand ich einen Moment da und sog alles in mich auf. Das war es—das Leben, für das ich gearbeitet hatte, das, von dem ich während dieser langen, harten Therapiesitzungen geträumt hatte. Und jetzt war ich hier, lebte es.

Keine Zweifel mehr, kein Überdenken mehr. Nur ich, Jake und was auch immer als Nächstes kam.

Und zum ersten Mal seit langem fühlte ich mich vollkommen bereit dafür.

ENDE

Don't miss out!

Visit the website below and you can sign up to receive emails whenever Alice R. publishes a new book. There's no charge and no obligation.

https://books2read.com/r/B-A-CHWBC-QEACF

BOOKS 2 READ

Connecting independent readers to independent writers.

Did you love *Autumn Spice: Kleinstadtromanze*? Then you should read *Inked Hearts: Une Bad Boy Tattoo Romance*[1] by Alice H.N!

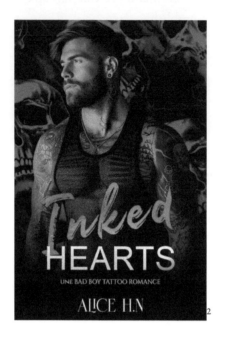
[2]

Chaque fille a une liste de choses qu'elle veut faire avant ses trente ans.

Vous connaissez les choses typiques comme un chien, un bel appartement en ville, une voiture qui ne détruit pas l'environnement, un travail stable et bien... Je voulais étudier les beaux-arts.

En Californie, j'avais presque tout sur cette liste. Certaines filles tueraient pour avoir vécu la vie que ma mère avait choisie avec force pour moi. J'ai entendu ça tout le temps.

Mon travail consistait essentiellement à me dandiner sur la piste que ma mère m'autorisait à faire. Je ne conduirais même pas ma voiture parce que maman avait peur que je heurte quelqu'un. Maman est

---

1. https://books2read.com/u/3yLODe

2. https://books2read.com/u/3yLODe

spéciale... Je dis juste qu'elle déteste les chiens. Qui diable peut la détester ?

Et le pire de tout ?

À vingt et un ans, ma mère avait encore du mal à me rendre indépendant. J'étais prisonnier dans une cage dorée...

Jusqu'à ce qu'une publicité sur Internet change tout...

Trois cents dollars pour un billet d'avion, deux valises pleines de vêtements et un peu d'argent m'ont emmené directement à Londres.

Je n'aurais jamais pensé que je trouverais un travail aussi cool que celui d'Inkphoric, ni que les amis que je me ferais deviendraient ma famille, mais surtout...

Je ne m'attendais pas à tomber amoureux de hmm... **Matthew**.

Also by Alice R.

Bullets & Thorns: Mafia Romanze
Bullets & Thorns: Romance Mafieuse
Bullets & Thorns: Um Romance de Máfia
Vice & Virtue: Mafia Romanze
Vice & Virtue: Romance Mafieuse
Vice & Virtue: Um Romance de Máfia
Vice & Virtue: Romanzo di Dark Mafia
Vice & Virtue: Un Romance Mafia (Español)
Autumn Spice: Kleinstadtromanze
Autumn Spice: Romance Small Town (Versão Português)
Autum Spice: Small Town Romance (Version Française)

Milton Keynes UK
Ingram Content Group UK Ltd.
UKHW040257181024
449757UK00001B/82

9 798227 548825